译文纪实

I NEVER CALLED IT RAPE

Robin Warshaw

[美]罗宾·沃肖 著　　　李闻思 译

危险的熟人

上海译文出版社

如果你在约会对象或某个熟人的强迫下发生了性行为，请务必在采取进一步行动前读一读下面的话：

很难相信被强奸这种事竟然发生在了你的身上，而且强奸犯还是你认识的人。但要知道：你**确实**被强奸了。这**不是**你的错。并且你**不是**一个人。

可能你以前听都没听说过这种事，但其实你刚刚遭遇的是发生在女人身上最常见的强奸类型。

"遭遇"这个词恰如其分。因为强奸会有性命之忧。别想着自己一个人硬撑过去——求助并不是软弱的表现。在这个漫长的过程中，跟某人聊一聊能给你带来莫大的力量，帮助你更快、更彻底地恢复。告诉**某个人**——一个值得信赖的朋友，一个关系亲近的家人或一位老师。给当地的"性侵危机应对热线"、妇女权益机构或心理咨询机构打电话。与专业人士交流对你大有裨益，而且这些咨询服务一般都是免费的，还会严格保密。

也许你现在想马上跳到第十四章——"如果你遇上熟人强奸该怎么办"。不过读完之后，你可能也想看看这本书的其他部分（以及"参考资料"部分的相关材料）以便更全面地了解熟人强奸及其后果。接下来，你没准还想与你的女性朋友或其他女士分享一下彼此的经历。许多社区都有强奸受害者互助小组，一些高校里也有。这些组织可以帮助你重新获得内心的安宁。

如果你是约会强奸或熟人强奸的受害者，但事情已经过去了很多年你却还没有跟任何人提起过，那么现在就去做吧。不管你是什么时候遭遇的强奸，危机应对咨询师都能提供服务。真正认识这段被强奸的经历对你来说很重要，只有这样，你才能走向更美好的未来。

本书涉及的所有强奸受害者都被隐去了姓氏，名字也使用了化名（施暴者也一样），还去掉了一些可能暴露她们身份的特殊信息。除此以外，这些女性经历中的其他细节都丝毫未改。

目　录

2019年版前言 ………………………………… 001
2019年版序言 ………………………………… 001
1994年版前言 ………………………………… 001

引言 …………………………………………… 001
第一章　熟人强奸的现实 …………………… 010
第二章　你认识的女性 ……………………… 030
第三章　约会强奸和熟人强奸为何如此普遍 ……… 040
第四章　为何女性是"安全"受害者 ………… 055
第五章　熟人强奸的后遗症 ………………… 075
第六章　强奸认识的女性的男人 …………… 096
第七章　轮奸或"派对"强奸 ……………… 116
第八章　青少年与熟人强奸 ………………… 136
第九章　警方、法庭和学校对熟人强奸的反应 …… 150
第十章　致女人：如何防范熟人强奸？ …… 177
第十一章　致男人：从改变中受益 ………… 189

第十二章　究竟谁来负责？父母、学校、立法者与
　　　　　熟人强奸 ················· 198
第十三章　如何帮助熟人强奸的受害者 ········· 212
第十四章　如果你遇上熟人强奸该怎么办 ········ 218

后记　《女士》杂志在校园性侵研究中采用的
　　　方法 ····················· 222
2019 年版后记 ···················· 245
致谢 ·························· 258
精选参考文献 ····················· 259
资料与资源 ······················ 265
关于作者 ······················· 275

2019年版前言

格洛丽亚·斯泰纳姆

在我母亲的高中时代,"强奸"这个词是不适宜出现在报纸上的,相关报道只会礼貌而委婉地称之为"意图不轨"。在我的高中时代,一个同学被锁在车库里,被我们学校橄榄球队的一群队员轮奸了。从那以后,她就成了众人窃窃私语和指指点点的对象,最后全家都在屈辱中搬走了,而那支球队却依然是社区之光,有些球员还获得了大学的奖学金。总而言之,一个女人若是被强奸了,那可以说她就完了。强奸犯不一定会受到司法机关的刑事处罚,但受害女性在社会上肯定会身败名裂。

如果说这样的事情今天似乎少了些——得感谢那些敢于将自己的故事讲给警察和公众听的受害者,以及后来的♯MeToo和Time's Up运动[①]——你就会明白为什么我们中的某些人仍然怀有希望。这是因为,我们还记得那些日子:性别压迫很少能被报道出来,甚至连提一下都不行。

现在,大部分国家都收集各种形式的性暴力数据,联合国及其他政府组织也在各自的职责范畴内处理全球的相关报告。结果发现,性别暴力[②]——从性骚扰、性攻击到荣誉谋杀[③]乃至杀害女婴——致使今天的世界处于女性少于男性的状况,这在人类历史上似乎还是第一次。根据联合国人口司的数据，2016年，全球的男性数量比女性数量多了6 600万。

如此残酷的现状令人无法接受。所以，不难理解为何世界各国都有那么多女性——也包括男性——组织起来誓要改变这一丑陋事实。这也是我们作为作家和组织者在这本书中所拥护和支持的。我们希望你也尽自己所能，不管以什么方式，在家中、在单位、在街头和我们一样行动起来。

不管何时、何故加入这场世界范围的反抗性别暴力的运动中，我们都欢迎你、需要你。这股巨大的、多种多样的、席卷了各个年龄层的、全球化的力量与思潮，包括亲自讲述真实经历和在网上采取行动、拿出勇气和耐心、大吵大闹和以新方法养育孩子，都是为了消除性别暴力。从定义上看，"父权制"指的是在一个家庭或国家中，权力地位、血统、命名权和继承权皆由男性把持，而妇女和儿童的生存都取决于此。这意味着男人或由男性主宰的政治和宗教体系必须牢牢控制女性的身体，以便将繁殖权掌握在手中。在大多数社会中，这种控制还有另一层重要性——它成为一种手段，用以长久地维系种族、种姓或阶级的区隔。

---

① MeToo最初是艾丽莎·米兰诺（Alyssa Milano）等人发起的针对美国制片人哈维·韦恩斯坦的性侵案提出的运动的口号，呼吁受害女性勇敢地站出来讲述自己的经历，让施暴者得到应有的惩罚，同时引起社会关注，停止对受害者的污名化。MeToo运动逐渐在世界各国发展开来，并蔓延到政界、学术界、文化界等各个行业。Time's Up是由娜塔丽·波特曼、艾玛·斯通等300多位演员、编剧和导演组成的反性侵联盟，尤其关注职场的性骚扰和性别不平等。——译者
② 性别暴力（sexualized violence）与性暴力（sexual violence）不同，前者指的是与性别压迫相关的一切行为，而后者则特指与性行为相关的暴力。——译者
③ 荣誉谋杀（honor killings），指的是为了保护家族荣誉而谋杀家庭成员，受害者绝大多数为女性，她们可能因为被强奸失贞、拒绝包办婚姻、自由恋爱等原因而遭到男性亲属（父亲、兄弟等）的谋杀。据联合国统计，全球每年约有5 000人死于荣誉谋杀。——译者

但不管我们怎么进行分类，任何性别、种族、种姓或阶级都一样是人类，这是再简单不过的道理。因此，我们拥有共通的人性，不能允许人类大家庭中的一部分成员使用暴力来操控另一部分。这种操控可能以"文化传统"的形式出现，强行让"阳刚男儿"扮演支配者，而"阴柔女子"扮演服从者；也可能是身体暴力，从世界上某些地区的女童割礼习俗到美国的各种殴打和谋杀女性事件，不一而足。这些行为的实施者往往正是与我们朝夕相处的人，而不是陌生人。性别暴力意味着给了一半人类特权去压迫另一半人类。这都是因为男性要控制女性的子宫，要掌握繁衍权。

我认为，了解这样一个事实颇有助益：过去曾有过男女两性和谐平衡的文化——今天在世界上的一些地方仍然存在。它们不是女家长制（matriarchal）——由女性主导一切，而是母系社会（matrilineal）：氏族身份沿袭母亲的一方，父亲和舅舅则在育儿中扮演重要角色。在沿用父权制的欧洲人出现在今天所称的北美大陆之前，当地妇女就已经熟练地运用草药和堕胎药来决定自己何时生产、是否生产了。在切罗基[①]语（Cherokee）里，至今仍然没有性别化的代词，没有"他"和"她"之分。人就是人。也许女性干农活多些，男性去打猎多些，但他们的重要性都是一样的。

这些原住民族群的语言可能多达500多种，但在他们的部落里，女性和男性都平等地共存于一个既注重个体的独特性，又拥有人类共性的和谐氛围中。这个国家早期的历史里记录了许多白人女教师或白人家庭的故事，他们搬到印第安人的领地后，发现

[①] 切罗基族属于印第安人，是美国最大的美洲土著部落之一。——译者

比在殖民地的欧洲基督徒式父权制社会里更有安全感,却没有什么故事是说印第安人想采用貌似"高级"的欧洲生活方式的。正如本杰明·富兰克林本人曾抱怨的:"我们养大一个印第安小孩,教他说我们的语言,让他遵从我们的习俗。但只要他一回去,跟亲戚们散散步聊聊天,就再也别指望他回来了;相反,一个白人,不管什么性别,年轻的时候被印第安人抓走,跟他们一起住过一阵子,以后就算朋友把他赎回来,对他百依百顺,一心只希望他能留在英国人中间,他也过不了多久就会对我们的生活方式感到厌恶……并且一有机会就会逃回森林,此生再不回头。"

最终,富兰克林邀请易洛魁联盟①或称长屋联盟——这一统领六大原住民部族的实体后来成了美国宪法的榜样——中的 4 人出席了 1787 年费城的美国制宪会议,帮助 13 个殖民地制定管理条例。富兰克林发现,他们的"伟大和平法则"②指明了该如何通过自下而上的共识形成统一的法律,而不是像欧洲模式那样由君主自上而下地主导推进。然而,富兰克林等人似乎都无视了一件事,它也是这些易洛魁顾问最早提出的一个问题:"**女人们都上哪儿去了?**"

如果这段鲜少有人提起的历史开始让你感到好奇了,那绝对是件值得庆幸的事情。还有新东西在等你去发掘。你可以先看看杰克·韦瑟福德(Jack Weatherford)的《印第安施者》(*Indian*

---

① 1570 年,五大印第安部族莫霍克人、奥奈达人、奥农达加人、瑟内萨人和卡尤加人在纽约地区北部组成了联盟,名为易洛魁联盟(Iroquois Confederacy),后又加入了第六个部族——塔斯卡洛拉族。他们大多住在很特别的长形房屋里,因此该联盟又称"长屋联盟(Haudenosaunee)",是美国东北部和加拿大东部最强大的原住民势力。易洛魁人长期实行母系社会制度,家庭的生产、生活活动及姓氏的延续围绕母亲展开。——译者
② "伟大和平法则"(Great Law of Peace)是易洛魁联盟的"宪法",1787 年制定的美国宪法对其多有借鉴。——译者

Givers）和波拉·甘·艾伦（Paula Gunn Allen）的《圣环》（The Sacred Hoop）。在后一本书中，艾伦写道："女性主义者往往很容易认为从来没有人经历过这样的社会：女性被赋予权力，且让这种赋权成为其最基本的文明准则。女性主义群体必定付出的代价是……无法避免的困惑、分歧以及白白浪费掉的许多时间。"

当然，今天我们要以新的方式重建过去存在的事物。北美洲的民族或部落不仅在殖民战争和输入性疾病的残害中失去了90%的人口，还失去了自己的语言和历史，因为法律规定传授这些知识是违法的。殖民者强迫印第安小孩进入以残酷而闻名的基督教寄宿学校，目的是"杀光印第安人，拯救全人类"。不过，近50年来，印第安妇女开始不断起来反抗欧洲式的"女性"角色、插手部落的管理事务，从"印第安妇女联盟"[①]这样的行动团体到普韦布洛原住民（Isleta Pueblo）都选择了女性担任首领，切罗基族也选出了他们的第一任女性大统领威尔玛·曼基勒（Wilma Mankiller）并让她得到了连任。

其他几个大洲也不乏类似的希望。从印度的喀拉拉邦和喜马拉雅地区，到非洲的喀拉哈里沙漠和雨林，都始终存在着一些古老而精妙的语言，其中有许多描述大自然和气候的词汇，却没有区分性别的代词。也有许多姓氏和宗族随母亲的母系氏族社会，丈夫会加入妻子的大家庭，由男性和女性共同构成同心圆似的管理结构。社会模式就是这样的圆形，而不是金字塔式或等级制。实际上，如果我们从人类起源之时开始学习历史，而不是从有父权制或一神论的时候开始学习，恐怕今天的情况要有希望得多。

举例来说，在世界上的所有国家，"阳刚之气"与"阴柔之

---

① Women of All Red Nations，1974年从"美国印第安妇女运动"这一组织中壮大起来的一个行动团体。——译者

气"的两极化程度与其国内的暴力指数或这个国家对外的暴力指数之间都存在着明显关系。2013年,瓦莱丽·哈德森(Valerie Hudson)及其学术团队出版了《性别与世界和平》(*Sex and World Peace*)一书,书中称他们发现,预测一个国家暴力程度的最佳指标(不管是对内的暴力还是对外的军事打击)不是贫穷、争夺自然资源、宗教信仰、政府体制或民主程度;而是这个国家针对女性的暴力和威胁。因为针对女性的暴力会使我们从一生中最早的人际关系开始时就对这种支配关系习以为常,教育我们一群人天生就该主宰另一群人。这是等级分化的第一步。我们可以在恐怖分子极端对立的性别观中看到它的存在,但这种意识在没有恐怖分子、较为和平的群体和国家中,在宽松而灵活的社会性别角色里也同样存在。

通过性别角色的去两极化和根除男性与女性之间的暴力,我们或许能够将暴力行为去正常化,乃至消除一切形式的暴力。

美利坚合众国就是建立在残暴的种族主义之上的,从谋杀90%的原住民——迄今为止仍是人类历史上最大规模的种族灭绝——到经济上对蓄奴制的依赖。后者意味着性别歧视对白人女性和黑人女性的影响有所不同:白人女性更多是在性方面受到限制,以便保住白人血统;而黑人女性则更多是遭到性剥削,以便制造出更多的廉价劳动力。种族主义的延续虽然对所有肤色的女性都产生了影响,但有一点是肯定的:只要父权制和种族主义存在,任何女性都不可能拥有女性平等。

《危险的熟人》是美国有史以来首部具有代表性的全国性暴力调查报告(也是唯一一部关于男性犯罪的全国性调查),我希望此次能借它的再版让我们看到我们已经走了多远,以及还有多远的路要走。

我们在本书中特别加入了新的前言和参考资料，以便让它对几代妇女运动都能有所助益。衷心感谢萨拉米沙·蒂莱特[1]为我们讲述她被强奸后挣扎求存的私密经历，感谢她允许我们用她的这段经历去帮助更多人。她还归纳了本书初版以来我们在实践和立法层面上取得的重要进步。

而这本书也有它自己的故事：1972 年，《女士》（*Ms.*）成为国内第一本**专为**女性出版，且所有权和管理权都属于女性的杂志，它将新的女性主义人士——从爱丽丝·沃克（Alice Walker）[2] 到安德丽娅·德沃金（Andrea Dworkin）[3]，还有其他很多人——的声音送入了广大女性的家中。女性读者往往是第一次看到关于个体遭遇性别暴力的描写，更不用说这些文章还直言性别暴力是错误的，并且对犯罪者而不是受害者加以谴责。

新闻报道以及诗歌、散文、人物故事的真情诉说，鼓舞了许多读者来信讲述她们亲身经历的性别暴力。渐渐地，《女士》杂志每月收到的读者来信比发行量高过我们数倍的杂志还多，也远远超过我们所能刊登的数量；与之相应的是，以"性侵犯"和"性骚扰"为题的故事开始第一次出现在杂志上。读者的经历动摇了我们的想法，即"性别暴力普遍存在，而强奸是特殊事件"。这些集体性的遭遇表明，强奸并不是什么稀罕事，而且并没有被现有的法律正确地认识和对待。它并不限于在特定群体出现，更不是

---

[1] Salamishah Tillet，著名学者和活动家。——译者
[2] 美国小说家、诗人、女性主义运动家、普利策奖得主。沃克的祖先是黑人和印第安人，她的小说《紫色》（*The Colour Purple*）是美国黑人文学和妇女文学的代表作。——译者
[3] 美国作家，备受争议的激进女性主义者，色情出版物的尖锐反对者。代表作包括《憎恶女人》（*Woman Hating*）、《色情文学：被男性支配的女性》（*Pornography: men possessing women*）等。——译者

仅靠提防陌生人就能有效防范的。

1970年代，当各州女性都开始呼吁修订强奸法的时候，一位名叫鲁斯·巴德·金斯伯格①的律师，同时也是美国公民自由协会（ACLU）的"妇女权利项目"的创始理事，与她的联席理事布兰达·费根（Brenda Feigen）一起接下了这项挑战。她们相信，让人人都享有公正的最好方式就是推进法制改革，包括取消强奸案的死刑定罪——这一种族主义的恐怖遗产往往用于诬告，以证明私刑是正当的，而且它的存在还会强化一个理念，即必须保护白人女性，因为她们是属于白人男性的"财产"。除此之外，鲁斯和布兰达还致力于对性侵进行程度上的划分，重新定义强奸的范畴，不仅包括阴茎的插入，还将使用瓶子、笤帚把等物品侵犯女性的行为纳入其中；同时，还提出男性应与女性一样在性侵方面受到法律的保护。

不过，时至今日，我们依然面临着根深蒂固的性别歧视（sexism）和两极分化的性别角色认同，这一切都意味着男性的权力凌驾于女性之上。正如研究员玛丽·科斯（Mary Koss）博士在本书的后记中所说的那样，如今，性侵事件数量与30年前《女士》杂志进行这项研究并最终集结成《危险的熟人》一书之时并无二致。司空见惯的父权思想依然影响深远，这让我们从小就坚信，人类分为两种——阳刚的和柔弱的、主导的和从属的，并以此作为性暴力的借口。性别角色认同的深层动机与种族隔离和阶级区分的一样，都是对繁衍权的控制；而挑战这一既有观念依旧是非常勇敢和值得称赞的。不过好消息是，在今天的美国及其他国家，这项挑战已经发展为重要的运动。

---

① 美国最高法院的第二位女性大法官，2020年9月18日去世。——译者

现在大学里仍然存在这种情况：平均要有 4 位女性指控同一男性性侵或有其他性骚扰行为之后，才能成功对他提起诉讼；职场性骚扰通常也需要不止一位女性投诉同一男性才能成立。尽管如此，我们还是到达了一个分水岭：我们鼓励而不是阻止女性毫无保留地谈论性侵，谈论自己为了保护身体完整性①而承受的压力。

最终，"说出真相"获得了广泛支持——从网上蔓延全球的♯MeToo 运动到 Time's Up 运动，都通过司法和群体活动的方式相互支持。说出来这一举动传遍了五湖四海，冲破了种族和阶级的界限。法律层面和社会层面都不再接受男性和女性之间存在的权力差异，不管它是以性别、种族还是收入的方式实行的。我们或许还能从身体完整性开始，去重新挖掘更深层的民主，让每个人都能为他或她自己的身体做主。正如艾伦在《圣环》中所写："压迫的根源在于忘却。"也许我们应该记住：历史还会重演。

---

① Bodily integrity，一个法律、伦理及哲学术语，是指人类的身体有不可侵犯性。——译者

2019年版序言

萨拉米沙·蒂莱特博士

"你为什么认为那是强奸呢？"初次见面时，心理医生就这样问我。我以前从没把自己的遭遇称为强奸，而她抛过来的问题反复敲击着我，让我觉得既羞耻又茫然。许多年后，我仍然说不清哪件事让我更后悔：是没能答出她的问题，还是没有下决心再不去看那个医生？

1993年冬天，在我就读的宾夕法尼亚大学里，找到一位非裔女性心理医生可不是件容易事。当时，我大学时代的男友偏执地认为我需要帮助，疯狂地到处找医生。早些时候他就发现我不对劲了。当我们试着进行亲密接触时，他的手刚一碰我，我的身体就僵住了，脑子也乱成一团。脑子里的时间和空间开始崩塌，不知怎么的就回到了1992年10月的某天。强奸我的那个大四学生一边把鲍勃·马利的音乐开得震耳欲聋，盖住我不断哭喊"不要！"的声音，一边插入了我的身体。我扭动着想从他的身下挣脱，结果他插得更用力了，翻来覆去地折磨我，把我从上到下、从前到后地撕裂开来，肆意施暴。几个小时后，我跑回了宿舍，装作什么也没有发生，装作自己根本没有被强奸，甚至拒绝像电视上常演的那种受害者一样立刻洗个澡。

我不肯把这件事称为强奸,尽管那一年我已经读了所有关于拳王迈克·泰森因强奸"黑人美国小姐"候选人德西蕾·华盛顿(Desiree Washington)而被判入狱的新闻报道。在这个过程中,虽然有罪的是他,但她的名誉跌入了谷底。那时候,就连我都怀疑她的指控不实,还指责她是进了男方在印第安纳波利斯的酒店房间与其发生完性关系后又反悔了。在我看来,强奸是只有陌生人才会犯下的罪行,而不是一位身为社会名流的约会对象或教室里坐在你旁边的那个人。另一些人则认为,历史上黑人男性总是因为被白人女性诬告强奸而遭受私刑,所以泰森肯定又是种族主义社会的一个牺牲品。虽然他们两个都属于"弱势"族群,但德西蕾·华盛顿遭到了唾弃:被简单地视为一个妓女,一个背叛自己种族的人。

而创伤已经在我的潜意识里安营扎寨了。关于那个夜晚的记忆以极端的形式不断浮现:急速的心跳;如雪崩般将我攫住的恐惧;在食堂或冯·佩尔特图书馆的书架边无意间遇到袭击我的人时,或者我的男友温柔地用手指划过我的脊背和面庞时,内心升起的那种想立即逃走的渴望。现在我知道,这些反应正是遭受过性侵的症状,而那时我却没能向心理医生解释。

过了4年,即1995年5月,我再次遭遇强奸(这次比第一次还残暴,是在一个陌生的国度,对方是一个几乎不认识的人),在花了一学期的时间参加了一个帮助强奸受害者从创伤后应激障碍(PTSD)中恢复的实验项目之后,我才决定将自己的初次受害经历报告给相关部门。当时,那个案子还处在宾夕法尼亚州的5年诉讼时效期内。我坐在检察官面前,很担心他会质疑我——他是位年长的白人男性——而且我知道,因为没有什么证据,所以不大可能启动调查,起诉的可能性就更小了。令我惊讶的是,对方表示他相信我，因为编出来的故事里不会有这么多漏洞和自相矛盾之处。尽管如此，他还是无法推进此案，因为在侵害发生的1992年，宾夕法尼亚还没有"不就是不"（no means no）这项强奸条款，从法律上讲，必须存在人身暴力才能判定强奸。

官司虽然没打成，但我注意到了一些强烈的信号，它表明大趋势正向着有利于强奸起诉的方向发展。在华盛顿，参议员乔·拜登任主席的参议院司法委员会举行了一系列听证会，最终于1994年通过了《反暴力侵害妇女法》（VAWA），并于2000年和2005年两次获得了再授权。在其中一场听证会上，《女士》杂志"校园性侵"项目（由美国心理卫生研究所创立，《危险的熟人》一书正是基于该项目创作）的首席研究员玛丽·科斯博士证实，在校园里存在着"约会强奸"。她的重要发现有：女性中有四分之一是强奸或强奸未遂的受害者，她们中有84%的人认识袭击者，而57%的案件发生在约会期间。于是，《反暴力侵害妇女法》成为第一部一揽子联邦法案，它要求承认并执行对性暴力受害者的保护令，为专门处理此类案件的执法单位和起诉机关提供支持以及合理配置政府资源、鼓励以社区为基础解决针对女性的暴力问题。

然而，法律和文化改革的每一点进步都必然伴随着反对的声音。举例来说，根据罗宾·沃肖在1994年第二版《危险的熟人》的前言中所言，迈克·泰森强奸案的审理过程中，他的律师、哈佛大学的法学教授艾伦·德肖维茨（Alan M. Dershowitz）质疑保护强奸案被害人的法律的合宪性，理由是这些法律违反了《宪法》第六修正案。而德肖维茨的做法并非个例。

上世纪90年代末，反对科斯的声浪达到了狂热的程度，这点在她为本书新写的后记里也有所描绘。媒体全都热火朝天地挑动女性主义者和她们的批评者相互厮杀。从《花花公子》到《公众

危险的熟人　003

权益》①，许多出版物上都冒出大量文章，攻击科斯的研究方法、术语定义和结论。这些攻击大部分都以尼尔·吉尔伯特（Neil Gilbert）的研究为理论基础的，这位加州大学教授将约会中发生的强奸称为一种"传染性幻觉"。

我在1998年之前并没有读过《危险的熟人》，不过今天去读仍是当务之急。那些年，我们亲眼见证了科斯的研究成果，很多时候还能直接从中受益。《反暴力侵害妇女法》不仅让高校管理者有了新的经费去对付性侵、家庭暴力、约会暴力和校园跟踪狂，还让学校里的活动人士在研究数据的支持下拥有了开展改革活动的力量。1999年，我和我的妹妹谢赫拉莎德·蒂莱特（Scheherazade Tillet）创作了多媒体剧目《一个强奸受害者的故事》（Story of a Rape Survivor），经费就来自塔夫斯大学妇女中心的《反暴力侵害妇女法》技术协助拨款。那时的大学校园里，以预防性侵为主题的公共艺术和宣传活动比现在少多了。可惜的是，源自1970年代、今天仍在大学里的活动人士和强奸受害者中很受欢迎的"收回那一夜"②学生游行，在1990年代末的大学校园里却绝迹了。好在我们参与了"晾衣绳计划"，它始于1990年代，匿名的性侵受害者会将她们的呐喊写在T恤上，在校园里永久展示。

此外，学生每年都会搬演伊芙·恩斯勒（Eve Ensler）的《阴道独白》（Vagina Monologues），这部由一位女性出演的单人剧于1996年在纽约首演，从而引发了一系列关于女性性行为的话题，

---

① 《公众权益》（The Public Interest）是一本公共政策方面的季刊，由知识分子丹尼尔·贝尔（Daniel Bell）和厄文·克里斯托（Irving Kristol）创办于1965年。——译者
② "收回那一夜"（Take Back the Night）运动的宗旨是将大家聚集起来共同发声，反对强奸、性暴力、家庭暴力、家暴儿童等。这项运动遍及全美，一般包括点燃蜡烛守夜、合法游行、性侵受害者分享经历及其他形式的抗议活动。——译者

其中就包括性侵。这些演出引发的一个直接后果是学生开始与本校的妇女中心紧密协作,后者不仅赞助演出,还为学校预防强奸和性侵的教育项目提供场地。今天,这些学生活动已经延伸到校园之外,相关收益都捐给了当地的强奸危机应对中心。

与此同时,男大学生在制止性暴力的运动中也表现得越来越积极。2000年至2005年,"穿她的鞋走一英里"游行①、全男生组成的"四分之一"②宣传队和"男人可以不强奸之校园勇士俱乐部"已经走进了全美各地的校园。

从很大程度上说,得益于妇女中心源源不断地从《反暴力侵害妇女法》获取的经费,谢赫拉莎德和我才能为《一个强奸受害者的故事》召集到一批黑人女性艺术家,以及来自哈佛大学、肯塔基大学、华盛顿大学和历史悠久的黑人大学——迪拉德大学和陶格鲁大学——的积极分子。最初,我们的观众主要是中产阶级白人女性。到了2005年前后,我们不仅发现来看演出的男生增加了,而且注意到学生观众中的大多数都是有色女性。换句话说,观看《一个强奸受害者的故事》的学生都受到了黑人女性主义哲学的吸引,我们既体现又实践着这种哲学——"交叉法则"③。

---

① "穿她的鞋走一英里"游行(the Walk a Mile in Her Shoes march),是2001年起由男性组织发起的活动,又称"反强奸、性侵犯及性别暴力的全球男性大游行",通过让男人穿上女人的高跟鞋走路,让广大男性意识到性别刻板印象和性别暴力的普遍存在。他们的口号是"让男人来终结男人的性别暴力"。——译者
② "四分之一"(One in Four)是一个非营利性组织,旨在通过应用统计数据、相关理论和研究预防强奸和性暴力。该组织指出,"四分之一的女大学生一生曾经历过强奸或强奸未遂","四分之一的女性军人曾在服役期间经历过强奸或强奸未遂"。他们的项目分女性和男性两种,据称男性项目可以"降低40%的性侵行为的发生"。——译者
③ 交叉法则/理论(intersectionality)是黑人女性主义研究的重要范式,主要观点是认为种族、阶级和性别等其他权力相互作用形成社会制度,而这些社会制度反过来建构出被这些特征所定义的群体。既要考察宏观层面上种族、阶级和性别三种压迫体系如何交织在一起,也要考察微观层面上的个体和群体如何在这样相互交织的压迫体系中获得现存的社会地位。——译者

"交叉法则"是法学教授金伯莉·克伦肖（Kimberle Crenshaw）于 1989 年创立的，它阐释了不同形式的歧视是如何相互作用和相互叠加的——现在又发展出了新流派，不过多半是作为主流女性主义的批判方法，针对的是相对处于优势地位的中产阶级白人女性的需求，而不是那些同时面临种族、性别、民族或宗教压迫的女性的需求。对谢赫拉莎德和我来说，交叉法则包含一种女性主义叙事，能够解释种族主义和性别主义是如何共同作用、让有色人种的女大学生更容易遭受性暴力侵害的。我们的作品还与女性主义活动家阿伊莎·沙伊达·西蒙斯（Aishah Shahidah Simmons）的作品形成了对话，她从 2006 年起就开始带着自己拍摄的《不！一部关于强奸的纪录片》（*NO! A Rape Documentary*）去到各所大学，这部具有开创性的影片关注了非裔美国人群体内部的强奸。我们能够涉足这个领域，是以黑人妇女数十年积累的艺术成果和积极行动为基础的，这里面包括马娅·安杰卢[1]、托妮·莫里森[2]和爱丽丝·沃克等作家的作品，她们勇敢写下了许多故事，讲述强奸是如何影响了非裔美国女孩和

---

[1] Maya Angelou（1928—2014），美国作家、诗人、黑人民权活动家，代表作是讲述其童年经历的自传六部曲，包括《我知道笼中的鸟儿缘何歌唱》（*I Know Why the Caged Bird Sings*，1969）、《以我之名相聚》（*Gather Together in My Name*，1974）、《唱啊，跳啊，就像过圣诞一样快乐》（*Singin' and Swingin' and Getting Merry Like Christmas*，1976）、《女人心语》（*The Heart of a Woman*，1981）、《上帝的孩子都需要旅游鞋》（*All God's Children Need Traveling Shoes*，1986）和《歌声飞入云霄》（*A Song Flung Up To Heaven*，2002）。——译者

[2] Toni Morrison（1931—2019），美国作家，曾任普林斯顿大学教授，诺贝尔奖获得者。主要作品有《最蓝的眼睛》（*The Bluest Eye*，1970）、《苏拉》（*Sula*，1974）、《所罗门之歌》（Song of Solomon，1977）等。——译者

女人的一生；还包括黑人女性主义社团"康巴希河写作团"① 在 1970 年代所做的那些努力。我们还想改变与强奸受害者本身相关的重要特征，向主流反强奸运动将有色人种女性排除在领导层之外的现状发起挑战。正如罗宾·沃肖在《危险的熟人》1994 版的前言（就在本文之后）中恰如其分指出的那样，熟人强奸最初被设想为一个以大学校园和中产阶级为核心的问题。可以想见，还需要再过许多年，需要出现新的社会媒介所引发的运动，才能让更多性暴力受害的交叉叙事和包容性更强的女性主义理论生根发芽。

时至 2011 年，新一代的学生活动人士已经成长起来，共同针对性侵采取了更多法律层面的努力。当年 4 月，一群学生和校友会成员提交了一份 30 页的报告，向教育部民权办公室投诉耶鲁大学没有消除充满性别敌视的环境，而且违反了教育法修正案第九章（Title IX of Violation）的反性别歧视条例。报告中列举了几个存在敌视文化的例子，其中有一份 2007 年由 150 名耶鲁医学院学生联署的请愿书，指控教授和同事性骚扰，包括动手动脚、恐吓威胁、言辞侮辱及强奸（这些指控校方并未给予充分回应）。报告还附上了一份流传甚广的"赛前侦查"电邮，里面有 53 位一年级女生的姓名、籍贯、宿舍号和"多少啤酒能把她们弄上床"；以及一个兄弟会宣誓中的恶搞活动——几十个男人聚在校园里，用各种带有贬损和露骨性内容的语言羞辱女生。

---

① Combahee River Collective，20 世纪六七十年代的一个激进的黑人女性/女同志组织，1974 年至 1980 年活跃于波士顿。她们关于种族的社会学理论对黑人女性主义的发展产生了深远影响，其宣言被认为是论述种族主义和性别歧视的交叉性的先声的文献，该社团批判白人女性主义，考察性别主义、种族主义、异性恋主义和经济因素是如何交互作用的。——译者

作为回复，民权办公室宣布将对这些指控展开调查，此举激励了更多高校里的更多学生有样学样，于是也有更多的性侵受害者敢于走到公众面前。接下来，民权办公室还给各高校发送了一封名为"亲爱的同仁"的信，特别强调了修正案第九章里关于性歧视的永久性条例。信中提醒各大学要肩负起他们早已遗忘的责任来，并指出这项法律在奥巴马执政期间将会得到强化。这份指导意见还要求各校任命一位协理员，负责调查和预防性歧视与性暴力；而且出台一份用以解释调查程序的书面政策；以及为遭受性骚扰或性暴力的学生提供咨询、更换宿舍或更换课程表等服务。作为结果，如果校园性骚扰和性暴力的受害者认为学校违反了这份指导意见，可以向民权办公室投诉。

2013年3月，《纽约时报》刊发了《大学社团联手对抗性侵》一文，详细讲述了西方学院、北卡罗来纳大学教堂山分校、阿默斯特学院、耶鲁大学的学生和教师如何在网上相互沟通、制定策略，以便更好地利用修正案第九章来表达他们对学校在性侵事件上不作为感到的焦虑和失望。他们专门采访了教堂山分校的学生领袖安德莉亚·皮诺和安妮·克拉克。文章指出："这些为受害者发声的人讨论过创办一个正式的全国性组织，不过目前他们所获得的成功都是来源于对现代化媒介的利用，媒介让他们能够相互联系、收集信息，并以几年前还完全不可能的方式引发公众的关注。"此外，很难想象哥伦比亚大学学生艾玛·苏考维兹后来将成为这项运动在前推特和前 meme[①] 时代的看板人物，她创作了行

[①] meme 是指在同一个文化氛围中，人与人之间传播的思想、行为或者风格。作为一种流行的、以衍生方式复制传播的互联网文化基因，具有匿名作者等特征，简单来说就是社交软件上流行的视频、段子、表情包、"梗"等。——译者

为艺术作品《床垫性能（扛着这重量）》①，用来纪念自己遭到性侵的地点，并公开要求学校让施暴者出来负责。

《时代周刊》也在 2014 年 5 月的一期中关注了蒙大拿大学的一系列性侵事件，并刊登了封面报道《美国校园里的性侵危机》。文章采访到了副总统乔·拜登，他促使校园性侵问题受到了奥巴马执政期间的白宫的格外重视。文章引用了全美强奸受害者的援助者们和学生活动人士早已熟悉的一组数据："如果知道儿子有 20% 的可能性被枪指着，你就会仔细斟酌还要不要把他送进大学，"拜登带着不可思议地语气说，"天呐！但你把女儿送去了，而她有 25% 的可能性会遭到强奸或身体上的虐待。这简直无法容忍。"截至 2014 年底，民权办公室第一次将接受调查的大学公之于众时，55 所大学赫然上榜。

随着校园抗议活动的成功以及全国各地的学生和校友纷纷根据修正案第九章的反性别歧视法提起诉讼，巴拉克·奥巴马总统也深受启发，组建了首个"白宫预防高校性侵特别工作组"。与此同时，一个由参议员克莱尔·麦卡斯基尔和芭芭拉·米库斯基领导的两党合作的立法团队提交了一份《校园安全与责任法案》（*the Campus Accountability and Safety Act*），参议员芭芭拉·柏克瑟和众议员苏珊·戴维斯提交了一份《幸存者帮扶和高校支援法案》（*the Survivor Outreach and Support Campus Act*）。那届国会结束前，这两个提案都没能在两院投票中获得最低票数，被委员会否决了。

---

① *Mattress Performance（Carry That Weight）*，艾玛·苏考维兹是美国哥伦比亚大学的一名女生，在向学校报告自己遭男同学强奸之后，校方迟迟没有采取行动。于是她在校园内扛着床垫游行抗议。performance 一词在这里可以理解为双关语，既有"表演"又有"性能"的意思。——译者

当然，每引发一次关注，每交一份立法提案，对我们来说都是前进了一大步。就连"不就是不"这句对1997年检察官拒绝受理我案子而言至关重要的话，也得到了加州立法者的重新审视，并通过了一项具有开创性的措施，要求所有接受公共基金资助的大学必须有一个"行就是行（yes means yes）"的标准。不过，这种引发对校园强奸进行整改的迫切程度清清楚楚地提醒我们，性侵是有传染性的，这个问题仍然普遍存在，与大约30年前《女士》杂志出版《危险的熟人》一书并完全颠覆人们看待强奸的惯性思维时并无二致。不管过去还是现在，反强奸运动都经历了巨大的抵制。

抵制的声浪不只出现在电视和网络中。迄今为止，尽管还没有哪所大学因为违反修正案第九章而被取消联邦资助经费，但是批评对校园性侵恶行进行整改的人抨击说，他们利用修正案第九章来推动大学的改革是出于政治动机。反对派将改革称为"不当程序"[①]，认为高校的管理者、活动人士甚至奥巴马本人在惩戒强奸犯方面做得"太过头了"，侵犯了这些被告的人权，污蔑了"两厢情愿的性行为"。

最激烈的批评声浪来自一些政客、教授和记者，他们认为为了对付校园性侵行为而进行联邦立法是对政府权力的滥用，是在违反正当法律程序。举例而言，2014年10月，哈佛大学法学院的28位职员在《波士顿环球报》上发表了一篇社论，批判哈佛大学推出的一项新政策，该政策旨在以性别、性倾向和性别认同为基

[①] anti-due process，法律程序依据其对司法正义的保障可以划分为正当程序与不当程序。正当程序（due process），是英美法系里一条重要的法治观念和宪法原则。程序的正当性包含程序的中立、理性、排他、可操作、平等参与、自治、及时终结和公开等。——译者

础来预防性骚扰和性暴力。"我们的关切如下,"文章写道,"判定是否存在所谓不恰当的性行为时,哈佛采取的措施有失最基本的公平和公正,对被告极其不利,也绝对不符合修正案第九章或规章的诉求。"同年,《新共和》杂志的记者朱迪斯·舒利瓦茨发表了《校园强奸案的被告也有人权》一文,将校园性侵的整改举措描述为"影子司法摇身一变成了大学校园里的准则"。紧接着,校园性侵案件被告的父母组建了"呼吁校园平权的家庭联盟"(FACE)和"救救我们的儿子"(Save Our Sons)两个组织,以保护他们的儿子免受虚假指控。

"救救我们的儿子"主页上有一个链接,里面是一本名为《校园强奸狂潮:正当程序在美国大学里遭到的攻击》(The Campus Rape Frenzy: The Attack on Due Process at American's Universities)的书,作者是K. C. 约翰逊和小斯图尔特·泰勒,而这本书又是以他们之前的作品《直到沉冤昭雪:政治正确与杜克大学曲棍球队强奸案中可耻的不公》(Until Proven Innocent: Political Correctness and the Shameful Injustices of the Duke Lacrosse Rape Case,2008)[①]为基础创作的。作者的主张是,他们认为现在这股"校园强奸狂潮"迫使各个大学基本上假定被指控的学生有罪。在他们看来,这么做的结果就是"人们都会开始对无罪推定、获取无罪证据、交叉审问原告的权利以及正当程序等美国的基本政策视而不见"。二人重点批判了校内司法程序,认为它不是遭受性侵的女大学生的保护伞,而是专为被告设置的

---

① 杜克大学曲棍球队强奸案,是一桩引发全美关于种族、阶级、性别、大学教育等广泛争论的案件。一名非裔美籍脱衣舞女克丽丝托·曼格姆指控3名球员在2006年3月12日晚杜克大学曲棍球队的聚会上轮奸了她。经过一系列复杂的沟通,克丽丝托最终改口称三人仅为"通奸",案件撤诉。——译者

"消灭正当程序的十字军"或裁判所；因为他们秉持着这样一种谬论，即"任何宣称自己是受害者的人我们都要相信，而被指控的那个人肯定有罪"。

特朗普总统任命的教育部长贝琪·德沃斯一直高度认同这些反对观点。2017年1月，在德沃斯的提名听证会上，参议员罗伯特·凯西问她，如果（陪审团的）裁决将导致该学生受罚甚至开除，那么她在判断其是否应对性侵负责的时候，还会不会遵循"优势证据"原则①（而不是刑事案件中常用的"排除合理怀疑"原则②）。2017年7月，被艾玛·苏考维兹指控强奸的哥伦比亚大学毕业生保罗·南杰瑟（Paul Nungessor）不仅反诉学校，还由此带起了一波风潮：许多被控性侵的男生都以违反教育法修正案第九章、案件处理不当为由成功地起诉了他们的学校。同年秋，德沃斯宣布各大院校以后无需再遵循"优势证据"原则。作为回应，受害者的后援组织"停止校园强奸"（End Rape on Campus）在推特上创建了一个#DearBetsy标签，不断发布信息声援性侵受害者并支持其他受修正案第九章保护而免受歧视的人。

之后，正当校园性侵整改运动开始显得裹足不前时，另一个运动红火起来，它似乎颇有潜力，有望遏制最新一波的反对声浪。2017年10月，对电影制片人哈维·韦恩斯坦强奸和性骚扰的指控被公之于众，这是80多起此类指控的第一起。鉴于此，成千上万遭受过性骚扰和性侵的男男女女纷纷在网上公布了自己的经历，

---

① preponderance of evidence，这是美国的民事诉讼适用的证据原则，它是指在诉讼一方提供的证明所证明事实的盖然性大于另一方提供的证据所证明的事实时，前者的证据将得到认可。——译者
② beyond all reasonable doubt，指在证据原则的指导下，通过质证与认证，认定被告的行为构成犯罪必须达到排除一切合理怀疑的程度。也就是说，案件没有无法解释的疑问，案内证据形成严密的证据链，足以认定被告有罪。否则，应按"疑罪从无"原则宣布指控的罪名不成立。——译者

并注上了同一个标签♯MeToo。这场运动的参与者遍布各行各业，从好莱坞明星到酒店服务员，不一而足。而侵犯者不仅要掌控他们的身体和事业，还想夺走他们说出真相的权利。接踵而来的是大量有头有脸的人物被控性侵和性骚扰，许多人因此从自己的位子上下来，包括新闻主播马特·劳尔（Matt Lauer）；演员比尔·科斯比、凯文·史派西、达斯汀·霍夫曼和杰里米·皮文；喜剧明星路易·C.K.；参议员艾尔·弗兰肯；以及总统唐纳德·特朗普。

♯MeToo即便不算是校园性侵运动的直系继承者，也可以说是它的姊妹篇了；这场运动最有力的地方在于它的不断自我修正。它将非裔美国女性、十几年前率先喊出"Me Too"这一口号的塔拉纳·伯克（Tarana Burke）奉为发起人。而且♯MeToo运动还发展出了一个分支——Time's Up，这个组织由300多位好莱坞女性构成，以解决问题为出发点，以具体行动为目标，重点关注安全和职场平等。过去的性侵和性骚扰运动总是优先考虑单身、白人、中产阶级女性受害者，♯MeToo则不同，更有包容性、交叉性以及代际之间的一致性。"全国农场工人联盟"——一个由现在或以前做过农场雇工的妇女组成的协会——写来了声援信，作为回应，好莱坞的女演员和制片人创办了Time's Up法律辩护基金会。

♯MeToo是否能够在领导层和立法层，当然还有成员层等各个层面维持这种程度的团结，是我们所面临的挑战。在发起一周年之际，这项运动遭到了重大挫折。2018年10月，参议院以50对48票通过了对布雷特·卡瓦诺（Brett Kavanaugh）的最高法院大法官任命。而投票之前，克里斯汀·福特教授刚刚在参议院司法委员会面前公开指证卡瓦诺在她上高中时性侵过她，还指控他在大学期间性骚扰过黛比·雷米拉斯（Debbie Ramirez）。与此同时，教育部长德沃斯审议了一项提案，内容是建议学校不仅要对性侵受害者予以支持，还应该重视那些被指控性侵、性骚扰和强奸的学生的人权，减轻高校等机构的责任。这些待议条款不仅缩小了性骚扰的定义，还提高了法律认定标准，现在那些学生就可以正式投诉学校没有恰当处理针对他们的指控了。为了与这种制度化的抗拒（institutionalized resistance）作斗争，越来越多的性暴力受害者开始走到公众面前，让自己经历的创伤变成能够改变选举、改变社会的强心针。最终，我们还是要在校园性侵整改运动的成功经验和局限性的基础上，继续关注那些最弱势的人群——有色人种女孩、跨性别和性别认同障碍的女孩以及各种边缘群体，一如#MeToo所追求的那样，彻底改变世界。在此之前，《危险的熟人》始终是我们的指南，带领我们走过所有过去和现在的抗争之路，让全世界知道并相信我们这些受害者的故事。

1994年版前言

罗宾·沃肖

得知这本书即将再版时，我心中涌起一股复杂的喜悦。作为作者，我很高兴看到这些文字和思想仍然具有力量和价值。但与此同时，我又感到遗憾，如今这些信息竟仍有这么强烈的需求。

创作这本书的初衷非常简单：讲述熟人强奸的真相。希望通过我的报道和写作、许许多多女性的故事以及玛丽·科斯严谨的调查研究，能让那些被朋友、约会对象、邻居、一起为教会服务的教友、同学、前恋人等强奸的女性明白，她们经历的是最普遍的一种强奸，虽然很少有人揭露或谈论这些。从我收到的那些女性感人肺腑的信件中，我知道这本书的目的达到了。

不过我更希望每个人，不管女人还是男人，不管是否遭遇过强奸、是否认识那些遭遇过强奸的人，都明白这一点：大部分被强奸的女人，都是被她们认识的男人强奸的。

大部分。强奸者。是她们认识的男人。

我当时并不知道，这个基本事实里的每个组成部分都将遭到猛烈抨击。否定熟人强奸的既有男性又有女性，不过他们有一些共同特点：对女性充满怀疑，极度缺乏同情心，并且非常蔑视那些不符合他们认知的统计数据。一些否认强奸的人公开表达自己的观点，恣意扭曲我和其他人关于强奸、性以及性别角色的文章和言论。因为他们的攻击完全建立在虚妄的臆测之上，所以这支"否认强奸主力军"攻击的其实是些一文不值的想法。不过，不管怎样，他们还是获得了许多支持和关注。

从好的方面看，围绕熟人强奸和约会强奸的公开论争，增加了人们对此的关心和接受。一些广为人知的案子引发了全国上下的议论和争执，比如在任命克拉伦斯·托马斯为最高法院大法官的听证会上，安妮塔·希尔（Anita Hill）所发表的证词就激发了一场关于性骚扰的对话。希尔-托马斯之争所引发的关注，激发了更多女性将曾经和正在遭受的性骚扰公之于众，这意味着不仅说出真相的决心增强了，大环境也变好了。此外，随着公众关注度的提高，更多的熟人强奸事件被记录在案，也有更多检察官同意继续追究这些案子。

但有的陪审团还是会动摇，不相信那些提出熟人强奸指控的女性；他们宁可批判女方的身份或所做的事情，也不想给男方的犯罪行为定罪。尽管熟人强奸的认知度**的确**提高了，但公众的看法始终在"否认—责怪"的脱口秀式反应中摇摆。虽然过去了许多年，这两种态度还是没有改变多少。

而且，熟人强奸到现在仍然被认为是以大学生为主的中产阶级的问题。强调这一点，就会让那些年长或年轻一些、没有受过大学教育的女性，以及贫困女性或者校园里那些不显眼的种族和族裔的女性的经历遭到漠视。可能在民众心目中，熟人强奸与大学之间存在着必然关联；迄今为止的许多研究都涉及大学生，尽管现有的社区公益调查显示：总体而言，在校园里遭到熟人强奸的几率和在社会上的区别不大。

将焦点集中在温室般的校园这种做法，往往会成为校内各种社团的众矢之的。为了防范年轻人中间发生熟人强奸,许多大学针对强奸开展了教育活动。但学生社团认为学校做得还不够,动机也颇为可疑。他们公开地,有时甚而声嘶力竭地鼓动群众,希望得到更多、更有效的承诺。预算一削减就会引起纷争,受欢迎的职工就要丢饭碗,民众的情绪就要升温。其他学生则会感到愤慨,觉得官方的注意力全都被强奸及其他与性别相关的问题占据了。校园政治中臭名昭著的自相残杀精神一触即发。现在一些大学已经发现,很多冲突都与性行为管理条例和潜在的攻击性言论脱不了关系。

如今发生的这些事让我想起越战年代的校园。当时,在几所大学的带领下,公众的观点改变了。那些年轻人做了他们该做的事:质疑和挑战权威,也互相质疑和挑战。其中有些人的想法很激进,处于政治光谱中的两个极端;但大多数学生只是默默聆听和甄别,这个过程我们称为学习。

现在大学再次为国民安排了学习计划,这次的内容是熟人强奸问题。根据1992年出台的《高等教育再授权法案》(Higher Education Reauthorization Act),联邦经费资助的大学必须制定书面的关于性侵的政策。这么做有多方面好处。从制度上反对性暴力就等于告诉受害者,他们会(或应该会)得到支持;也等于告诉犯罪者,他们的行为是错的,理应受到惩罚。要求学校制定相关政策,也是在迫使一些管理者和董事会成员正视这个他们经常选择性忽略的问题。

不过,许多人很容易认为熟人强奸与校外生活无关,这就与当年对越战的看法不同了。正是这样的轻视态度,导致人们否认此类强奸的普遍存在。尤为奇怪的是,在最近爆出三起广为人知的熟人强奸案——威廉·肯尼迪·史密斯/帕特丽夏·鲍曼案,迈克·泰森/德西蕾·华盛顿案,以及团伙侵害有智力缺陷的新泽西女孩案①——之后,人们依然这么想。要知道,这些案子都不是在大学里发生的。这些闹剧暴露出的问题,还将继续影响法庭和公众对熟人强奸这一现实的接受度。

"我不是一块蓝斑②,我是一个人。"1991 年末,帕特丽夏·鲍曼在电视上说。就在几天前,威廉·肯尼迪·史密斯被判强奸罪不成立。审讯过程中,鲍曼的脸在屏幕上一直被技术手段遮住,她的名字被提及时也用"哔哔"声盖住。最终,她决定把一切公之于世。我想只有这样,她才能重新拿回自己的名字和面孔的掌控权。

其实早在开庭前,对史密斯的指控就已经变成了对帕特丽夏·鲍曼的审判。检方的调查员没完没了地质疑她对史密斯这位显赫的肯尼迪家族成员的指控。他们查问她非法使用药物的事,询问她的精神健康情况,甚至问她 9 年前为什么没有支付找医生看过敏病症的账单。不过,与贪婪的纸媒和电子媒体对她公开进行的解剖式调查比起来,这些刨根问底就是小儿科了。怎么说这也算一个"肯尼迪家族"的故事,因此,虽然本案的细节平凡得令人悲哀,但媒体的处理方式可一点儿也不简单。史密斯被描述成一个医学生/花花公子,延续了家族男性那种睾丸酮爆表的做派

---

① 1989 年,一位有智力缺陷的 17 岁女孩被新泽西格兰岭高中橄榄球队队员用扫把和棒球棍轮奸,而校方和当地政府都对施暴者格外宽待,因为他们是当地的橄榄球明星。这件事引发了全国关注,之后有相关书籍和纪录片问世。——译者
② "I'm not a blue blob" 这句话是 1991 年 12 月 19 日帕特丽夏·鲍曼决定出镜接受国家电视台的采访时所说,她直接公开了自己的真实姓名,并拒绝被人用技术手段遮住脸。——译者

(挤挤眼)①,而鲍曼个人经历中的每个细节都遭到了曝光,供人们无情地品头论足。

《纽约时报》可以说是全美甚至全世界最重要的报纸,而人们在上面读到的是鲍曼的父母离异,以及她自己高中时代"挺狂野"、"没怎么上过班"、跟她孩子的爸爸并没有结婚等乱七八糟的八卦。这篇文章的标题是"佛罗里达强奸案女主角的经济地位飞速提升",其批判意味暴露无遗,明显是在暗示:一个工人阶级出身的女人告发肯尼迪家族的人强奸,动机想必不纯。

不止如此,《纽约时报》还登出了鲍曼的名字,这与他们不曝光性犯罪指控者身份的政策完全背道而驰。为了洗白,报社辩称反正已经有两份专以丑闻为卖点的小报登过她的名字和照片了,而且 NBC 新闻里也提了她的名字。于是,《旧金山纪事报》《德梅因纪事报》和路透社也有样学样,跟着曝光了她的身份,尽管其他新闻机构都在批评这种行为。

于是,就在史密斯—鲍曼案继续沸沸扬扬时,全国上下掀起了一场关于是否应该公布被强奸者名字的大讨论。支持公布姓名的基本都是只顾自说自话的媒体巨擘。同样的话题其实以前在记者圈里就讨论过,如果这案子不是个备受瞩目的奇闻,《纽约时报》和其他媒体是否还会冒着违规的风险曝光鲍曼的名字,那就不好说了。一些编辑不但不承认他们这么做是出于市场竞争的压力,还辩称报社必须把所知的一切都如实地报道出来(有人可能还真的这么认为)。听起来挺有道理,但其实新闻机构隐瞒消息的情况数不胜数。一些律师也支持公布原告姓名,认为提出指控的

---

① 原文 nudge, nudge, wink, wink,俚语,指幽默地暗示说话者另有他意。——译者

人是不应该匿名的。说得也对，但她们实际上并没有匿名：法院是知道这些女性的身份的。愤世嫉俗者可能会认为，辩护律师知道一旦受害人发现她们的身份可能会被公开，将有多少案子会被撤诉。毕竟在社会上，被强奸对受害者来说仍然是莫大的耻辱。

还有一种伪女性主义的观点或称负罪的幻觉，声称公布受害者的姓名多多少少能帮助其他女性鼓起勇气指控强奸行为。这种观点认为，**只要愿意**，女性就可以踏出曝光姓名的一步，但选择权必须在她们自己手里。作家卡萨·波利特（Katha Pollitt）以她一贯纯熟清晰的思路总结出许多理由，说明为何不应在未经允许的情况下公开强奸指控者的姓名。"公开姓名就免不了要遭受责难。"她在《国家杂志》（*The Nation*）1991年6月的一期上发表的文章中写道。

1991年12月，史密斯案开庭审理。200多名记者为了记者招待室里的一席之地争得头破血流。《纽约时报》又把鲍曼的姓名撤回了，"因为编辑现在相信，她的隐私已经受到了严密保护"。而整个庭审过程由电视台进行了直播。

鲍曼在证人席上讲述了她的故事：她在一间酒吧遇见了史密斯，当时根本不知道他是参议员爱德华·肯尼迪的侄子。他们跳了舞，并在男方的请求下开车将他送到他家位于海滨的宅子。他们在沙滩上散步，亲吻，接着史密斯就扑倒了她，把她强奸了。她的陈词中存在一些缺漏和矛盾。还有三位女性作证说史密斯也在类似的情境下袭击过她们，但法官拒绝采信。

过了一周，史密斯讲述了他的版本：他跟鲍曼跳了舞，接了吻，然后鲍曼主动提出开车送他回家。他觉得她看起来有点茫然和混乱，但还是跟她发生了性关系。然后，因为他把她的名字叫成了另一个女人的，她就"突然爆发"，还打了他。接着他就去游泳了。几分钟后,他再看见鲍曼的时候,对方就开始指控他强奸。史密斯说他不知道后来她身上的那些明显的淤青是哪来的。

陪审团只花了 77 分钟就判定史密斯无罪。法律界的观察人士认为,鲍曼缺乏其他可靠的证人,物证也没什么说服力,因此造成了"合理怀疑"。裁决之后过了 8 天,帕特丽夏·鲍曼上了全国性电视台的节目,毫不遮掩身份。"我是一个人,"她说,"我没有什么好羞耻的。"鲍曼再次重申,史密斯就是强奸了她,而且她不后悔对他提起诉讼。上法庭"让我找回了自己的尊严。也有无数人愿意相信我",她说。

"我也相信自己。"然后她补充道。

1991 年 1 月,威廉·肯尼迪·史密斯案上了新闻,但案子还没有开庭的时候,另一个非常有名的男人也遭到了指控,他就是迈克·泰森,一位 20 岁就赢了重量级拳王争霸赛的男人。他被控强奸一位才刚认识的选美小姐。不过,与史密斯不同的是,泰森的罪名成立了。

表面上看,这两个案子的被告没什么相似之处,除了都很有名很有钱。泰森是在街头长大的;从他的早期经历看,他是个十足的恶棍。拳击技能让他在一间著名的拳击馆赢得了一席之地,并在此成长为拳王。他在高中时代被学校退了学,也留下了不少案底,其中就包括性攻击行为。25 岁被捕那年,他已经挣了 6 000 万美元。史密斯跟他正好相反,从小就是富裕的特权阶层,而他家族的影响力比其拥有的财富还要大。史密斯上的是预科学校、大学和医学院。

不过,针对史密斯和泰森的指控听起来却没什么区别。据鲍曼和华盛顿所述,这两个男人似乎都认为自己想做爱就可以做爱,女方是谁无所谓，女方的拒绝也无需理会。在泰森的案子里，他的暴力史、他那势不可挡的神力以及他为自己所做的辩护都展现着他的态度，这种态度将他刻画成了一个不折不扣的性侵者。也有人认为，因为泰森是非裔美国人（而史密斯是白人），陪审团会更容易判他强奸罪成立。但是，两位黑人陪审员中的一位在庭审结束后表示："这个案子与肤色无关。"

18岁的德西蕾·华盛顿来自罗得岛，上大学一年级，是"黑人美国小姐"选美的参赛者。1991年，她来到印第安纳波利斯参加比赛，跟别的选手一起认识了泰森，并请他摆个姿势给她们拍照。泰森提出想跟她约会，她就告诉了对方自己酒店房间的电话号码。午夜时分，泰森给她打了电话，并约她出来坐豪车兜风。

在车里，泰森试图亲吻她，被她推开后还说她是个"信基督的好女孩"。接着，泰森说要回房间打个电话；一进屋，他就紧紧抓住了女方，并在双方一番扭打后强奸了她。一位急诊大夫表示，华盛顿身上的伤口符合强奸伤害。泰森的司机也证实，女方离开拳王的酒店房间时惊慌失措。

泰森否认了这些指控，说华盛顿是自愿跟他发生性关系的。辩护律师称女方完全是图谋钱财，他提出，泰森年轻气盛且贪恋女色的名声在外，她既然答应了约会，就意味着同意跟他发生性关系。

泰森最终被判犯有强奸罪及伤害罪。之后，在华盛顿的允许下，她的照片和名字登上了《人物》杂志封面。1992年3月，泰森开始了他为期6年的监狱生涯。

泰森提出上诉，而这次上诉的过程对未来的熟人强奸案产生了潜在影响。泰森的律师，哈佛大学法学教授艾伦·德肖维茨要求联邦最高法院重审这个案子。他决心挑战多项保护强奸案被害人的法律以及联邦和各州相关法律的合宪性，这些法律规定非特殊情况下不得在法庭上公开强奸案原告的性经历。德肖维茨等人认为，这项法律违反了《宪法》第六修正案中"被告可以质疑原告，并应做好充分的辩护准备"的规定。（泰森之前的辩护团队想提供一些华盛顿过去性史的证据，说她谎称被强奸是为了不惹怒父亲，因为过去他就曾因为她的性行为而大发雷霆。）

保护强奸案被害人的法律出台前，女性在享受性生活的同时也面临着风险：它可能会被用来当作证据，证明她们这次（即提出强奸指控的时候）也是自愿的。熟人强奸和约会强奸案与陌生人强奸案不同，问题的重点不在于有没有抓对人，而在于双方的性行为是否出于你情我愿，如果没有这类法律的保护，许多熟人强奸和约会强奸案都会在所谓"淫荡女子的狡辩"面前变得无力申辩。这使得许多女性——包括检察官——最后都决定不起诉。

最近，有几件跟这些保护强奸案被害人的法律对着干的案子都得逞了。1993年，成功让泰森案得以定罪的法律在印第安纳州一件儿童性侵案中被认定违宪（对泰森的案子则没有影响）。而1991年，密歇根州的一个上诉法院裁定，该州法律允许强奸案的被告提供证据，以证明原告女性在指控他性侵之前曾与其他男性有过性挑逗的行为。

最高法院决定不复审泰森的案子。（本文写作之时，地方法院正在研究泰森提交的其他申诉。）虽然最高法院没有复审此案，但保护强奸案被害人的法律在联邦和各州的诉讼中肯定还会遭到攻击。

一个州的保护强奸案被害人的法律（尤其是在处理熟人强奸案的时候）可能会有多脆弱，在1992年新泽西州那次引起全国关注的庭审中一览无遗。庭审围绕的是1989年发生的一件事：13个生活在格兰岭宜人郊区的青少年遇到了他们认识的一位 17 岁少女。他们向她保证，如果她愿意跟他们一起到某人家里的地下室去，他们中的一个就跟她约会。到了地下室后，这些男孩就让女孩脱光衣服，爱抚自己，并挨个给他们口交。女孩都照做了。然后，几个少年开始一个接一个地往女孩阴道里塞扫帚柄，fungo 牌细棒球棍和一根木棒，而围观的孩子则不断起哄："接着来！"

这串丑恶行径中最可憎的关键在于：这个女孩是轻度智障，智商 64，社交能力只相当于一个 8 岁儿童。一直以来，都是同伴叫她做什么，她就做什么。男孩们对此心知肚明。正因女孩罹患智力缺陷，所以发生的一切并不仅仅是在一个认识的女孩身上释放青春期病态的性虐幻想那么简单：这是赤裸裸的轮奸。

然而，检察官面临的任务相当艰巨。尽管在法庭上胜诉的熟人强奸案越来越多，但成功往往取决于能否说服陪审团认可当一个女人说"不"的时候她的意思就是"不"，哪怕她认识这个男人，也同意跟他出去。而格兰岭案的检方在诉讼中必须证明，当少女嘴里说"好"的时候，她其实并不是这个意思，因为她没有能力理解其真正的涵义。在许多旁观者看来，事实再清楚不过，然而法庭上提供的细节却对检方十分不利。

4 名男性出庭受审，他们被控性侵罪和共谋罪，分别是：凯文·舍泽尔、凯尔·舍泽尔、克里斯托弗·阿彻和布莱恩特·格罗巴，其中 3 人开庭时已经 21 岁，另一人 20 岁。当预审法官决定，必须在考虑女性的强奸案受害者保护权之前优先考虑男性的公平审判权时，辩方士气大振。法官说，原告女孩的性经历要考虑进来，因为检方说她没有自主发生性关系的能力。而辩方想通过证据反驳检方的说法，表明女孩过去也有过性活动。

从开庭陈述开始，辩方律师就把这个女孩描述成了一个在性方面颇为主动，愿意发生性行为，会吃避孕药，而且"渴望"性接触的人。他们说，女孩曾在音乐课上把衣服撩起来，还曾向几个运动员求欢，说明她想拥有性经历，也喜欢这种感觉。但是，出庭作证的心理学家却说这些证据恰恰证明了这位年轻女士是多么脆弱和易受伤害。

这位女性在证人席上的举止和反应都像个小孩子，尽管她已经21岁了。她的证词也证实了检方的论点：她知道性行为的"机制"，但不明白"表示同意"意味着什么，尤其是她还觉得这群人都"算得上"朋友。当检方问她为什么不告诉那些男孩别惹她时，她回答："因为我不想伤害他们的感情。"

陪审团可没有这么菩萨心肠。他们认定女孩有智力缺陷，给这几名男子定了最重的罪。在这个案子里，虽然该州的保护强奸案被害人的法律遭到了践踏，但检方在如何定义"同意"方面开创了先河，能够造福某些特定类型的女性。

大部分被强奸的女性，都是被她们认识的男人强奸的。这条真理适用于所有女性，不管你是受过大学教育的选美小姐，还是有智力缺陷、被放逐在社会边缘的人。不过，这条真理中蕴含着某些十分可怕的东西：为什么总有少数人否认这个事实，而且还要利用公众的狂热来支持他们的观点？

或许我们根本没取得多少进步。1991年，苏珊·法露迪（Susan Faludi）的新书《反挫：谁与女人为敌》（*Backlash*）一出版就成了经典。书中，苏珊详细叙述了1980年代女性所获得的每次胜利都是如何伴随着破坏力量的。这场"针对女性的秘密战争"指责女性主义会让妇女变得不幸福，认为为了消除经济、社会、法律、教育、医疗和政治上的性别不平等而做的那些麻烦的工作都该废除。当女性获得成功时,反挫势力就在想办法暗中对她们施以惩罚。若女性敢于大胆发声,反挫势力就会拼命嘘她。媒体会到处传播这类消息,因为它们能抓住读者和观众的兴趣。"在相互对抗的这十年间,始终上演着一场为了阻止女性进步而进行的漫长、痛苦且永不停歇的斗争。"法露迪写道。

而今天的情况依旧如此。根据反挫者的"否认强奸"理论,熟人强奸和约会强奸是极少的。其理由是,任何小冒犯或者做完爱后悔了都可以说成是强奸和性侵。要么就是女人说谎,要么就是"新的"强奸定义在帮着女人说谎。不仅如此,那些教大家如何识别熟人强奸的人,还被"否认强奸"群体描绘为妇女乃至女性主义的敌人。他们批判我们这些人反性行为、反罗曼蒂克和反男性;说我们用夸大其词的数据吓唬女人,好让她们觉得自己弱小无助,恨不得回到贞操带的时代,或者至少回到1950年代。当然了,他们还说我们是歇斯底里发作了。

这种否认强奸之人就在我们当中,他们的声音无处不在。这就是为什么过去很少有女性谈论熟人强奸,而且许多女性和男性甚至听都没听说过这种事。在我写书的过程中,到处都能听到否认的声音,一位杂志编辑说我研究的是"伪命题",都是那些"事后反悔"的女人弄出来的;一个在飞机上坐我旁边的退伍军人管理局的精神病医生言之凿凿地向我保证,那些声称被自己认识的男人强奸的女性绝对是说谎……。实际上,**不承认熟人强奸的事经常发生,而且发生的几率要比被陌生人强奸高得多,这就是社会上的普遍看法**。通过确立这些事实,我们打破了许多已经根深蒂固的观念。

许多否认强奸之人将火力对准了心理学家玛丽·科斯博士和她的研究,正是她为我的报告提供了数据支持。科斯博士是亚利桑那大学医学院家庭与社区医疗部的终身教授,也是美国心理学协会反暴力侵害妇女特别工作组的组长之一。她做了大量的研究,享有极高的专业信誉,曾担任世界银行的妇女健康顾问,也曾为美国参议院司法委员会及美国参议院退伍军人事务委员会提供过专业证明。

科斯的熟人强奸研究获得了美国国立精神卫生研究所的基金。研究发现,四分之一的女大学生遭受过强奸或强奸未遂(数据来自参与调查的3 187位女性,其中15%的人曾被强奸过),而84%的被强奸女性认识男方。(本书的正文和后记里都有对调查和调查结果的更充分描述。)她的发现经过了期刊同行评议的严格考察,而且被认为值得多次发表(参见本书的"精选参考文献"部分)。这些成果也在专业学术会议上报告过,并在专业书籍和应邀而做的论文中呈现过。

其他在大学从事研究的学者得出的强奸发生率与科斯博士得出的15%也非常接近。而近期以社区为基础进行的成年女性研究发现,这个比例比科斯调查出的还要高,包括1992年在《社会问题期刊》(*Journal of Social Issues*)上发表的一篇对洛杉矶的研究报告,显示20%的白人女性和25%的非裔美国女性曾遭遇过强奸。

1990年,《花花公子》刊登了斯蒂芬妮·古特曼(Stephanie Gutmann)撰写的一篇批判科斯的文章,此文是由最早发表在自由党的杂志《理性》(*Reason*)上的一篇文章改编而成。古特曼说出了否认强奸之人反驳科斯的基本论点:所使用的强奸定义过于宽泛了;文中某个问题的措辞暗示女人只有在男人给的时候才喝酒或吸毒;很多女人被统计到强奸受害者里,可她们自己都不觉得自己被强奸过(研究表明,被强奸的女性中只有27%认为自己是强奸受害者）。

接下来，尼尔·吉尔伯特（Neil Gilbert）登场了，由于其学术地位，他很快成为了否定熟人强奸的教父级人物。1991年春天，这位加州大学伯克利分校社会福利专业的教授在公共政策期刊《公众利益》（Public Interest）上发表了一篇抨击科斯研究的文章，并宣称存在一种"被性侵的传染性幻觉"。（根据《洛杉矶时报》的报道，一位参与组织反吉尔伯特言论的示威游行的学生回忆，吉尔伯特曾在她的班里讲过："把真正的强奸和约会强奸放在一块儿比较，就好比把癌症和普通感冒相提并论一样。"）他在1991年6月《华尔街日报》的社论版上也发表了批判科斯的文章。1993年6月，吉尔伯特又出现在这个口碑很好的版面上，这次是抨击联邦的《反暴力侵害妇女法》草案，并再次对科斯的研究冷嘲热讽了一番。吉尔伯特在文章中反复否认熟人强奸在现实中是真实存在的，他宣称，既然警方极少接到这类强奸的报案，那就说明它们根本就没发生。不仅如此，他还补充说，既然在科斯的调查中被强奸的女性里有42%的人后来再次跟强奸者发生了性关系，那么谁会相信她们真是被强奸的呢？

1993年的晚些时候，随着凯蒂·洛菲（Katie Roiphe）的新书《次日早晨：校园里的性、恐惧与女性主义》（The Morning After: Sex, Fear and Feminism on Campus）出版，否认强奸的声浪高涨到了极点。这本书的标题就暗示着"事后反悔"的陈词滥调，而作者作为一名年轻女性，竟公开宣称约会强奸不可能存在，因为她从没听任何认识的人说起过。洛菲这本小书得到了许多媒体的正面评价。《纽约时报》的支持力度最大：摘录了该书的一段作为封面报道登在了其最重要的周日版上（题为"炒作强奸是对女性主义的背叛"），这份报纸发表了积极的评论，赞扬洛菲

"勇气可嘉",而一向呼风唤雨的周日书评头版评论则表述了更多的溢美之词(说这本书"非常勇敢")。

洛菲的"抵制"方式很巧妙,她声称女性主义者正在毁掉女性。除了"否认强奸说"的基本教条外,她还加入了几点新概念。洛菲认为"强奸认知"教育并不能让女性学会通过掌控自己的人生和身体而变得强大,而只是进一步深化了女性弱小、易受伤害、没有性欲的形象。她坚称那些说熟人强奸真实存在的人是在犯罪:他们虚构了一个"失去清白"的谎言,将女性钉死在性被动的刻板印象上。

本书和科斯的调查报告一样,也是洛菲的靶子之一。她把我的观点解读得支离破碎,连我自己都认不出来了。洛菲引用了我写的一段关于大学一向在学生生活里扮演何种角色的历史性阐释,并嗤之以鼻地说,我这是在"怀念那些社会控制更严的时代"。(我父母看了肯定会觉得笑死人了。)我建议学校"至少应该让大家有机会选择单一性别的宿舍",也被批是个"一刀切"[①]的馊主意,会"让大学生活回到 50 年代"。此外,还有类似人身攻击的,说我就像她外婆一样(洛菲描述这位外婆的"世界里只有美甲和美发沙龙,早上起来没地方可去",还警告洛菲的妈妈不许走光线昏暗的小路),就因为我建议女性开始新的约会时应该选择餐厅这样的公共场所。

洛菲根本没打算和强奸受害者、咨询师或研究人员聊一聊,以便验证自己的观点。她攻击科斯时引用的是吉尔伯特的理论,完全看不出她曾读过科斯的研究或已经发表的数据(也从未直接

---

① 原文是 blanket recommendation,最初指的是金融机构不加区别地让所有客户购买同一种证券或产品,不管是否符合对方的投资需求或风险承受能力。在这里意指高风险的糟糕建议。——译者

与科斯对话过),而且还弄错了结论。她把"1/4 的女大学生在 14 岁之后经历过强奸或强奸未遂"这个统计数据变成了一个存心搞笑的想法:"性爱这东西,4 次里就有 1 次是你不乐意的。"(这意味着,当一个女人发生性行为时,她就有 25% 的可能是被强奸的!)这些误读都说明了洛菲并不是一位社会学家或研究人员(写那本书的时候她是英语专业研究生),尽管如此,那些对她大加赞美的媒体从来都没质疑过她是否有能力评估科研资料。

拒绝相信熟人强奸真实存在的"否认强奸论"是根本站不住脚的。首先,科斯的调查报告用的并不是一个过分宽泛的"强奸"的定义。实际上,这个词的意思原本就没什么延展性。我们衡量强奸的标准就是该事件符合大多数北美洲国家的法律:通过强迫、威胁实施人身伤害等方式,或在对方因心理或生理原因没有能力拒绝(包括神志不清)的情况下进行非自愿的性插入。科斯和我都听过有人把非强奸说成强奸,尤其是一些行径夸张的学生;也遇到过需要"对强奸进行更宽泛的定义"的偶然情况。但调查报告里那些经过实证分析的数据并不需要,我们也一样。"事后反悔"不是强奸。不符合法律意义上强奸的定义的冒犯行为也不是。

第二,合乎法律定义的强奸行为,包括当受害者由于酒精或毒品失去行为能力时的非自愿插入。有的男性故意让女性喝酒,她们喝醉了就没法拒绝发生性关系了。洛菲等人似乎觉得,承认了这种事就等于把女性说成了没脑子、被动且无自我保护能力的小孩(这正是那些男人打算做的),也等于是在为这些女性的"同谋"开脱——她们被强奸自己也是有责任的,是她们自己非要喝到酩酊大醉。否认强奸者的论调是,为什么男人就得为喝醉时犯的错负责,女人就不用?

我们说女性有时会被故意"灌酒",并不是说她们没有能力决定自己该不该喝酒。调查问卷根据其法律要素来确定一种强奸的类型，这样被调查者才能够准确地说明事件，别的问题也是一样。尽管吉尔伯特等人以此为依据暗示科斯的数据注了水，但就算把这条去掉，遭强奸者的比例也只是从四分之一下降到五分之一而已。不过，既然这个问题合乎法律定义的强奸，那么我们就不能不重视它。

而说到女性的"同谋"之嫌，当你喝酒且喝醉了以后，你的确要为呕吐或难受得上不了班这类事负责，但在我们这个社会里，为一桩罪行负责的应该是犯罪的那个人。女性并不能因为喝醉酒就"活该"被强奸；如果她们酒后驾驶导致某人伤亡，那她们才是犯了罪。同理，男人喝醉以后强奸女人，法律上是要承担责任的，因为他们犯下了伤害他人的罪行，哪怕对方也喝醉了。

那么，如果女性不承认自己是强奸受害者，我们为什么还要把她们算进来呢？刑事诉讼专家都知道，普通民众往往不会用准确的法律术语描述发生在自己身上的罪行。但不知道专业术语并不意味着这段经历就没有发生过。科斯调研的那些女性的遭遇完全符合法律所定义的强奸，她们中有90%的人表示发生在自己身上的事符合下列描述之一：是强奸；是某种犯罪，但她们当时不知道那属于强奸；是性侵，但她们当时不知道那属于犯罪。只有10%的人并不觉得自己是受害者。显然，尽管不知道准确的法律术语，但她们中绝大多数都觉得自己被虐待了。实际上，这本书的题目就来自我的访问对象，这些女性一再地说，她们知道自己身上发生了糟糕的事情，但她们并没有称之为强奸，因为它发生在她们与认识的人之间。

否认强奸阵营还提出质疑，称既然调研里说那些女人被强奸了，为什么还有那么多女性会和强奸她们的男人再次发生性关系？

对那些被男朋友强奸的女性来说，之后的性关系可能就是自愿的了。（我采访过这样的女性，她们会与强奸犯约会甚至结婚，以便使发生过的事情"合法化"。）许多女性选择与强奸犯再见面是出于某种错误的自责心理；她们觉得，如果她们能让自己变"干净"一点，事情就会有所不同。加之报告中38%的被强奸女性遭到侵害时只有14—17岁；对许多女孩来说，被强奸是她们的初次性交经历。然而，缺乏经验往往会导致同样的结果，许多人后来遭遇了二次强奸。在此之后，大部分女性才会选择彻底不再与男方见面。

　　洛菲最恶心的一个论调是说熟人强奸是某种出于阶级差异的"误解"，就像"南方来的富家女跟布朗克斯①水管工的儿子出去约会"那样，但事实并非如此。她自己的阶级偏见在这里暴露无遗，北方来的富家子不也一样会强奸水管工的女儿吗？社区研究表明，贫穷的劳工阶层妇女遭到熟人强奸的几率跟其他女性没什么不同。

　　洛菲还有一点没有意识到，那就是知识应该得到传播而不是管控。与其让女性对可能遭到熟人强奸有所准备，不如彻底避免这样的事发生，或者在情况演变为强奸之前就设法逃离，或者勇敢回击。这当然不是在鼓励消极被动。提醒女性与刚认识的人独处有风险也是一样。这些建议——并不是为了让我们回到过去那种社会交往沉闷的时代而是——帮助女性与男性保持同等的对局面的掌控，而男性对这种平等恐怕没什么兴趣。

　　的确，无论哪里的警察接到的熟人强奸报案都会远远低于科斯和其他研究者所揭示的数据。犯罪学家指出强奸的报案率很低，

---

① 布朗克斯区位于纽约最北端，一度是纽约治安条件最差、犯罪率和失业率最高、最贫困的区。——译者

而熟人强奸的报案率更低,尽管执法部门判断发生在认识的人之间的强奸实际上是最普遍的强奸模式。只要否认强奸之说盛行,女性就会担心说出事实将招来怀疑和蔑视——其结果就是,她们继续选择不报警。

我们谈论熟人强奸,真的会毁了人们的快乐吗?我不这么认为。

性的确是令人愉悦的。正因如此,熟人强奸和约会强奸不是才更令人不安吗?它在社会交往中,在本应充满轻松嬉戏、感官享受、情欲互动、愉悦与关怀的性爱氛围里打上了暴力、强行接触以及否定个体权利的烙印。

我们都愿意生活在一个没有强奸的世界里,互相认识的人之间永远不会发生强奸。但既然这种事确实存在,绝口不提岂非于事无补?让女性和男性了解熟人强奸,就说明我们是维多利亚时代的人吗?讨论有哪些高风险情况,就是把女性置于消极被动的角色吗?简直荒唐。

我们没有把女性和男性对立起来。我们只有一个立场,一个建立在平等和尊重之上的、人道主义的立场。但要实现这个目标,还有许多工作要做。

知识给予女性力量,给予男性同理心。有些人已经有了。有些人希望获得。而剩下的那些人,才是我们要担心的。

罗宾・沃肖
1994 年 5 月

引　言

　　最初——也就是1970年初到年中——"强奸认知"就等于女人学习朝哪儿踢和使多大劲儿踢。

　　当时，美国刚开始关注强奸问题，许多城镇都设立了强奸咨询服务中心和援助组织，女性之间也开始谈论自己的经历以及如何积极应对性侵带来的后续影响。《女士》杂志记录了这些不断增长的有组织的反馈，为强奸受害者个体的发声提供了场所。在印刷物和公开的会议上"发声"这件事本身，对许多女性来说是勇气可嘉的第一步——说出难以启齿之事，承认强奸是针对全体女性的暴力和仇恨行为。虽然官方反馈尚需时日，但在许多州，警方和检方在程序上已经有所变化，能为受害者提供更多帮助。强奸法被修改，对保障受害者的权益给予更多的关注，有的州还为强奸指控的调查和起诉开辟了更有效的途径。

　　女性纷纷来听关于自我保护的课。这些课程建议她们随身携带口哨、喇叭，或一个人走夜路，独自在空荡荡的走廊、停车场和电梯里时，把车钥匙抓紧点。她们被告知，这些地方都是需要特别警惕的。毫无疑问，几乎所有女性都能明白这种"万一"需要自我保护的场景。

　　于是，强奸案、强奸犯和强奸受害者都开始成为关注焦点。

女性都知道一定要提防陌生男人。她们紧锁自己的房门和车门，走在街上时会扭头朝自己身后看，学会了当有可疑男性在她们的公寓楼大厅转悠或在走廊里想借用电话时做出防御甚至攻击性的反应。对很多女性而言，应对强奸威胁只要做好几件事就行了：比如足不出户，甚至假装家里有个比自己更具威慑力的同居男友或丈夫。在这一防御策略的支撑（或限制）下，大部分女性都认为自己已经做好了防范一切侵害的措施。

但是，随着强奸认知的不断增长，对这一现象的理解也渐渐延伸到了更为黑暗的深处。1982年9月，《女士》杂志刊发了一篇文章，揭示了一些令人不安的证据，它们证明存在着一种仍不为人知的强奸——通常被称为"约会强奸"；男女当事人是认识彼此的。初步研究发现，这种类型的强奸受害者比当时认为更普遍的"陌生人强奸"还要多。大量的读者反馈说明《女士》杂志走对了路子。

为了进一步探究这个可能性，《女士》杂志向美国国立精神卫生研究所申请了做全国性研究的经费。"预防和控制强奸中心"（The Center for the Prevention and Control of Rape）与该杂志组成了研究团队，合作者还包括俄亥俄州肯特州立大学的心理学教授玛丽·科斯博士，后者已经在这个领域为国立精神卫生研究所主持过相关研究。接下来的3年，科斯博士及其研究团队和《女士》杂志的工作人员在32所大学的6 100余名男女大学生中做了详尽无遗的调研。《女士》杂志的这个项目是有史以来就此课题进行的科研调查中规模最大的一次，它揭示出了一些令人忧虑的数据，包括这个令人震惊的现实：**四分之一的受访女性都曾有过某种符合法律层面所定义的强奸或强奸未遂的经历。**

从那时起，这种现象开始被更广义地称为"熟人强奸"，这个术语能更精准地称呼发生在认识的人之间的强奸，不管他们是约会关系还是其他关系。实际上，女性会被其认识的各种男性强奸：约会对象，朋友，同学，工作中认识的男人，派对和酒吧里认识的男人，宗教场所认识的男人，或住在同一社区的男人等。

现在明确一下本书的关注范围：乱伦、"职权强奸"（被医生和老师）、婚内强奸以及强奸 14 岁以下的儿童绝不属于"熟人强奸"范畴，尽管在针对女性整体的暴力现象中，它们也是极为重要的课题。同时，虽然现在一些强奸应对中心称他们接获的报告中有 10％的受害者是男性（基本上都是男人强奸男人），但本书还是定位于男性对女性的侵犯，因为这才是绝大多数熟人强奸的情况，也是《女士》杂志所研究的强奸类型。（不过，第五章里有一部分是关于男性受害者的。）

本书的前几章似乎一直在确认熟人强奸的真实存在，这是因为它始终处于无人知晓或被大多数人忽视、否认的状态。实际上，已经有无数研究显示，那些被认识的人强奸的女性往往没意识到自己遭遇了强奸。更有甚者，许多人，包括男性和女性，仍然不觉得熟人强奸是犯罪——如果我们讨论的是抢劫、造假、纵火、贪污甚至（谢天谢地）陌生人强奸的话，根本不需要这种告诫。希望《危险的熟人》一书能有助于改变这一切。

我们的目的不仅是定义和阐释熟人强奸的普遍性，更是为减少这种侵犯的发生指出一条明路。熟人强奸是**可以**避免的。知识就是力量：读完这本书后，你就能更有效地防范熟人强奸发生在你或你所爱的人身上。这本书是写给女人和男人的，也是写给父母、教育工作者、咨询师和司法系统的人的。参考资料的部分可以帮助各种不同需求的读者，比如想学习更多熟人强奸的动态关系的，想制定校园或社区防治计划的，不一而足。此外，玛丽·

科斯撰写的那篇技术层面的后记还为读者解释了《女士》调研的科学方法论。

尽管《女士》杂志按照国立精神卫生研究所的要求将调研重点放在了大学校园里,但编辑们始终认为这个问题的范畴早已超出了高校的围墙。的确,虽然大学由于学生年龄段的差异成了约会强奸和熟人强奸的温床,但《女士》杂志收到的大量来信显示,这类强奸发生在全社会,低于和高于传统本科生年龄段的女性都深受其害。本书的初衷是绘制一幅更全面的熟人强奸图景,能够说明女性是何等频繁地被她们认识的男性强奸,不管她们年龄多大、属于哪个种族、受教育程度和收入如何。熟人强奸在很大程度上是不为人知的,因为很少有人认清它的本质——一种理应受到法律惩处的犯罪行为。由于这类侵犯发生在相互认识的人之间,在男女的私人关系和性关系相混杂的语境中,因此许多人都难以正确地对待它。

但熟人强奸**就是**犯罪。而且并不能因为犯罪者是熟面孔,就说它不是犯罪。

那段时间是我的人生低谷。我是成千上万走上街头反对越战的大学生之一。但这场斗争变得越来越血腥——在国内和国外都是。那年春天,我的一位挚友在一次不相干的暴力事件中被一个青少年团伙谋杀。朋友去世后,没过几周,我与男友卡尔分手了,分得很不愉快——我希望可以断得一干二净,他却希望能再给他一次机会。随后他离开了小镇,漫无目的地到处闲逛了一阵子。

大约在分手两个月后的一天,卡尔出现在我的公寓门外,恳求我跟他谈一谈,跟他和好。我告诉他我没有兴趣破镜重圆,他开始冲我大吼大叫,并说我要是不跟他好好谈谈他就自杀。

毕竟我曾爱过这个男人,所以他这么不开心,我心里感到有些愧疚。我想没准他真的会自杀，于是就同意出来跟他谈谈。我一走出门，他就一个劲地要求我跟他去一个我们共同的朋友的公寓，他现在住在那里。据卡尔说，那个朋友也想见我，还想大家一起坐下来吃个晚饭。他表示我们可以到了那儿再谈。

我压根没想到卡尔是在撒谎，还想着或许我们这位朋友可以帮我劝劝卡尔，让他明白这段关系是真的结束了。朋友的公寓位于市里我不太熟悉的区域。到现在我还记得自己边爬楼梯，边想着一会儿就能见到朋友了是多么高兴。我一边叫着朋友的名字，一边踏进了公寓。这时，我身后传来了门闩插上的咔嚓声。

我转过身，看见卡尔站在那里，咧着嘴笑。他手里握了把刀，肯定是在我们进门的时候溜到厨房里拿的。不用说，我们的朋友根本不在屋里——卡尔在带我过来之前就知道。我立马知道自己死定了。要说我还心存一丝侥幸的话，也很快就被卡尔打破了：他说他要杀了我。

天越来越黑，卡尔不断地威胁说如果我不同意与他重归于好，他就杀了我再自杀。光这个话题我们就说了好几个小时。他只允许我在上卫生间的时候离开他的视线，而那里的窗户装着防护栏。我本可以呼喊求救，但我没这么做；理由颇为牵强，但与我在本书中采访的许多女性非常相似：我不知道自己在哪里，也不知道什么人会来，我不想让卡尔或自己感到难堪。我还是觉得自己能通过与他谈话摆脱这个局面，而且我很怕我的呼救会进一步激怒他，让我的处境变得更危险。

夜深了，他带着刀子去了卧室，我跟在他身后。在床上，他一整晚都用一只胳膊锁住我，将拿刀的手放在枕头的另一侧。他至少强奸了我一次，但我印象中应该不止。时间过得无比漫长，我感觉自己好像站在墙角，远远地看着床上发生的事。最后，他终于睡着了。我没有动。我没有喊叫。我没有试着逃走。第二天早上,卡尔步行送我回了家。我坚持在距离我住所一个街区的地方与他分道扬镳,现在想起来,他之所以会同意恐怕是不想冒碰见我室友的险。我一进家门就脱掉衣服,站在莲蓬头下冲了整整一小时。那天我没有去上班。

接下来的一两周里,卡尔好几次在我下班途中拦截我。我的老板,也是我的朋友,给保安部打了电话,这样就会有人护送我。我没告诉任何人发生的事,但是我老板能看出我被卡尔的神出鬼没吓坏了。又过了几周,卡尔消失了,但我害怕的是他会突然冒出来。我害怕去任何可能遇到他的地方——也就是说,所有地方。

我大概花了 3 年时间才意识到自己被强奸了。在那之前,我脑子里想的全都是侵犯带给我的那种自己要死了的感觉。因为袭击者是我的前男友,我与他有过性关系,所以我从未将"强奸"与此事联系起来。毕竟强奸是邪恶的陌生人才会做的事嘛。然后有一天,一位好友成了当地强奸危机应对组织的领导。我听她给我讲了一些最近她们在处理的案件。全都是陌生人犯下的强奸案,但这些故事让我有一种醍醐灌顶的感觉。然后我明白了:我被强奸了。

我很想说弄明白这件事的称谓对我很有帮助,但实际上并没有,在很长一段时间里都没有。那次强奸事件导致我接下来的几年里问题不断。最终,是咨询服务帮我克服了积年的阴影。

这件事过去十年以后,我才终于觉得自己走出来了。当然,我一直怀着某种复仇的幻想——幻想自己在某个公共场所遇到卡尔,当众骂他是强奸犯——毫无疑问,他肯定会大声否认,但我现在至少明白究竟发生了什么事,虽然我只与极少的人分享过自己的故事。

圣诞前夜，电话响了，当时我正一个人待在家里。我拿起话筒，一个男人的声音传来："我打赌你不知道我是谁。我来自你的过去。"我立刻认出那是卡尔的声音，他听了似乎很高兴。

然后他告诉我他一直在读我写的文章。我感到愤怒，恐惧。显然，卡尔知道我住哪儿而且可能就住在附近，因为我当时几乎只给本地出版物供稿。我问了他几个问题，想知道他现在在哪里，判断一下他的危险程度如何。结果，他没透露多少关于他的信息。我简直想挂掉电话，但又想继续迎战他。他再次攻击了我，这次是通过电话，而对我来说这或许是唯一一次反击的机会。我稳住了阵脚。

"最后一次见面的时候你强奸了我，这事你心里清楚吧？"

终于，我对他说出了这句话，这是我一直希望自己能做到的。我咬紧牙关，准备迎接我想象中的愤怒否认。我感到自己整个人都绷紧了，等待狂风暴雨的降临。

一段长长的沉默之后，话筒里传来他的声音。

"是的，"他回答，然后又停了片刻，补充说，"但是诉讼时效已经过了哦。"

我瞬间暴怒，警告他再也不许联系我，不然我就报警。然后猛地挂断了电话。我简直不敢相信：我与他对峙了，而他也承认了，是的，他**就是**强奸了我。

等我终于冷静下来后，心里还是怒火难消。不过，主要是生自己的气。我真的以为自己已经走出来了。但这通电话之后，我意识到这些年我心里还是怀有疑问的：如果你认识对方，如果你跟他约会过，如果你跟他做过爱，这真的能算强奸吗？

卡尔给出的肯定回答促使我相信了以前从未相信过的事。我对自己既愤怒又失望：他的此番确证本可以意味着更多东西。

这是 7 年前的事了。当《女士》杂志的编辑艾伦·斯威特和我第一次讨论这本书的写作时,她并不知道我曾被认识的男人强奸过。几个月过去了,我都没有告诉她。我需要时间来思考这项工作。用一年多的时间把全部精力集中在一个已经带给我痛苦、迷惘和愤怒的课题上,会是种什么感觉呢?我还意识到,我的采访也可能会给我的采访对象带来比我(作为采访者)想要的更多的痛苦。我毕竟不是心理医生或教人应对强奸危机的咨询师。让这些女性在回顾个人遭遇的同时又不受到更多的伤害,我做得到吗?我也明白,我必须写出自己被熟人强奸的经历。我不能让别的女性去揭开自己的伤疤,而我却置身事外。作为这本书的作者,我知道肯定会有人问我是否曾是这类强奸的受害者。这方面我没法说谎。最后,撰写本书还意味着我得让父母知道我曾被强奸过。

　　在下定决心继续前进后,我跟来自全国各地的约会强奸和熟人强奸的受害者进行了交谈,倾听了他们的遭遇。为了能更全面地覆盖这些女性的类型,我在当地报纸上登了广告,从强奸危机应对组织的工作人员那里寻求了帮助,并在《女士》杂志上登了一则小小启示,寻找愿意聊一聊自己经历的女性。(收到了大量的回复)。有的女性接受了当面采访,其他人则生动地写下了自己的故事。这样,我总共采访了 150 多位女性。本书引用的正是这些女性的案例。对于受访女性中的许多人来说,这是第一次与咨询师之外的人谈论她们的遭遇。多数人都说她们之所以同意跟我聊一聊,是为了让其他女性受到教育,并为那些需要帮助、孤独而饱受折磨的熟人强奸受害者送上鼓励。我还采访了一些男性,对于女性遭遇的约会强奸和熟人强奸,他们有的表示同情,有的无动于衷;此外,还有社会学家、心理学家、教育家和危机应对工作者,有男有女,他们都在寻找相关问题的解决方法。

开始着手这项研究的时候,我以为自己已经全面理解了那段被强奸的经历。但是,在撰写本书的过程中,我再次意识到我没有。与那些被认识的男性强奸的女性交谈,让我对自己的遭遇有了更多的认知。虽说这类事情没有定规,但我发现,我这段经历在许多方面都是熟人强奸中最典型的(男方事先安排好;发生在一个无人之地;没有意识到这是强奸,因为侵害者是我认识的人)——我还一直以为自己的经历是独一无二的呢。尽管多数熟人强奸和约会强奸事件不像我这个牵扯到了凶器,但很多受访女性都谈到在被侵犯的过程中是多么害怕丢了性命,是多么真切地感到自己快要死了。而她们分享的许多疗愈故事,也帮助我审视了自己的劫后余生。

我特意提到这一切,部分是出于新闻工作者的某种信仰,认为我们进入一个主题时不应带有任何特殊观点或不良企图;如果真的怀有偏见,那么一定要事先说清楚。我想,我被强奸的遭遇会让事情有所不同——不一定要让编辑或受访的专家知道,但一定要让那些跟我分享自身经历的女性了解。每次做采访的时候,我都一上来就简短地告诉对方,我曾被认识的男人强奸过。每一次,我的受访者都明显放松了下来。这个信息足以抹去熟人强奸受害者心中永远挥之不去的恐惧——不被人相信的恐惧。

第一章
熟人强奸的现实

"我没听说过任何人遇到过这种事。"

——罗丽，19 岁时被约会对象强奸

女性被认识的男性强奸——也就是熟人强奸——并不是男女关系中的什么奇闻怪事。如果你是女性，那么你被认识的人强奸的风险是被陌生人强奸的风险的 **4 倍**。

最近由《女士》杂志和心理学家玛丽·科斯博士在 32 所大学开展的一项熟人强奸的科学研究表明，相当数量的女性曾被约会对象或熟人强奸，尽管受害者大多从未选择报案。

《女士》研究数据　受访女性中有 1/4 是强奸或强奸未遂的受害者
其中 84% 的女性认识袭击者
其中 57% 是在约会时被强奸的

该数据意味着熟人强奸和约会强奸比左撇子、心脏病突发或酒精成瘾的发生率还高。这些强奸案例不是什么最新的校园风潮或几个弃妇的幻想，而是真实存在的。而且就发生在我们周围。

"隐性"强奸的维度

大多数州将强奸定义为"男性通过暴力或胁迫，或在对方因生理或心理原因无能力表示许可的情况下，违背女性意愿实施的将阴茎插入受害者阴道"的性侵行为。如今，多个州将非自愿肛交和口交也纳入进来，一些州则去掉了特指性别的词汇，以便拓宽强奸法的适用范畴。

在熟人强奸中，强奸者和受害者可能是偶然相识的，比如：通过一次普通的活动，一个共同的朋友，一场聚会；作为邻居，选到同一门课的同学；在工作中、相亲时或旅途中认识的人。也可能有着更亲密的关系，比如双方是稳定的约会对象或曾经的性伴侣。熟人强奸基本可以说是一种隐秘的现象，因为它是所有强奸类型中报案率最低的一种（而总体来说，强奸又是针对个体的犯罪中报案率最低的）。尽管如此，许多组织、咨询师和社会学家都认为，熟人强奸是当下最普遍的强奸犯罪模式。

1986年，全美执法机构只收到了90 434起强奸报案，这个数字可以谨慎地认为仅代表了真实发生的各类强奸案的一小部分。政府部门估算，实际发生了3—10起强奸才有一起报案。如果说大量的陌生人强奸案都没有报案的话，那么熟人强奸的报案率就基本为零了。然而，各类强奸咨询中心（受害者可以在这里接受治疗，但不必向警方报案）的工作人员做的来访者调查表明，70%—80%的强奸罪案都是熟人强奸。

这些强奸案发生在一个已经对性侵习以为常的社会环境。实际上，在《女士》杂志的调研中，表示自己迄今为止**从未**受到过性侵害（受访者平均年龄为 21 岁）的女大学生还不足总数的一半。很多女生遭遇过不止一次非自愿的性触碰、性胁迫、强奸未遂或强奸。通过研究中搜集的数据就能描绘出美国大学短短一年间的"社交生活"面貌（参见本书 222 页开始的后记，了解这项研究是如何开展的）：

《女士》研究数据　一年中，有 3 187 位女性表示她们遭遇了：
328 次（符合法律定义的）强奸
534 次（符合法律定义的）强奸未遂
837 次性胁迫（在侵犯者持续不断的劝说和压迫下完成的性交）
2 024 次非自愿性接触（违背女性意愿的调戏、亲吻、爱抚）

这些年来，也有其他研究者记录过熟人强奸现象。1957 年，印第安纳州西拉法叶市普渡大学的尤金·卡宁（Eugene Kanin）做了一项研究，显示出 30％的受访女性在高中时代的约会中曾被迫尝试或完成性交。10 年后的 1967 年，正是年轻人戴着花环和串珠，大谈爱与和平的年代，卡宁却发现有超过 25％的受访男大学生承认曾试图强迫女人性交，直到她哭起来或开始反抗才罢手。到了 1977 年，女权运动遍地开花，流行文化毫不吝惜地歌颂着"做一个体贴男人"的美德，而卡宁发现 26％的受访男性承认曾试图强迫女性性交，25％的受访女性则遭遇过强奸或强奸未遂。

换句话说，卡宁的第一次调研至此已经过去了 20 年，而女性被认识的男性强奸的几率却一点变化也没有。

1982 年，亚拉巴马州奥本大学的一位博士生发现，25％的女大学生至少有过一次被迫性交的经历，而其中 93％的案例都涉及熟人强奸。同年，奥本大学心理学教授及熟人强奸的研究专家巴里·伯克哈特（Barry Burkhart）的一项研究显示，61％的男性承认他们曾违背女性意愿与其进行过性接触。

在更远的北方，明尼苏达州的圣克劳德州立大学在 1982 年开展的一项研究显示，29％的受访女性称自己曾在人身或心理的胁迫下进行过性交。

1984 年，在南达科他州弗米利昂的南达科他大学的一项研究中，20％的受访女大学生表示她们曾在约会时被迫性交。在罗得岛普罗维登斯的布朗大学，16％的受访女性表示曾被熟人强奸，11％的男性承认他们曾强迫女性性交。而奥本大学的伯克哈特参与的另一项研究表明，15％的受访男性承认曾强奸过约会对象。

同一年，熟人强奸研究从宁静祥和、绿树葱茏的大学校园延伸到了"险恶"的外部世界的冷酷现实之中。研究者戴安娜·拉塞尔（Diana Russell）对 930 名洛杉矶女性进行了随机抽样调查，结果显示 44％的受访女性是强奸或强奸未遂的受害者——而 88％的强奸受害者认识袭击她们的人。马萨诸塞州公共卫生部门于 1986 年发布的一项研究表明，危机应对中心接获的强奸报告中有 2/3 是熟人作案。

多数人心目中的强奸，是一个陌生人（通常是非洲裔、西班牙裔等少数族裔）突然从灌木丛里窜出来，挥舞着武器跑到某位毫无戒备的女性面前，然后侵犯了她；而这些统计数字与人们的想法背道而驰。他们很难接受真相——强奸往往发生在彼此认识的两个人之间,而犯罪者常常是那些"寻常"的男性。

如果强奸没有影响到自己或自己关心的人,多数人永远也不会了解这些真相。许多女性陷入了困惑,因为她们经历的熟人强奸和人们理解的强奸之间存在着巨大的割裂,然后她们还得面对一个糟糕的新状况:过去她们受的教育是要当心陌生男人,现在她们害怕陌生男人**以及她们认识的所有男人**。

洛丽的故事

一场约会怎么变成了强奸?

与"约会"这个词相配的应该是一幅两情相悦的美好画面,而与"强奸"相配的则是一个人完全丧失了理智,强迫另一个人服从其意志。在多数人的概念里,这两个词基本上不可能组合到一块儿去。那就让我们通过一个经典案例来看看约会强奸是如何发生的。

初始:一切都很自然,很平常。洛丽的朋友艾米想跟保罗出去约会,但觉得单独跟他待着又有点害羞和尴尬。于是,保罗的室友埃里克提议说,他和洛丽可以跟艾米和保罗一块儿来次四人约会,这听起来是个办法。"我对埃里克除了朋友之情外毫无其他感觉,"洛丽回忆自己听到这个安排时的反应,"我说,可以呀,也许这样艾米会感觉好一点。"

同意跟埃里克出去对洛丽来说也不光是什么大发善心之举。他**的确**挺有吸引力——高大、帅气,25岁,家境也颇殷实。洛丽当时19岁,每到大学放假期间她就会到非常受欢迎的坦帕湾餐厅当女招待,而埃里克和保罗是这家店的常客。

约会那天,埃里克打了好几回电话改变约会的安排。最终,他在电话里说他们决定邀上一群他和保罗共同的朋友在家烧烤。洛丽同意了。

> 我们到了他家,我提起保罗和艾米的时候,他似乎想岔开话题,"嗯,嗯"地应付着。我一点也没多想。我们准备牛排的时候,他还在说:"我们这次可真是帮了艾米大忙了。"
>
> 他整晚都在不停地调酒,不断地说"来,喝一杯吧""来,喝喝这个"。我没有喝,因为我不想这样,而他则一股脑地把酒全喝了。

进攻:洛丽不知道的是,艾米其实在前一天就已经取消了与保罗的约会。保罗通知了埃里克,但埃里克没有告诉洛丽。随着烤肉聚会的进行,她的朋友却一直没有现身,洛丽又问埃里克是怎么回事。于是他撒谎说,保罗刚刚来电说自己和艾米不来了。

> 我心想:"哦,那好吧。"我做梦也没想到他这是在策划什么阴谋。然后,他的朋友都陆续离开了。我开始感到"有点不对劲,发生了什么事",但大伙儿总说我爱大惊小怪,所以我决定不去理会。
>
> 等朋友都走光了,我们坐在沙发上,他开始探过身子亲吻我,我想:"约会嘛,没事的。"于是我们吻得更深了,我又想:"我开始享受这种感觉了,也许还不赖。"接着,电话响了。他回来的时候我已经站起来了。他从背后一把拉过我

抱了起来,用手遮住我的眼睛在房子里穿行。光线非常昏暗,我完全不知道他要带我去哪儿。我之前基本上没在这房子里走动过。

他把我放到一张床上,继续亲吻……然后开始脱我的衣服,我说:"等一下——停下!你知道的,我并不想这么做。"他嘟囔了几句,大概是他都给我做饭了,这是我欠他的。

我说:"这么做不对,别这样。我答应跟你出来可不是为了这个。"

他说:"那刚才在沙发上算怎么回事?"

我说:"那就是一个亲吻,到此为止。"

但是他说:"是吗,我不这么认为。"

两人扭打了一阵子,埃里克暂时从她身上滚了下来。洛丽马上跳起来奔向卫生间。她打算过几分钟再出来,然后跟他说该送她回家了。

在整个过程中,我一直在想:"简直不敢相信这种事竟然发生在了我身上。"还没等我完全走出卫生间,他就一把拽过我扔到了床上,开始脱我衣服。我不停地尖叫、捶打、拼命推他,而他似乎还乐在其中。他说:"我知道你肯定会喜欢的,很多女人都喜欢这么干。"然后又说:"这就是成年人的世界。或许你也该成熟点儿了。"

最后我到了无能为力的地步。

埃里克把阴茎插入她的身体几分钟后就射精了。洛丽之前只有过一次性经历,那还是一年前与一位交往很久的男朋友。

然后埃里克滚到一边，我开始归拢自己的衣服。埃里克说："别说你不喜欢这样啊。"我看着他说："不！不喜欢！"说着我就哭了，因为我真不知道该怎么办好。我从没听说谁遇到过这种事。

事后：最后，埃里克送她回了家。

在车里，他说："明天我能给你打电话吗？下个周末我能再跟你见面吗？"我只是看着他，他也看着我，然后笑了起来。

我妈出门了。我往床上一躺，盖上了被子。那天晚上，我把所有能想到的东西都裹在了身上——护腿、保暖内衣——在那样一个仲夏夜。梦里，事情再次发生了，我梦见自己就站在那里，看着他干的那些事。

有两周的时间我没法跟人交谈。人们跟我说话，而我毫无反应。我感觉自己像个僵尸。我哭不出来，笑不出来，也吃不下饭。我妈说："你怎么了？发生什么事了？"我说："没什么。"

我认为这是我的错。是不是我做了什么，让他觉得可以那样对我？是不是我跟他接吻是错的？是不是我答应跟他出去、到他家里这事做错了？

两周以后，洛丽将此事告诉了母亲，她们商量了一番该怎么做。洛丽决定不报警，她害怕埃里克会归咎于她。埃里克还是一如往常地频繁光顾她打工的餐厅。那次约会后数周，他把她堵在了厨房附近的走廊里。

他要抚摸我，我说："把你的脏手拿开。"一开始，他以为是开玩笑，说："怎么了嘛。"然后开始把我往他怀里拉。我把他推开叫他"别烦我"，而且越说越大声。我走开的时候，他说："哦，我想那次你可能没得到满足。"

我走进厨房，端起满满一托盘食物。我也不知道是怎么了，整个托盘掉到了地上，食物撒得哪儿都是。我的一位朋友也是服务生，她跑去跟经理说："她今晚的状态不好。"于是他们就送我回家了。

为了避免再遇到埃里克，洛丽搬到了150英里外的另一座小镇。在那里她找到了一份办公室助理和出纳的工作，并在另一所大学注册了新课程。

某天午休时，洛丽坐在一间光线黯淡的餐厅里，此时，那次强奸已过去了一年，但她仍在寻找答案。

我搬到这儿来的时候，没有人知道那件事。于是我认为，只有我遇到过这种事。然后某天，室友告诉我她在俄亥俄的时候也遇到过。我们就聊了一次，且只有一次。谈论这事太让我难受了，她也理解，我的意思是说，她也一样非常难受，所以我们谁也不再提了。

别的女人是怎么处理的呢？我打两份工，还去学校学习，因为我不想让别人有机会叫我出去约会。就算我跟某人出去了，我也会想，他是不是觉得一起吃饭就意味着"我会跟你上床"呢？

我可不会蠢到再让自己陷入那种困境了。我再也不会那么天真了。这次经历，让我在两周的时间内迅速成长了。

关于熟人强奸的谬论

像许多遭到约会强奸或熟人强奸的女性一样,洛丽并没有报警,甚至最初都没意识到自己被强奸了。相反,她完全把自己封闭起来,不断因为这事责备自己。为了有安全感,她远离侵犯她的人,生活也发生了很大变化。现在,她不再相信自己的判断力,害怕与男性进行社会交往,并对自己是否还能拥有"正常的"亲密关系感到绝望。

"她那是自找的。"

"她以为是怎么回事?她都去了他的住处了。"

"这不算强奸。一个陌生人抓住你,用枪顶着你的头那才叫强奸。"

"反正她也不是处女了,没什么损失嘛。"

"他都用大餐招待她了,这是她欠他的。"

"既然她喜欢跟他接吻,那他再进一步又有什么了不得的?"

"她到后来才'哭着喊着被强奸',是因为她对自己与人发生了性行为感到羞耻。"

这些都是最近在各类高校——常春藤盟校、州立大学、小院校——讨论约会强奸时听到的言论,男生女生都有。不过,也不能怪大学生们会有这样的想法:他们的父母,实际上是我们的整个社会,都至少会同意其中的一两条说法。

以上种种谬论,就是我们深信不疑的、关于那些被认识的男性强奸的女性的真相,但事实并非如此。下面我们将列举熟人强奸中一些常见的谬论和真相：

谬论	真相
强奸是疯狂的陌生人才会干的事。	多数女性都是被熟悉的"正常人"强奸的。
被强奸的女人都是自找的，尤其是在她自愿去男方家或坐男方的车兜风的情况下。	任何人都不该被强奸，不管是男是女。去一个男人的车里或家里，并不意味着就同意跟他发生性关系。
女人没有拼命反抗就说明她不是被强奸的。	只要是违背你意愿的性行为就是强奸，不管你有没有反抗。
没人拿刀枪逼着你，所以你不是被强奸的。	强奸就是强奸，不管对方用什么方式——武器、拳头、口头威胁、毒品、酒精——让你处于孤立无援的境地、利用你不稳定的生理或心理状态抑或单纯靠体重让你动弹不得。
如果受害者不是处女，就算不上强奸。	强奸就是强奸，哪怕受害者不是处女，哪怕受害者之前曾自愿与该男子发生过性行为。
如果一个女人让男人花钱请她吃晚饭、看电影、喝酒，那她就欠了他的。	在性方面，没有谁欠谁的道理，不管这次约会有多贵。

同意与男人接吻和抚摸就意味着这个女人已经同意了跟他性交。

男人一旦唤起了性欲就必须做爱，不然他们会"憋坏"①的。并且，男人性起了之后就管不住自己，只能霸王硬上弓。

女人总在强奸这种事上说谎，尤其她们指控的人是约会对象或其他熟人的时候更是如此。

任何人都有权对性行为说"不"，不管之前发生了什么，都应该尊重这个"不"字所代表的意愿。

从生理上讲，性起之后，男人对性的渴求并不比女人更强烈。再说，就算亢奋不已，男人也应该有自控能力。

强奸的确会发生——被强奸的可能是你认识的人，强奸者也可能是你认识的人。

  与大多数观念一样，我们在成长的过程中已经不知不觉地吸收了这些谬论：从我们身边的人那里，从我们阅读的书籍中，从我们收看的电影和电视节目里，甚至从广告向我们贩卖商品的方式中。

  因为这些谬论的存在，熟人强奸的真相被极大地掩盖了。在大学里，如果一个女生在宿舍或兄弟会的会所里被另一个学生强奸了，校方只会宣布增加停车场的照明度和延长护送服务的时间——这些所谓积极的安全防护措施，对阻止熟人强奸没有任何作用。极少数被熟人强奸后报了案（且案子还能顺利受理）的女性，只要她们一说自己是被认识的男性或社交场合相处过的男性

---

① 原文 blue balls，在美国俚语中特指"因无法纾解性需要而导致睾丸的痛苦"（a painful condition of the testicles caused by unrelieved sexual need）。——译者

强奸的，就往往会遭到陪审团和法官的质疑及不信任。

也难怪许多"预防强奸"活动人士虽然希望看到更多的熟人强奸案得到起诉，私下却建议女性不要起诉，因为说服陪审团真的发生了强奸实在太难了——人们的脑袋里已经塞满了谬论。

强奸就是强奸

约会强奸或认识的人之间的强奸不应被当成某种跑偏的性冒险：强奸是暴力行为，不是诱惑行为。熟人强奸和陌生人强奸一样，都是带着侵略性的人决意让受害者服从他的需求。强奸者认为他有权强迫一个女人性交，在他眼中，人与人之间的暴力（不管是仅靠身体压制女人还是挥舞枪械）都属于让自己达到目的的手段。

"所有强奸都是为了展示权力。"苏珊·布朗米勒在她的代表作《违背我们的意愿：男人、女人和强奸》（*Against Our Will: Men, Women and Rape*）里写道。布朗米勒等人特别指出，强奸是一种存在于多数男性与女性之间的权力不对等的问题，这种关系是自古以来就已形成的社会秩序。

今天，这样的关系还在延续。男性经过社会化，在性行为上具有了攻击性——不管怎样都要"进球得分"；而社会教女性的是要服从男性的意志，尤其是那些受到社会普遍尊重的男性。这种角色分配的延续，助长了熟人强奸的发生。

不过，即使在这样的社会规训下，大多数男人也没有变成强奸犯。这是件好事。

坏消息是，显然也有很多男人成了强奸犯。

《女士》研究数据　　受访男生中有1/12承认自己有过符合法律定义的强奸或强奸未遂行为。

归罪于熟人强奸的受害者

毋庸置疑，对女性来说，很多约会强奸和熟人强奸是可以避免的——如果她没有轻信那个看上去人很好的男性；如果她没有喝醉；如果她能早点对那种"不好的感觉"做出反应——许多受害者后来都表示有过类似的感觉却没有理会，因为她们不想表现得粗鲁、不友好或不成熟。但是，承认在一些案例中女性若做出不同的决定就有可能避免被强奸，并不意味着她就应该为这桩罪行负责。俄勒冈强奸危机应对部门的一位咨询师说："判断失误不等于就该被强奸。"

社会对大多数罪行的受害者都不像对熟人强奸受害者那样横加指责。抢劫案的受害者不会因为戴着手表和揣着钱包上街就被说成"活该"。此外，一个公司的资金被挪用了，也不会有人说是"自找的"；店铺老板也不会因为受到威胁时交出收银机里的钱而被指责。这些罪案之所以发生，是因为犯罪者决定要这么干。

熟人强奸也是一样的道理。有许多办法可以降低概率，但正如所有的罪行一样，谁也不敢保证就不会发生在你身上。

但熟人强奸的受害者一直被认为是有责任的，而且往往比加害者更有责任。"约会强奸使得'如果我是好人，那么我身上就只会发生好事'的想法变得站不住脚。多数人都坚信苍蝇不叮无缝的蛋。"心理学家科斯说，这位《女士》杂志研究的首席调查员现在正在亚利桑那州图森市的亚利桑那大学医学院精神科下面做事。社会上普遍对"普通男人"也能干出这种事的想法感到非常不安（可以肯定，许多"普通男人"也对这个将他们的行为视为犯罪的概念感到不舒服），因此，他们宁可相信不对劲的是那个胡言乱语的女人：她在撒谎，她有情绪问题，她恨男人，她这是要为自己的淫乱行为打掩护。事实上，《女士》杂志的调研显示，那些被认识的男人强奸的女性在性格和行为方面与没有被强奸过的女性并无二致。

应该要求女性别信那些看上去很不错的男人吗？应该告诉她们别去参加聚会或约会吗？应该不允许她们喝酒吗？应该不允许她们有性欲吗？当然不应该。**强奸并不是受害者造成的。**

但许多人就是对此坚信不疑。1987年4月，专栏作家安·兰德斯（Ann Landers）收到一封女性的来信，她被两个不同的约会对象强奸了。兰德斯回信表示了对她的支持，她写道："你没有起诉那些变态真是太糟糕了，我强烈要求你马上去见咨询师，赶紧让自己摆脱愤怒和内疚的情绪。你心里一定要清楚：该受谴责的人不是你。"据称，兰德斯的回复引来了大批负面的读者来信。

开始，一切还风平浪静。3个月后，兰德斯登出了一封愤怒的女性读者来信，称受害者说在遭到第一个约会对象强奸之前她正和对方"搂着脖子亲嘴"。"也许被强奸的那个女人并没有性交的打算，"这位读者写道，"但她肯定有责任，是她的行为鼓励了男方，让他觉得她愿意做性伴侣。麻烦就出在他激动得控制不住的时候，她又改主意了。那时就已经太晚了。"

兰德斯认为这种"男人管不住自己"的老调重弹完全是废话连篇的狡辩。在随后的回信中，她写道："现在看来我必须改变立场了，我得回去告诉女人们，'如果你不想来一次完整的性爱，你就得维持住活跃的聊天氛围,还得让他把手从你身上拿开。'"

换句话说,如果你被强奸了,那就是你自己的错。

大学里的约会强奸和熟人强奸

尽管女权运动带来了思想上和政治上的变革,但在男女的约会关系中,女性的设定仍是被动方,而男性是进攻方。二者之间的对立在少年和青年中间显得尤为突出,他们由于自身的恐惧、不安全感和无知而接受了这种最糟糕的性别刻板形象。这样的环境滋养了生生不息的性犯罪——从不情愿的性触摸、心理压迫式的性交到强奸——都被认为是稀松平常之事。"性胁迫行为在我们的男女关系中太常见了,正因如此,熟人强奸才会被认为不是强奸。"西雅图的强奸教育组织"恐惧的选择"的主管皮·贝特曼(Py Bateman)说。

事实上,当我们提到"性别战"时,对很多人来说真的就是这样。很多男孩十几岁时就被朋友和年长的男性撺掇,跟女人在一起时要做到"4F":"寻找;放倒;性交;忘掉"①。而另一方面,许多女孩却被告诫要把第一次"留"给"那个对的人",性关系应该在长期交往的条件下才能发生。加州大学伯克利分校的研究员柯特·维斯(Kurt Weis)和桑德拉·博格斯(Sandra S. Borges)在1973年的一篇论文中指出,约会活动让个体怀着高度社会化但彼此千差万别的期待共处于一个高度私密的暧昧情境。

也就是说,约会很容易发展为强奸。

---

① 原文是"Find'em; fell'em; fuck'em; forget'em",首字母为四个 F。——译者

这样看来，16—24 岁的女性遭到强奸的几率比其他人群高 4 倍就不足为奇了，因为这正是约会的黄金年龄段。粗算下来，因强奸而被逮捕的男性也约有一半年龄在 24 岁及以下。在美国，18 到 24 岁的年轻人中有 26% 在上大学，所以这些院校就是约会强奸和熟人强奸研究的重中之重，《女士》杂志的研究正是如此。

《女士》研究数据　　强奸发生时，男性和女性的平均年龄是 18.5 岁（施暴者和受害者一样）。

上大学一般来说意味着可以离开家乡，摆脱父母的控制和保护，进入一个无拘无束、自由自在的世界。虽说在高中时代聚会和约会也很重要，但大学环境中这一需求是急剧增长的。酒唾手可得，胡喝猛灌到了荒唐的地步；在大学生的世界里，喝大酒是刚需，证明自己玩得开心。大麻、可卡因、LSD①、冰毒等各种毒品也都很容易弄到。

1970 年代以前，大学对学生采取的是一种"代理父母"的态度，与之相应的是宵禁（通常对女生比对男生更严）、禁酒以及严厉的惩罚措施。在那个年代，学生会因为在女生宿舍探视时违反"三脚在地"②的规定或在大学校园里被抓到身上带着酒而受罚。虽说这些规定并不能防止熟人强奸，但毫无疑问，让女生宿舍成为禁止男性进入的避风港能够有效降低事件发生的几率。

---

① 成分是麦角酸二乙基酰胺，一种麻醉药，被一些瘾君子用作致幻剂。——译者
② three-feet-on-the-floor rules. 20 世纪 70 年代前美国许多大学里有成文规定："（男生女生相处时）房间门必须一直开着，而且'地面上要有三只脚'"。——译者

越战时期，多数学校都将这样的规定扫地出门了。如今，许多大学都有男女混住宿舍，男生和女生住在同一楼层的不同房间，既没有宵禁来限制社交活动，也没有针对酒精和毒品的有效管控。校园危机咨询师说，许多父母仍然以为只要帮孩子在当地银行开了账户、准备了足够穿到第一次放假回家的内衣裤，就是为孩子做好了万全的开学准备。这些当父母的忽视了大学里男生和女生的社交压力——以及这些压力带来的灾难性后果，他们成了约会强奸和熟人强奸的认知一贯缺失的帮凶，所以这种事才会一而再地发生。

克莱尔·沃尔什（Claire P. Walsh）是位于盖恩斯维尔的佛罗里达大学性侵康复服务的项目主管，她表示："对女性来说，唯一的变化是她们有了能够把控局面的幻觉，但实际上她们不能，她们有能力考进化工学院或医学院，她们已经规划好了自己的一生；什么都一帆风顺。可要是把这种尽在掌握的感觉带到社交场合，就属于自欺欺人了。"

审视《女士》杂志调研的统计结果时，有一点非常重要：这些年轻人还有许多年的社交和约会生活在等待着他们，因此，很可能还会遭遇更多的熟人强奸。学生、家长和校方都应加以关注。许多人并没有这么做，因为他们都被那些社会上到处传播的谬论欺骗了：认识的人不会强奸你，"好女孩"不会被强奸，大学校园这样"安全"的地方不会有强奸。

其他遭熟人强奸的受害者

不过，约会强奸和熟人强奸并不局限在大学。全国范围内的采访结果显示，低于或高于大学年龄段的女性成为熟人强奸受害者的几率同样高。

相当一部分青春期少女遭遇的约会强奸（见第八章，第136页）是她们的第一次或者几乎是第一次的性经历，她们大多没有告诉任何人。比如高中二年级的诺拉，在男方父母家约会看电视时被强奸；16岁的詹妮，在一次聚会中醉酒后被强奸。就算女孩还没正式开始约会，也有可能遭到同学或朋友的强奸。

而年长一些——遭到强奸时年龄已经超过30岁——的女性，则是这些"隐秘的"强奸受害者中更为"隐秘"的群体。她们大多社会经验丰富，但还是没想到自己会被侵犯。她们中有不少人是刚离了婚，正想再试试重新约会；有些是已婚状态；还有些则从未结过婚。其中就包括海伦，科罗拉多州一位37岁的妇女，一个10岁孩子的母亲。她在与一位男性第三次约会时被强奸；还有瑞伊，45岁，邀请一位相识的男子到她位于俄克拉何马州的家中喝咖啡时遭到了强奸。

"这不算强奸"

《女士》研究数据　　遭到符合法律定义的性侵害的女性中，只有27%认为自己是强奸受害者。

就因为与侵害者之间存在私人关系，哪怕只是泛泛之交，女性也往往要花更多的时间（相比被陌生人侵害）才能意识到这种行为是强奸。对她来说，承认这段经历是强奸就等于意识到自己对人的信任遭到了多么严重的践踏，自己对人生的掌控能力遭到了多么可怕的打击。

实际上，不管年龄与社会背景如何，参与本书调研的女性大多数月甚至数年间都没有告诉任何人自己被强奸了，没有找侵害者当面对质，更没有把这次侵犯称为强奸。

第二章
你认识的女性

"熟人强奸不为人所知——至少在我的世界里是这样。"
——宝拉，22岁时被同事强奸

看看周围，从你工作的工厂、办公室或商店，你就读的班级，你做礼拜的宗教场所随便挑出4位女性。

然后试想一下：这其中很可能至少有一位曾遭到她认识的男人强奸或强奸未遂。

你说不出是哪个，因为熟人强奸的受害者与其他女性看上去没什么两样。但在约会强奸和熟人强奸的案子里，旁观者却总是以对受害者吹毛求疵的方式去解释为何她受到了侵害。女性往往更容易这么做：她们必须找个**理由**——为什么强奸会发生在某个女人身上，而不可能发生在自己身上。

可惜这里面根本就没有什么颠扑不破的理由。我们来看一看下面这4位各不相同的女性的遭遇，她们代表了4类最常见的熟人强奸受害者：青春期少女，女大学生，年轻的单身职业女性，以及年长的女性。

吉尔：一位少女

　　吉尔住在华盛顿州一座雾气环绕的山里的村舍，从小在那里长大。现在她25岁，尽职尽责地做着秘书工作，下班后就回家陪着8岁的儿子唐尼写作业。吉尔爱她的儿子，但尽量不去回忆为什么自己这么年轻就做了妈妈：唐尼是吉尔16岁时遭遇的一次约会强奸的结果，事情发生在高二升高三那年的暑假。

　　遇到后来强奸她的那个男人时，她正跟几位男女友人在湖边玩。

> 　　我们叫他过来一起坐坐。之后我给了他自己的电话号码，他给我打了电话，约我出去。他真的很可爱，不过他的年纪比较大。

　　他看上去比较成熟（二十出头），有一头沙色的头发和胡子，他是个木工而不是高中生，这一切都让他显得颇有魅力。不过，吉尔有点担心自己的父母会怎么说。她还没怎么约会过，不过父母不知道的是，几个月前，她已经初尝禁果，是跟一位与她同岁的关系稳定的男友。

　　约会的日子到了，沙色头发的男子骑着摩托车来到了吉尔家门前。她爬上车，他们一直来到更远的乡下，到了河边一处幽静的地方。

> 　　我们正聊着天，你知道，就跟一般的约会一样。他突然从摩托车后座的包里拽出一把枪来，拿在手里把玩。我不喜欢枪。我父母也没有枪。我说："哦，天呐，这枪没上膛吧？"

而他说:"上膛了哦。"

我害怕极了。

吉尔的约会对象把枪放在他们坐的毯子上,然后用胳膊环住她,开始亲吻她,但时间很短。他几乎是立刻就跳到了性交这一步。

我记得自己当时想:"那就继续吧,没什么大不了的。"我不想冒任何险,我只想回家,摆脱这种局面。

正如约会强奸者一向所做的那样,这位英俊的木工根本没想过避孕,或者会不会把什么病传染给受害者。他把吉尔送回了家,她编了个理由解释自己为何回来晚了;然后她走回自己的房间,发誓绝不告诉任何人。

接下来的几个月她很好地守住了誓言,但怀孕的压力迫使她最终向一位朋友吐露了秘密。吉尔也想过堕胎,但听了手术的整个过程后就改变了主意。加上她的父母也反对堕胎,于是她决定把孩子留下。吉尔一直是个好学生,她怀着身孕度过了高中三年级的时光,平均成绩始终保持着 A。她抱着儿子参加了毕业典礼,去上艺术院校的梦想被抛在了一边,她的面前是抚养孩子的重担。

瑞秋:一位女大学生

一个温暖的春日午后,波士顿市中心的街头到处是一波波光彩照人的年轻人,瑞秋就是其中之一。她那一头棕色短发根根直立，是这季最流行的时尚；巨大的圈状耳环与大面积眼影很配。她来自一个属于高知阶层且充满爱的家庭，父亲是律师，母亲是教师。

瑞秋在大学一年级时遭到了强奸。她从未告诉过父母。

  我读的是一个规模很大的大学，住的是男女混合宿舍。每层有两条过道住着女生，两条过道住着男生。那个男生是橄榄球队的，身高差不多六英尺五，体重大概265磅。我知道他住在走廊那头，但跟他不算认识。我觉得他是个挺吸引人的家伙。那会儿他上大三。
  我们搞了个派对，住在这层的所有男孩女孩都参加了，还有桶装扎啤什么的。法定饮酒年龄是18岁，虽然我还不满18岁，但他们也让我去了。去派对之前我们就已经喝了不少了，到了那儿以后，这人（橄榄球员）就一直在跟我说话。

瑞秋有点受宠若惊。

  他自己并没有喝，却不停地灌我酒。他让我跟他回房间——就在过道那头，我们都住在同一条过道上。我醉得太厉害了，就说："好啊。"我一无所知。根本没想过他会伤害我。
  我以为屋里还有别人。我以为他只不过是想"我们赶紧离开这破派对吧"这类的。到了他的房间后我才看到里面空无一人。我觉得做什么都于事无补了。
  我们就接吻了，然后他就开始脱我衣服。我哭了，不断叫他停下。我很怕他，觉得他一定会伤害我……他用一只手

危险的熟人   033

捂住我的脸。我身高五英尺二,体重110磅。我别无选择。

侵犯持续了半小时。一结束瑞秋就回了自己的房间,就在过道另一头。她祈祷自己千万不要怀孕,渐渐地就这么睡着了。

我只是不想再提这事了。发生了这种事让我觉得很丢人。我觉得自己被侵犯了,很脏。我认为这都是我的错。这不像是说"他对我做了什么",而是"我让他对我做了什么",所以我觉得自己非常差劲。

第二天他到我房间来,想约我出去。我猜在他看来这一切都很正常。

瑞秋拒绝了他,但没解释为什么。她也没有选择报警。

谁会相信我呢?他是个很牛的橄榄球员。我说了也不会有任何人信。我连做梦都不想说出去。

瑞秋认为没人相信的猜测颇有先见之明。当年的晚些时候,她的宿舍管理员(由年级较高的学生担任)在一次派对后酩酊大醉地躺在自己房间的床上时,另一个运动员闯了进来,把她强奸了。校纪律委员会认为,既然女方不省人事,这种行为就不算强奸,而算性行为不检。男生最后被轻罚了事。

4年过去后,瑞秋才开始告诉别人她被强奸的事。她的朋友,包括男女友人,都对她非常同情和支持。一位朋友甚至说出了自己遭约会强奸的经历。能够聊一聊这件事对瑞秋的康复很有帮助,让她对自己又有信心了。"我做了一些蠢事,但他伤害我不是我的错。"她说。

你知道,当你第一次远离家乡的时候,你只想着放飞自我,根本不知道会遇上什么事,只是以为别人都不会伤害你。我那时完全没概念,怎么会有人对我做出那样的事来。

宝拉:年轻的单身职业女性

宝拉是一位社会服务工作者,与年幼的女儿一起住在南方。22岁时,她在弗吉尼亚州一家医疗机构担任病房管理员。有那么几周,一位专门照顾癌症病人的年轻实习医生一直软磨硬泡,让她跟他出去约会。"他在医院算是花名远扬(约会过许多女人),"宝拉说,"我知道这一点,可能这就是为什么很长一段时间我都是拒绝的。"但是他个子高高的,长得很好看,又是成功人士,恐怕正是因为这些特质才让他如此受欢迎。"他求了我差不多两个月,一直说'我只是想请你过来吃晚餐。没别的'。我的意思是,为了说服我,他可是大费周章。"宝拉说。

宝拉那时刚与男朋友分了手,而医生的未婚妻住在城外。与他聊了几回之后,宝拉觉得他只是在表达善意。

我想,与一个善解人意的倾听者共度一个柏拉图式的夜晚肯定很不错。前面几个小时的确也是如此——愉快的聊天,美味的饭食,还有一瓶红酒。他住的公寓很棒,家具都价值不菲。

用完餐后,我觉得差不多该走了。他恳求我多待一会儿。

他想拿点大麻来跟我一起抽，还说这能帮我放松身体，打起精神。

宝拉以前也吸过大麻，但没吸过劲儿这么大的。现在回想起来，她认为那肯定是医用大麻，那种给化疗的病人缓解痛苦，需要处方才能开出来的药品。

我真的嗑大了，感觉自己出现了幻觉。在我眼里，他的脸和身体分开了。看什么都是歪七扭八的。我还记得，我渐渐感到浑身无力，动弹不得。

然而，她的约会对象却没有这些问题。他脱掉了她的衣服，拖着她上了几级楼梯，进了卧室。

我哭了起来。这就是我唯一的反应。我记得自己一边说"不，不，不"，一边哭得越来越凶。

我记得那种永无止尽的感觉。他始终勃起就是不射。我记得自己想着："哦，我再也受不了了。要么我死，要么他停下。"事情发展到这个地步，哭已经没用了；干什么都没用了。他让我给他口交，还尝试肛交，我觉得他再不停下来，我就分分钟要爆炸了。他强迫我口交的时候，我说"我要吐了"，我想就是这话刺激他完了事。

他完事了，而我是真的陷入了惊恐。在此之前，我一直拒绝承认、不肯相信，而等一切都结束了，我回不过神来，几乎动弹不得。我想应该是他帮我穿上了衣服，又连拉带拽地把我拖到了门口。他办的事可真够丢人现眼的。

我不知道是怎么上的车，也不知道是怎么开回的家。我不记得怎么到的家，一点儿都不记得。很幸运，我没在路上撞死什么人。

宝拉回家后把这事告诉了自己的嫂子，后者立刻跳起来要去找那个男人。而宝拉求她发誓千万别说出去。几天后，宝拉在工作中又遇到了那个医生；她狠狠地瞪了他，却什么话也没有说。

熟人强奸是一种不为人知的存在，至少在我的生活中是这样，所以对他的愤恨也只是"你骗了我。你要了我。你玩了我"这样。我明白这一点，但我完全没意识到他对我所做的事其实是犯罪。我从没想到可以报警。从没想到可以去告他个什么罪。

一个月后，我搬到了1 000多英里外的地方，跟家人一起住了段时间。我受不了父亲触碰我，甚至连离他近一点都不愿意。我再也不想与人有任何身体接触了。

我剪短了头发，不想让男人觉得我有吸引力。我开始穿特别中性的衣服——既不紧身又不暴露的衣服——妆也基本不化了。那段时间我只想看上去没什么性别特征，这样才感觉安全一点。

过了好几年宝拉才开始重新约会，那几年里，她一直过得不好，总是愤怒、怀疑，性方面也是始终不顺。至于那个侵犯她的男人，宝拉辞职并离开那个镇子前再也没跟他说过话，却经常想起他。

当时，我从没想过他也许一直在干这种勾当。现在我强烈地感到，他很可能用这一套强奸了很多女人。

黛博拉：一位年纪稍长的女性

结婚 15 年后，黛博拉和丈夫分居了。当时她的朋友里有个男的名叫亚历克斯。

亚历克斯和我已经是 5 年好友了。我们都参加为孩童服务的社区活动，主要是垒球赛。

（与前夫分居后的）最初 4 个月里，亚历克斯和我逐渐亲近起来。他在精神上对我帮助很大。顺理成章地，我们也开始有了身体上的亲密关系，差不多持续了六周。

黛博拉当时 34 岁，她的丈夫还想挽救一下他们的婚姻。亚历克斯对她的决定很不满。6 个月后，黛博拉跟丈夫又分居了。亚历克斯准备跟她再续前缘，而黛博拉告诉他自己需要独处一段时间。一天晚上，在他们居住的加州某小镇附近的一间餐厅外面，喝醉了酒且怒气冲冲的亚历克斯与黛博拉见了面。他把她推到墙上，开始掐她脖子。她用膝盖顶他的胯部，挣脱了他，径直跑进餐厅，那里有一位女性朋友正在等她。亚历克斯跳上车开走了。

我和朋友一起离开了。她很为我担心，想让我当晚跟她回去住。我对她说不会有事的，就回家了。

凌晨 4 点，我惊醒了，亚历克斯就站在我床边，直勾勾地瞪着我。我告诉他要是不赶紧走，我就报警了。他毫无反应。我拿起电话，他抢过来砸到墙上，然后扑过来抓我。他开始打我，把我摔到地上，嘴里还不干不净地骂着。

某一刻，我抓住了一只瓷碗，用尽全力砸到了他头上，他连脖子都没缩一下。血溅得到处都是。

最终他还是把我按在了床上。我根本没有反抗的余地。

随后，正如强奸案中时有发生的那样，亚历克斯插入到一半却怎么也硬不起来了。他大吼大叫起来，又开始继续打她。他叫黛博拉躺着一动也不许动，只要一动就揍她。最终他也没能射精，就穿上衣服走了。他在那里一共待了两个小时。

现场的证据太多，都用不着我来提起诉讼——地区检察官就办了。亚历克斯第二天一早就被捕了……罪名是强奸、非法入室、袭击以及破坏电话设备。预审中，他与检方达成了辩诉交易①，以求轻判为袭击而不是强奸未遂。他认了罪，被判了4年，现在还在州监狱待着。

（我被强奸这事过去）快一年了，但我觉得自己会好起来的。许多家人和朋友都在支持着我。唯一的例外是我前夫。他说我是自找的。

---

① 美国联邦最高法院1974年修订施行的《联邦刑事诉讼规则》明确将辩诉交易作为一项诉讼制度确立下来。辩诉交易是指在法院开庭审理前，检方和被告方进行协商，以检察官撤销指控、降格指控或者要求法官从轻判处刑罚等为条件，换取被告人的有罪答辩，进而双方达成均可接受的协议。——译者

第三章
约会强奸和熟人强奸为何如此普遍

> "当她终于说出'不要'的时候,他要么根本不听,要么就告诉自己她只是在玩'欲迎还拒',她真正的意思是'要'。"
> ——埃里克·庄奇(学生)描述寻常约会
> 为何会演变成强奸

相识的男女之间的强奸,会发生在大都市、小城镇、农村地区的各种族和宗教群体中,且无关受教育程度和财富数量。这些强奸的根源是男性和女性从小习得的社会行为。

唐娜和伊莱的故事就说明了盲目遵从这样的性别角色有可能导致强奸的恶果。唐娜与伊莱在一次派对上相识,当时她18岁,他20岁,然后慢慢对彼此有了好感。独处的时候,唐娜知道自己在性行为方面的底线是什么,也把这个想法说了出来,但说得不够明确和坚决。伊莱决定充耳不闻,或干脆把她的拒绝(先是口头上的,最后是身体上的)理解成别的意思。他决定强行得到他想要的东西。

唐娜向她就读的伊利诺伊州某大学的校警交了份报告,下面是其中的一部分：

  星期五晚上 9 点左右，我去参加了一个派对，朋友陪我一起去的。到了以后，我们就开始喝酒。我们跟其他朋友闲聊，还认识了些新人，伊莱就是这些新朋友中的一个。
  我整晚只喝了两瓶啤酒，所以神志很清醒。我们一群人聊天的时候，我注意到了他。他穿了一件带白色图案的蓝色连帽卫衣，下面是里维斯牌牛仔裤。他的朋友给我们介绍了一下，然后我就说起了学校和老家什么的。

午夜前后，唐娜的一位朋友离开了派对，另一个朋友则留下来陪她。

  午夜 12 点 45 分左右，伊莱问我是否愿意到他家再聊会儿。我跟朋友说了，但她想回家，于是伊莱就叫上跟他同来的两个朋友，加上我和我的朋友，大家一起离开了。伊莱的朋友把我的朋友送回宿舍，然后我们往他家去。大伙儿都进了门，伊莱和我去了看电视的房间。
  他打开电视，换了会儿频道，然后转身亲吻我。他的朋友进来跟我们聊了会儿。朋友走后，伊莱让我跟他上楼，我说："我不想去，我们到这来不是为了聊天吗。"伊莱回答："我们不会干任何你不想干的事的。"
  我又说："我什么也不想干，我还不怎么认识你呢。"他说没关系，我们可以只聊天。于是我们站起来上了楼。

  他们进了伊莱的房间，里面就跟一般大学生的房间一样，除

危险的熟人 041

了一张床和一辆自行车外没什么别的,衣服扔得哪儿都是。

伊莱示意我坐在床上,转身锁上了房门上的三道锁,然后在我身边坐下。他立马开始亲我,我推开了。他又说:"我们不干你不想干的事。"我说:"我什么也不想干。"他根本不理会,开始强行往我身上压。

他把我放倒在床上,伏在我身上开始亲吻。我把他推开,明确说"不要"。可他依然不理,继续该干吗干吗。

他不断求我跟他一起过夜,前几次我没说话,最后不回答不行了。我说:"不行,明天我还有很多事,我得赶快回去了。"他一直求我,最后终于闭嘴了。这下我想我马上就可以走了。

我错了。他起身开始脱衣服,然后强行扒了我的裤子,挤进了我的两腿之间。我一直被他压着,根本动不了。他趴在我身上,求我跟他做爱。我一边说"不行",一边把手放在盆骨上,掌心向上把他往外推。

就这样,我努力暂时推开了他,但他开始用更大的力气强迫我。我不想受到伤害,所以只能放松了推的力气,但我嘴里还是坚持说不。就在这时,他进入了我的身体。

他强行进入以后,我拼命推他,想让他停下,可他就是不肯。我哭了起来,他问我怎么回事?我说:"我不想这样。我都不怎么认识你。"他说:"你以前没做过爱吗?"我没有回答。他又说:"好啦,我们就不能爽一下吗?"

最后他还是停下来了。他从我身上下去,躺在我身边,却紧紧地抓着我。他看着我的眼睛说:"对不起。"然后拉起我的手,想让我爱抚他,我拒绝了。于是他开始手淫直到射了出来。接着,他开始抚摸我,而且又开始往我身上爬,又开始求我跟他做爱。我拒绝了无数次,但毫无用处。我一直在哭,但他置若罔闻,接着又在我反对的情况下进入了我的身体。

他终于从我身上下来了,拿开他的胳膊,躺在了我身边。他说:"对不起,唐娜。"我说我得走了,那时候已经早上7点半了。他说好吧,就站起来去了浴室。

伊莱不在的时候,唐娜穿上了衣服。他出来后,开车送她回了宿舍。

到了宿舍,他亲了亲我说:"给我打电话吧。"我立马下了车,进了自己的房间。

唐娜哭着告诉室友发生了什么,室友带她去了学生健康中心,又去了医院做强奸后的身体检查。唐娜决定不对伊莱提起刑事诉讼,而是向学校司法委员会报告,这个组织由一位行政人员、一位教授和两名学生构成。经过3小时的听证,委员会判定伊莱违反了学校的行为规范条例。但是,尽管学校规定强奸初犯者应被处以停学,但到头来伊莱只被判了缓期执行和写一篇关于性侵的论文。

让我们来分析一下唐娜的故事。面对伊莱做爱的请求,唐娜在说了好几次"不行"并意识到自己的希望落空后,她告诉他:"我明天还有很多事,得回家了。"她为什么不直接叫他放她走或坚决要求回家呢?她为什么不喊叫?为什么不咬他?为什么不猛拍锁死的房门,想法子脱身呢?当然,这些选择不一定能让她免

危险的熟人　　043

于遭到强奸,但唐娜当时连想都没这么想过。因为她从一开始,就被她受到的男女互动方式的教育束缚了手脚。

约会的常见步骤

这种互动在传统的约会行为中最为突出:男性通过邀约女性,并由他承担酒水、食物、娱乐等一切花销来开始约会。这样一来,男方就会认为性行为乃至性交都是顺理成章的,不管两人之间是不是正儿八经的恋爱关系;而另一方面,女方却认为交往一段时间发展成稳定的关系后才能进行亲密接触。就算女方心里愿意不确定关系就做爱,她也可能表示反对,因为她从小所受的教育是只有"坏女孩"才会欣然接受性关系。而她的约会对象从小学到的(或从其他男人那里听来的)却是:女人说"不要"的时候往往意味着"要"。

如果男方在性方面没什么攻击性,那大家就相安无事。但如果他的攻击性很强,女方就得跟他较量一番了——要么是她真的不想跟他发生性关系,要么是她觉得必须为了保住好名声而半推半就一下。于是,约会就成了一场双方都想获胜的竞赛。而最终结果可能就是强奸。

让我们来看一看埃里克·庄奇的观点,他是位于费城附近的哈弗福德学院某男生社团的成员,该组织致力于让年轻男性认清熟人强奸的真相。在庄奇1987年撰写的毕业论文中,他从自身出发,以冷静的视角描述了发生在约会男女之间的那些难以察觉的性别角色互动。

男人受到的教育是将约会时的行为视为一种精心构建的策略，以最大程度地攻城略地。每一步都要以最终目标——性交为考量。他会不断试探，看看到底"能走多远"。她（约会对象）每顺一次他的意，他就等于"推进"了一步；倘若她不从，他就不得不"撤退"。既然他已经把她视为对手，把约会当作比赛或战役，那么也预料到会遭遇抵抗。他了解"好女孩不会……"那套，所以知道她很可能说"不"。但他已经学会对女方和女方的想法视而不见。他更关心的是如何赢得这场比赛。因此，比起试着与她沟通，他更想通过强迫的方式让她说"好"。

每当她顺了他的意，他就将其视作一次小小的胜利（约到女方，为她买喝的，得到一个吻或者摸到她的胸）。他将她的举棋不定视作一个机会，借此告诉她"什么才是她真正想要的"，而实际上那是他自己想要的东西。如果她的行为前后矛盾，他就说她"反复无常"或者"欲擒故纵"。如果他根本不关心她的想法而且认为她犹豫不决，那么就算她直接表达意愿，他也很可能置之不理。当她最终说出"不要"的时候，他要么不予理会，要么就说服自己她只是在玩"欲迎还拒"而已，她真正的意思就是"要"。这种可悲而失败的沟通，将导致男人在女人口头和身体都拒绝的情况下强奸对方，而他自己还觉得这不算强奸。

所以，这场较量在许多传统型约会的一开始就出现了，男人不断地引诱女人，女人则不断防着两人在性方面越来越深入。这种平衡有可能维持很长时间，从某种程度上讲双方都挺满意。只有当男人从甜言蜜语哄着女人发生关系转变为通过强奸迫使她屈服的时候,他才会遇到他所认为的"小小抵抗"。原因在于,女性在社会化过程中受到的教育是不应该强行表达自己的观点,不应该伤害他人的感情或拒绝他人,而应该安静、礼貌、不作不闹。并且,作为一个女孩,她还被教导不可以有肉体欲望。

"我从没想过狠狠地打他或激烈反抗什么的,"艾比在提到强奸她的那个熟人时说,"我觉得自己是个'好女孩',好女孩不能这么做,即使有人对你不好的时候也不可以这样。"

人际关系中的暴力

要巩固约会双方这一对侵犯者/受害者的关系,唯一需要做的是增加一种信念:相信可以用暴力处理人与人之间的冲突。研究表明,这还真不是什么异想天开的事。

一项在明尼苏达州进行的研究调查了202名男女大学生,结果显示,在约会关系中:

近13%的人打过约会对象耳光或被对方打;

14%的人推搡过对方或被对方推搡;

4%的人曾对对方拳打脚踢或被对方拳打脚踢;

3.5%的人用物品打过对方或被对方用物品打;

1%的人承认自己用武器攻击过对方或被对方用武器攻击。

这份研究报告的作者詹姆斯·梅克皮斯(James Makepeace)是明尼苏达州圣乔治市的圣本尼迪克特学院/圣约翰大学的社会学

教授，他指出："如果 4％的人遭到拳打脚踢这个数字具有代表性的话，那么全校 2 万名学生中就有 800 人可能（在社会关系或性关系中）遭遇过这种形式的暴力。"总体来说，报告显示超过 1/5 的学生有过约会暴力的直接经历。

其他地方也能找到约会暴力的坚实证据。南达科他大学的一项研究表明，参与调查的女大学生中有 10％的人曾在一段或多段亲密关系中受到过身体上的虐待。有些研究人员则看到了暴力对待女性的文化表述（比如一些电影里）与人们对这类暴力日渐麻木之间的某种必然关联，而这种必然性的直接后果，就是人们在银幕外乃至约会关系中也对暴力习以为常。

沟　通

沟通失败也是导致人们对熟人强奸事件的认知始终云里雾里的原因之一。而沟通失败可能是因为男女总是在行为举止甚至直接的对话方面有着不同的解读。总体来说，男性比女性更愿意从性方面理解行为和对话的意义。1982 年，伊利诺伊州埃文斯顿市西北大学的安东尼娅·阿贝（Antonia Abbey）进行了一项研究，让参加测试的男女观看一段男演员和女演员的对话，结果显示，这些男性比女性更容易将女演员与"诱惑""淫荡"联系起来。另一项对加利福尼亚的高中生进行的研究则表明，男性比女性更容易将各种约会中的行为、衣裙的样式和约会的活动安排统统视为性暗示。

在 1983 年的一个研究项目中，参加测试的男女被要求阅读一段关于大学生约会的剧本，然后评论约会双方是否有发生性行为的意愿。结果显示，不管提出约会邀请和承担费用的是谁、去的是什么地方，男性受试者都比女性受试者更倾向于认为剧本里的女人希望与她的约会对象做爱。"看起来男人很容易误解女人的行为，以为她对自己感兴趣，而实际上不是这么回事。"这项研究的作者、得克萨斯州卡城的得州农工大学的沙琳·穆兰赫德（Charlene Muehlenhard）写道。实际上，很多男人对女方产生了"性趣"之后才会约她出去，而大部分女人却认为约会只是一次社交和了解男性的机会，尤其是第一次约会。

一些人认为，如果女人能够增强表达能力、清楚说明自己的意愿，男人自然就知道该怎么做了。然而，在熟人强奸案中，尽管有些男人"无动无衷"是因为女性没有果断说出自己的想法，但大多数男人要么根本不在意女性说了什么，要么硬把她们的话按自己喜欢的方式去理解。他们从小就相信：女人对性爱总是半推半就，因为她们不想表现得"淫荡"（而实际上，有些的确淫荡），她们真的"想要"的时候往往会说"不要"，而且她们希望被男人主宰并表现出驯服的样子。更有甚者，很多男人已经习惯了干脆无视女人——不管这些女人对性行为表示欢迎，还是推拒、踢打、哭闹或拼命反抗。

一说到性关系，女人嘴里的"不要"往往没有任何意义。

相信存在"正当强奸"

这些沟通中出现的矛盾——男人对女人表现出的社会性"装聋作哑"以及男人比女人更容易把事情往性爱上解读——导致的结果是，许多男人（也包括一些女人）相信存在着"正当强奸"，与"正当杀人"的意思差不多。在"正当强奸"中，人们认为是受害者的行为触发了男性的行动，受害者应为此担责。虽然不像"正当杀人"那样具有专门的法律概念，但"正当强奸"的思想却影响着每个人，从受害者自己的家人，到审判席上本应对侵害者做出审判的陪审团成员。

最新研究表明，出现以下情况时，男性就会认为强奸更具有合理性：

　　女方主动邀男方出去约会
　　男方承担了约会花销
　　没有去电影院，而是去了男方家里
　　女方有喝酒或吸毒等行为

而以传统观念看待女性的男人，比持非传统观念的男人更相信上述条件在判定强奸时的重要性。

研究还显示，很多时候男人觉得自己受到了"勾引"，但女人丝毫不明白自己的行为怎么会被解读为性暗示。普渡大学的尤金·卡宁在1967年做了一项调查，在性方面具有攻击性的男大学生表示，如果女方"卖弄风骚"的话，那他们的侵犯就是正当的。而1979年在加利福尼亚那所高中的男生中所做的调查显示，54%的人认为如果女孩"勾引"了男孩，那么强奸就是情有可原的。

得州农工大学的穆兰赫德做了一项研究，以调查相信"某些情况下强奸是正当的"的人群和真的有性侵之举的人群之间存在何种关联，结果发现，认为"女人在男人提出约会前就已经给了他充分暗示"的男性人数远远多于女性。而当穆兰赫德单看在约会中有性侵之举的受试者的数据时，发现差异尤其显著：60%的男性称女方暗示她们有兴趣跟自己约会；而只有16%的女性表示她们的确暗示过。这些男人显然认为自己"上了钩"之后，女方又拒绝性爱；于是他们中的许多人就将这种感觉当成了实施强奸的正当理由。

酒精和毒品扮演的角色

《女士》研究数据　　熟人强奸的当事人中有75%的男性和55%的女性在侵害发生前喝了酒或使用了毒品。

思考熟人强奸为何如此普遍，就不能不提到性侵与使用毒品和酒精之间的关联。

虽然喝了酒不等于喝醉，但在许多社交场合——特别是多为青少年参加的——喝酒的目的就是喝醉。而且，因为只喝一杯啤酒并不会导致人去碰毒品，所以不管吸食的毒品是大麻、印度大麻、可卡因、快克①、冰毒、LSD、天使粉②还是海洛因，都意味着肯定会酩酊大醉或者"兴奋到极点"，虽然神志不清的程度因毒品不同而有所区别。

从联邦公路安全测试中可以看出，酒精远在人们觉得自己真的喝醉之前就已经开始产生不良影响了。酒精和毒品会扭曲眼前实情，扰乱判断能力和延缓反应能力，会让男性和女性把自己暴

---

① 可卡因的一种，高度提纯的、最容易上瘾的一类。——译者
② angel dust，一种能让人产生强烈幻觉的致幻剂。——译者

露于危险之中或藐视社会约束,这会给他们带来麻烦。

女人一旦喝醉,就无法清醒地察觉周围和自己身上发生的事情。她抵抗袭击的能力会变弱,语言和身体的反应机制也会变迟缓,可能要依赖他人照顾、送她安全到家和保护她不受伤害。一些男人在强迫女人发生关系前,会有目的地"灌"她喝酒或吸毒,以便削弱她的防御能力。这样的事就发生在帕蒂身上:她和两位女性朋友一起在餐馆吃饭时,一个她偶然认识的男人加入进来,此人当天晚些时候强奸了帕蒂。

> 我们继续喝酒,喝了很多,不过现在回想起来,我注意到他其实没喝多少,都是女士们在喝。几小时后,我们打算进城去跳舞,他说:"你干吗不坐我的车走呢?"我说:"行啊,好。"去城里的路上,我们开始在他的皮卡里抽大麻,现在回想起来,我发现他并没抽多少。但是他一个劲儿地给我递。
>
> 到了要去的地方时,我已经无法思考了。我的意思是,我连自己是谁都快不知道了,更别提做出什么决定了。于是我们出去了……他跟我说:"来吧,咱们上我家。"好吧,我不想去,但我已经没那个能力说"不,我不想去"了。

此外,一个喝得烂醉或吸毒吸"嗨"了的女人,很容易就会被单个或一群正在寻找猎物的男人盯上。况且在一些男人看来,女人喝酒这个事情本身就已经是"正当强奸"的理由了(因为"好女孩"是不喝酒的),就算她没喝醉也一样。

一个醉酒的男人可能比他清醒的时候更有性侵略性、更暴力且更不关心女人的想法。而且很多犯下熟人强奸案的男人都会以醉酒或吸毒为由为自己开脱。

支持强奸和暴力的社会文化

曾实施过强奸的男人普遍对强奸持赞成态度，然而社会各阶层中有同样想法的人也为数不少。1977年，华盛顿的城市研究所[①]的玛莎·伯特（Martha R. Burt）在598位明尼苏达州的成年人中做了一项调查，发现其中有超过半数的人同意这样的观点："女人如果第一次约会就去了男人家里，就说明她愿意跟他发生性关系"、"大多数强奸案的受害者都私生活混乱或者名声不好"。这些受访者中还有超过半数的人认为"至少有50%的强奸报案只不过是女方想报复惹她生气的男人，或者试图掩盖自己婚内出轨并怀孕的事实"。

尽管该调查表明，女性很容易相信这些谬论，但相信它们的男人更多，而且顽固得多。因为男性往往更喜欢跟那些与自己想法一样的朋友和同龄人来往，他们会加固自己的想法，对"被强奸是女人自己的责任"、"只有脑子有病的陌生人才会强奸"、"女人在强奸这事上说谎"之类的话深信不疑。

迈阿密大学法学院的诺娜·巴奈特（Nona J. Barnett）和奥本大学的休伯特·费尔德（Hubert S. Feild）在400名大学生中（男生女生各200名）做了一项调查，对于如何看待强奸，得出了如下结果：

---

① 一家总部位于美国华盛顿特区的无党派智库，由约翰逊政府于1968年成立，旨在进行经济和社会政策研究。——译者

观　　点	男性表示赞同的比例	女性表示赞同的比例
在多数情况下女人被强奸都是自作自受	17	4
如果一个女人要被强奸了,那她不如干脆放松下来,享受一番	17	7
女人会因为她们的外表或行为招致强奸	59	38
女人有责任防止自己成为强奸受害者	41	27
女性反抗的激烈程度是判断强奸发生的主要因素	40	18
为了保障男性权益,应该让人很难证明发生了强奸	40	15
对有些女人来说,被强奸反而是好事	32	8

这些观点会在许多人中间形成一种反女性(antifemale)和支持强奸的社会现实。而且这些想法往往还会以公开的方式扩散开来。1987年4月,一支主要由女性组成的约200人的游行队伍走上街头,抗议普林斯顿大学对一名女生指控一男生性侵的处理方式。当队伍经过几个全由男生组成的吃喝俱乐部①门前时,其成员用啤酒杯扔他们,还大喊:"祝你被强奸!"

一些人将熟人强奸案看成小事,说什么"男孩就是这样的嘛"——也就是说,强奸只是一个血气方刚的正常男人性起后不

---

① 普林斯顿大学的"吃喝俱乐部"(eating club)与男生联谊会差不多,是一种由在校生自主运营管理、为学生提供日常餐饮和周末派对的社交场所,通常设在小公寓里,设施齐全,配有图书馆、起居室、院子等。——译者

危险的熟人　053

得不做的事罢了。没有什么比这更违背真正的"正常"了。正如宾夕法尼亚大学费城分校的人类学家佩姬·里维斯·桑迪（Peggy Reeves Sandy）在一项关于强奸的跨文化研究中所言："理解这一点非常重要：暴力是一种社会性程序而非生物性程序。强奸并不是男人的'天性'，而是男性以暴力表达其'性别自我'（sexual self）的'程序'。那些在具有尊重女性、珍视生命神圣性等美德的环境中成长的男性不会侵犯女性。"

为减少熟人强奸而努力

如何消灭熟人强奸呢？肯定不是再不去约会，而是应该重新定义这个概念，并重新定义男女之间的其他社会交流——我们作为父母、兄弟姐妹、朋友、同事、工友等该如何相处。这意味着早在孩子远未到开始约会的年龄前，就要教他们打破男女关系中的进攻/被动承受模式；鼓励他们用建设性的非暴力的方式去处理男女相处中的冲突和愤怒；还要教会年轻人饮酒适量，告诉他们毒品的危害以及拒绝那些支持"正当强奸"论的歪理邪说。

研究者伯特指出："只有推动'性爱是以双方同意、自由选择、意识清醒为基础的互动行为……'的理念，社会才能拥有一个没有强奸阴影的美好氛围。"

第四章
为何女性是"安全"受害者

"我感觉上知道自己被强奸了,但意识上不知道那是强奸。"

——卡罗尔,大学一年级时遭到强奸

全国各地的社会学家所做的无数研究都表明了一个事实:性侵对女性来说是一种普遍存在的经历。那么,究竟有多普遍呢?

《女士》研究数据 在3 187名受访的女大学生中:
15.3%曾遭到强奸
11.8%是强奸未遂的受害者
11.2%曾遭到性胁迫
14.5%曾被迫接受带有性意味的触摸

所有参与《女士》杂志调研的学生都是从各高校的众多班级中随机抽取的,这反映出了各种不同地区和文化的情况(见后记），统筹安排这项研究的是临床心理学家。只有45.6%受访的年轻女性表示从未经历过性侵害。

必须指出的一点是，虽然《女士》杂志调研的目的是弄清熟人强奸的发生率，但在长达71页的问卷中，形容侵犯和被侵犯时一次也没用过"强奸"这个词。原因很简单：熟人强奸的许多当事女性和大多数男性都没有将此经历归为强奸。如果问"你是否曾被强奸过"或"你是否曾强奸过别人"，得到的肯定回答会大大减少——且不符合实情。于是，我们将符合一般法律定义的强奸行为清晰描述出来，以此来划分受访者的经历。

哪些女性会被认定为受害者呢？总体来说，她们的性格和家庭背景与非受害者并无不同。不过，强奸受害者在家中遭受过身体暴力、过着没有母亲的生活、离家出走的可能性或多或少地会高一些。而41%被强奸的女性受到侵害时还是处女。

强奸是如何发生的呢？绝大部分（95%）案例中，强奸者是单人作案。绝大部分女性（84%）认识侵犯她们的男性，其中又有超过半数是发生在约会的时候。平均来看，也有双方的性亲密度达到了可以爱抚腰部以上的情况。尽管如此，大多数被强奸的女性都说，她们已经跟男方"很清楚"地表明了自己不想跟对方性交的想法。

多数校园之外的强奸都发生在女方或男方的家里和车里。根据女方的说法，73%的侵害者受到了毒品和酒精的影响，55%表示她们自己也处于迷醉状态。平均来看，她们认为这些男人的强迫手段还算"温和"，一般都是拧着受害者的手臂，或者用身体压制住女方。只有9%的女性表示强奸者打了她们；5%的女性遭到了枪械威胁。大多数（84%）女性试着与男方讲道理却失败了，许多（70%）女性进行了各种形式的身体抵抗。

无论如何，这些女性被强奸了，远高于国内犯罪统计数据的比例（平均每 10 万人中有 37.5 起强奸）。而《女士》杂志所挖掘出来的强奸案，几乎没有几件被计入联邦记录，因为只有极少数女性会正式报案。

> 《女士》研究数据　42% 的强奸受害者没有告诉任何人自己被侵犯了
> 只有 5% 的人向警方报案自己被强奸了
> 只有 5% 的人向强奸危机应对中心求助

《女士》杂志的研究找到了导致女性意识不到自己遭到了强奸或不愿报案的三个主要原因：

> 强奸发生在约会对象之间
> 强奸者和受害者之前曾发生过双方自愿的亲密行为
> 涉及的暴力程度非常轻微

本书中的采访包括不同年龄和背景的女性，因此更多不愿把那段经历称为强奸或宁可保持沉默的原因也浮出了水面：她们不想让那个熟人陷入麻烦；她们对强奸中的一些细节感到尴尬（跟着男人离开了酒吧，吸了毒，等等）；害怕自己因为这件事遭到指责；或者就是觉得男方社会地位太高，他说什么别人都会相信。

难怪熟人强奸一直是种不为人知的现象。

危险的熟人

是什么造就了"安全"受害者？

一旦女人被约会对象或认识的男性强奸了，她就成了社会学家和心理学家时常提到的"安全"受害者——也就是说，对强奸犯来说很"安全"。这些女性是理想的"受害人选"，因为她们不大可能报案或者真正激烈地反抗。

各种研究都想总结出一套理论，说明为何有些女性成了强奸受害者而其他女性没有。《女士》杂志的研究员玛丽·科斯希望厘清熟人强奸是否与某些预设条件有关。科斯将受害者的资料按以下情况分成三组：经历过如家庭暴力，童年时有过性经历，初次性交的年龄；社会心理特征（比如相信那些支持强奸的谬论）；其他变量如饮酒、吸毒等。然后，她将这些信息与最常见的强奸受害论相比较，得出如下结论：

理论#1——**受害者促使论**，认为是某种特定的品性（如"名声不好"）或俗套刻板的性别行为（如"女性是被动的"）预示着被强奸的可能。

《女士》杂志发现：熟人强奸的受害者在品性方面与没有遭受过强奸的女性并无明显不同。研究显示，实际上这些女性在社交方面比其他女性还更沉稳、强势和自信。

理论#2——**社会控制论**，认为女性之所以容易被强奸，是因为她们被那些支持强奸的谬论洗脑了。（该理论是基于"强奸犯普遍对支持强奸论深信不疑"这一事实的合理推论。）

《女士》杂志发现：熟人强奸的受害者并不比其他女性更相信那些关于强奸的谬论。

理论#3——**情景模式论**，认为强奸在特定环境中（四下无人处、专属男性的地盘），在受害者和犯罪者进行了某种行为之后（喝酒、曾有过性接触）更容易发生。如果女性身处一个周围有很多男性、很容易喝醉的环境中，这些因素就将增加她"暴露于"强奸的风险。

《女士》杂志发现：遭遇过强奸的女性在性价值观上较为自由（她们认为有稳定约会关系的情侣就可以享有性爱，而不是非要等到正式订婚或结婚），性伴侣数量略多，饮酒的比例略高。

虽然环境因素的确会提高暴露于熟人强奸的风险性，但并不能充分解释为何那么多女性都被认识的男性强奸。并且，《女士》杂志的调研中有41％的强奸受害者是处女，45％的人处于清醒状态。因此，这一点不言自明：没有什么理论模型可以套用来解释女性为何会被熟人强奸。

"安全"受害者的故事

卡罗尔坐在自己厨房的桌子旁，房子位于新泽西一个富裕的郊区。刚会走路的儿子正在楼上午睡，洗衣机在盥洗室里嗡嗡作响，电话答录机已经开启，为她的居家工作接收信息。33岁的她生活幸福，秩序井然。

但她谈论的是另一个卡罗尔——一个18岁的大一新生，约会经验和性经验都很有限。那个卡罗尔刚从学校回家过寒假，她接到了一个认识的男孩打来的电话，邀请她与自己、自己的女友

（卡罗尔的朋友特丽）以及自己的室友一起到男生联谊会的会所参加新年派对。她就充当那位室友的约会对象。

　　他是个不错的男孩，住在我们旁边的社区。我高中时就认识他的表兄弟。他属于那种你完全可以带回家的类型，也不会觉得跟他约会很丢人。

卡罗尔同意参加。派对上，联谊会的成员们用红酒和一点果汁调制了潘趣酒。在那之前，卡罗尔从没有沾过酒精。

　　夜色渐深，而我一直在喝潘趣酒——酒很棒，味道很好。我根本不知道喝了会怎么样，结果醉得一塌糊涂。
　　我们一起回到男生的公寓，我的朋友特丽也去了。我一点都没想到能发生什么事。我们只是打算在那儿睡一觉。我跟男人们过一夜，但绝不发生性关系，听起来很奇怪吧。我们只是一块儿睡觉而已。

但卡罗尔的约会对象想的可不是"一块儿睡觉而已"。一上床他就开始亲吻她，性欲越来越强烈。尽管她一直重复"不要，不要，不要"，双手也一直把他往外推，但他还是用自己六英尺三的身体优势压制住了只有五英尺的她。

　　我意识到自己别无选择了。我不觉得自己能伤得了他。那是一次很不愉快的……相当痛苦的经历。
　　第二天，他开车送我回了父母家。路上我们一句话都没有说。我想他感到了尴尬。

我感觉上知道自己被强奸了，但意识上不知道那是强奸。我认为自己是一个不情愿的参与者，而且女方永远是有责任的，除非能证明女方遭到强奸然后被杀害之前就已经被打晕或者被下药并被弄残了。

我从没想过还可以伤害他，踢他的睾丸，往眼睛上打什么的。好女孩不应该这么做。你就应该躺平接受即将发生的事，然后自己一个人去处理后果。

女性是如何被教育成"安全"受害者的

一般女性在熟人强奸的大难临头时，往往无法使出真正的全部力量进行反抗。那是因为，她们像卡罗尔一样，从小受到的教育就是不要相信这种力量，也不要认为自己有权使用这种力量，尤其不能用来对付那些在社会上吃得开的男人。许多女孩到今天仍被这样的观念洗脑。她们直接或间接地被（父母、老师、玩伴以及流行文化中的行为榜样）教导成被动、柔弱和没有主见的样子。社会希望她们维持这个状态——像小孩子一样——即使她们已经成熟了，变成了大姑娘和成年妇女。她们要有畏惧之心，要羞怯，而独立自主、自力更生是不受鼓励的。相反，她们应该学着在身体和经济方面依靠男性的保护。

女孩们很快就从这一社会化过程中学到，作为女性，她们应该在性方面给男性一些甜头来换取"保障"，而最好的永久性保障就是婚姻了。正如我们在第三章中讨论过的，这样一来，婚姻的前一步——约会就变成了一场交易：男性想从中得到更多性方面的好处，比女性希望给予的要多。而女性的不情不愿不一定是因为没有欲望（有时她也会被男方吸引），而是她受到的教育是要在性方面保护好自己，因为这代表着她的"市场价值"。女孩们要学着控制在性上给多少甜头合适，这样她们就不会因为给得太快而落得个"不值钱"的下场。

因此，女孩们虽然学到了很好的一课——性关系应该发生在彼此相爱的条件下，可这却是出于一个很糟糕的理由——因为女人手无缚鸡之力，所以需要男人养活和保护。性被当成了用来获得保障的交换物。

这样的状况助长了"安全"受害者的出现——这些女性在面临熟人强奸的威胁时，做出的反应是否认、分裂、自责以及拒绝承认自己的不安，她们无法在强奸的过程中奋力反抗，也无法在此之后报警，并且她们往往还会再次成为强奸的受害者。

受害者的反应#1：否认

多数被熟人强奸的女性都还记得，在情况一步步恶化的时候她们的内心还在不断否认自己正遭到强奸。即使面对最残酷的证据（暴力、强制隔离、限制行动、言辞羞辱，当然还包括男方对女方一切消极反应的视而不见）时，许多受害者往往还在怀疑和否认。否认的根源就在于受害者认识侵害自己的人。如果侵犯她的是陌生人，她毫不费力就能判断发生了什么事；否则，她总认为如果好好与男方聊一聊，试着劝阻他，对方就会变得理智起来。她会疯狂地寻求一个解释，想弄明白男方的行为究竟是什么意思——任何解释，但不包括把这事称为强奸。

朱迪就是一个例子。在新学校度过了一年的寂寞时光后，她和一个男生成了朋友，并与之发生了两次性关系。之后，他们决定不再有性关系，而是继续做朋友。到了春末，朱迪开始与这名男子最好的朋友约会，没觉得有什么不对劲的地方。当这名男子邀请她去家里喝一杯，庆祝他找到了新工作时，朱迪也没有往坏处想：朋友之间有了好消息不都这么做吗？然而，一到了那儿，男方就开始对她动手动脚。朱迪想要离开的时候，他攻击了她。他把朱迪逼进卧室，又把她推到了墙边。

> 我脑子里想的全都是他不会真这么干的……他说过我是他的朋友啊。而且我感兴趣的那个人，他不仅认识，还是多年的好友。

虽然有这么多不该强奸她的理由，可他还是强奸了。

对许多女性来说，否认是一种自我保护方式，帮助她们远离那次经历所带来的痛苦，就像遭到虐待的儿童会把事情深深埋在心底一样。事实上，本书采访的好几位女性都谈到了自己如何年复一年地压抑着遭熟人强奸的经历，直到一次谈话、一篇新闻报道或另一件令人心神不宁的事情出现，让她们突然认清了那次事件的强奸本质。

邦妮是在艾奥瓦州她家的农场被一个已约会了三周的男子强奸的。那是她的第一次性经验。邦妮感到自己"难以置信地被侵犯了"，但她没有告诉任何人。5年后，一个陌生人闯进邦妮的公寓，性侵了她和她的室友。这件事她谈起来很自如，但对于第一次性经历，她从不承认那是强奸，甚至在她被陌生人强奸后加入了强奸受害者互助组时也不承认。接着，她读到了一篇关于熟人强奸的文章，那时距离公寓性侵事件已经9年，距离约会强奸事件已经 14 年了。"那感觉就是如释重负、豁然开朗，"邦妮说，"过去发生的事一件件闪现在眼前，都说得通了。我第一次觉得自己可以谈论它了。"

受害者的反应♯2：分裂

在强奸发生过程中，"怀疑"和"否认"随之将进入下一个阶段，在这个阶段中女性会感到自己身体上和精神上都在出离正在发生的事。这一割裂将放慢或阻碍她对事情的反应能力。"分裂"与"否认"一样起着保护作用，通过不去完全感知的方式帮助受害者在经历不幸后继续生活。一些女性对强奸记得最清楚的就是在她们意识分裂时发生的那部分，她们感到自己是在看一部关于强奸的电影，而不是正在实打实地被强奸。

麦琪挨了几拳后被拖着穿过好几个房间时，跟她在一起的是一个她约会过几次就结束了关系的男人。他们一路扭打，直到男方把麦琪拽到卧室，扔在了床上。

那一刻我离开了自己的身体。我站在床边，注视着事情的发生。就是说在这段时间内，我对强奸的记忆与这次强奸中的其他记忆完全不同……我不在自己的身体里。我脱离了那个弱小无助的女人。真正的我站在"我"旁边，躺在床上的只是一副躯壳罢了。

那不是故作镇定或漠不关心，而是一种空洞的感觉。我只是待在那里而已。

当我回想那个房间的时候，我不是以躺在床上的视角，而是以站在床边的视角去回想的,我就站在那里看着一切发生。

受害者的反应#3:自责

熟人强奸的受害者感到被自己的判断欺骗了,这些她们认识的男人,让她们觉得很有吸引力的男人,也可能是她们看上的男人,竟会用这么可怕的方式对待她们。当女人意识到无法阻止男人的时候,心里就开始感到自责。强奸一结束,女性就会出于这种自责情绪立刻把这段经历赶出脑海,不去报警,也不找朋友倾诉,害怕别人也会像她们自责那样责怪她们。

引发自责情绪的有诸多原因。那些被强奸前自愿接受了男方递来的酒水或毒品,或者喝得烂醉、吸毒吸昏了头的女性会认为,都怪自己太弱,才会搞不清状况。

但就算没有喝酒或吸毒,被熟人强奸的女性也总是自责。20岁的妮娜在医院做了一个大手术,切除了一侧卵巢,剩下的另一个则功能不全。出院两周后,当她答应和朋友们去当地一家俱乐部玩时,刀口还没有完全愈合。在屋子里关了那么久,妮娜很想出去透透气。

在俱乐部,高中时代学校里最受欢迎的男孩拉里来到了妮娜桌前,问她最近藏哪儿去了。妮娜告诉他自己一直在住院。他又追问具体原因,并说自己对护理感兴趣,于是妮娜就简要描述了一下自己刚做的手术。之后,拉里邀请妮娜去他家参加给室友庆祝生日的派对。他开车来到一幢位于伊利诺伊州乡下的房子,妮娜没多久就觉得累了。其他人纷纷离开派对,妮娜也请拉里开车送她回家。

他跟我说他太累了,开不了车,楼上有多余的房间,问我是否愿意在这里留宿一晚,第二天早上就送我回去。一般情况下我肯定会起疑心,但因为他知道我所有的手术细节,我想他一定明白性爱是绝对不可以的。我累得不行,所以就让他告诉我睡哪儿。那时,所有客人都已经离开了,他的室友也睡了。

他们一上楼,拉里就想做爱。妮娜震惊不已,告诉他就算她想要也不行,因为刚刚做完手术。

他立刻变成了魔鬼。他一把抓住我,扯下了我的裤子,看了我腹部那道丑陋的伤口,说:"没事儿的。"

一开始我拼命反抗,叫他停下来。然后他叫我最好不要吵醒他的室友,因为那个室友对我有意思,他知道我们在干什么,也很乐意加入进来。我觉得他的话很难让人相信,可我还是信了。

我放弃了抵抗,开始哀求他,因为我意识到如果肚子上被狠揍一拳的话,我可能会开始大出血,结果就是要么连最后一点怀孩子的希望都毁了,要么流血而死。

拉里射精后很快就睡着了。妮娜蹑手蹑脚地爬下楼。她受惊过度,以至于先打了查询台才想起自己公寓的电话号码。她的室友赶来接她,并把她送到了医院。在那里,一个警察问她出了什么事。

我不敢告诉他，因为我觉得整件事里有太多地方我显得很傻很天真，会被人说闲话的。我非常自责。

我为什么要跟他走？我为什么不开自己的车？我为什么不喊他的室友帮忙？我为什么以前不知道他是这种人？

妮娜就像一个合格的"安全"受害者那样决定不起诉拉里。她觉得自己不够坚强，承受不了审讯的压力。

受害者的反应♯4：无视内心"小小的声音"

不管女性被社会化得如何彻底、如何懂得回应他人需求，大多数女性的心底依然有着一个叫做"自我"的存在；这股自主的力量哪怕非常微小，也能感知危险、发出警告。很多女性一直都学着不理会这种"不妙的感觉"，因为虽然她们的内心警告她们要多加小心，可社会化的自我却认为应该把人往好处想。年轻女孩要学着"好相处"，要适当顺从男孩的意愿，因为好女孩是不应该令他人失望的。她应该"随和"，不管她自己是什么感觉。

不管她自己是什么感觉。

在本书的采访中，女人们一再谈到她们在被强奸前是如何忽略自己感受的，如何对内心里"这个男人、这个地方、这个情况不对劲"的警惕信号置之不理的。有的女性会因为"感觉不好"而多次拒绝男性的约会邀请，但不幸的是，最终她们还是答应了。

有些"转眼就变成强奸犯"（soon-to-be-rapists）的男人话里话外都能听出他们对女性的敌意和攻击性态度，但最终变成他们受害者的人决定无视这些蛛丝马迹。"（晚上跳完舞以后）我们走到他的汽车旁,我打开了我这边的车门,"梅丽尔说,"他发动车子后,近乎咆哮地冲我喊道,'跟我在一起的时候你永远不许再自己开车门!'"梅丽尔决定不理会他的暴怒,因为她已经想好以后再也不跟他出来了。可一到梅丽尔家,他就强奸了她。强奸托尼娅的那个约会对象也曾出言不逊,而她也没有计较。"晚餐时,我正在表达一些观点,他说,'你这么可爱,不适合谈论这种事情。'……(后来)他夸了我的项链,问我,'你用什么换来的这个?'"

也有很多时候,从男人身上看不出这么清晰的线索。女人所说的"不好的感觉"只是发自内心,并没有什么理由。

薇拉认识斯蒂文很多年了。他们两家都去同一个教堂,也住在同一个小区。薇拉成了一名职业歌手,斯蒂文则是专业小号手;薇拉18岁时,他们在同一个乐队演出。

20岁时,薇拉失业了,一天,她遇见了斯蒂文。他说他所在的乐队第二天要面试歌手,问她感不感兴趣?她当然感兴趣了。他说他会打电话给她问好去她家的路,这样就能顺路载上她。

> 不知道为什么……但就在他说可以带我去面试的时候,我感到一阵恐惧。他并没有做什么或说什么奇怪的事,但我就是吓坏了。一个声音悄悄对我说:"不要去!"一开始声音很小,到了第二天,我头痛欲裂,这个声音变成了嚎叫:"**不要去!**"
>
> 我以前有过很灵的直觉,但这次实在吓人,它太强烈了,和一般的直觉不一样……我太害怕了,于是决定在斯蒂文打电话来的时候推说我没兴趣了。下定决心后,我开始觉得舒服了点。

面试开始前2小时,斯蒂文和他的一个朋友没打电话就出现在薇拉家门口。

"你怎么知道我住哪儿的?"我问。(这下可好,我怎么张口跟他说我不去了?我心想。)

"哦,我自有办法,"斯蒂文说,"听着,我知道现在还早,但我还有别的事要做,你家正好顺路。准备好出发了吗?"

这时候,(我心里)有个声音一直在恳求我,并大叫:"**不要去**!"我对自己说:"你肯定是神经质了,薇拉。你干吗害怕斯蒂文呢?你都认识他那么多年了。你需要一份工作。去面试吧。"

最后决定去的时候,我清楚地听见那个声音非常非常悲哀地说:"哦不。哦不。"然后就消失了。

面试的路上,斯蒂文说他得回公寓一趟,问薇拉要不要也一起上去跟他和朋友们喝杯咖啡。他们进去了,但那些朋友很快就被支走了。然后,斯蒂文强奸了薇拉。

受害者的反应#5:不反抗

被强奸后,很多受害者都很生自己的气,恨自己没有反抗得更激烈些,虽然她们也说在遭强奸的过程中非常害怕会丢掉性命。等冷静下来回想整件事的时候,她们能找出许多击退对方的办法,大声呼救、逃跑什么的。她们会在脑海里不断回放这段情节,试图给它换上一个不同的结局。比如伊玛尼，她在她哥哥位于费城的家中被约会对象强奸了，那段时间她在帮她哥看孩子。她说："我总想着如果那天晚上我的小侄子们不在的话，我一定会反抗到底。"

一些女性提到，强奸发生时她们正处于人生低谷——刚刚分手或离婚、第一次远离家乡、丢掉了工作——正是她们感觉无力和自卑的时候。反抗的念头对这些女性来说更是转瞬即逝，因为她们觉得自己根本把握不了人生。

但是，不反抗——甚至不提高警惕——其实是一种根深蒂固的女性传统。从小，女孩们普遍受的教育就是要关心他人的感受，要牺牲自己的利益去满足他人的需求。这倒不是一件坏事，但如果一个女人在遇到熟人强奸的情况下还表现出这种"女性特质"，就会深受其害了。奥本大学心理学家、研究约会强奸的专家巴里·伯克哈特的报告里有位受害者被一名男子在联谊会会所里强奸了。问她被侵犯的时候为什么不大喊大叫，她回答说自己不想让他在联谊会的哥们儿们面前丢人。

对几乎所有女性来说，不反抗的原因都植根于最简单的生理恐惧。现实如此，男性比女性要强壮许多。大多数女人都知道，差不多任何一个14岁以上的男人，只要他想，都能靠体力制服女人。男性的暴力威胁，哪怕只是怒目而视或骂骂咧咧，也足以让大部分女性感到害怕。如果这种威胁发生在女方孤立无援之时，就算对方是认识的男人，也相当骇人。

不过，熟人强奸的受害者还是会想方设法反抗的。《女士》杂志的研究数据显示，83%的受害者试着跟侵犯者讲道理或苦苦哀求；77%的人故意毫无反应，希望让男方感到扫兴；70%的人会不断挣扎；11%的人会大声求助；还有11%的人则尝试逃跑。

许多熟人强奸案中，男方只要以体重优势把女方压在身下就能实施犯罪。摔跤手和拳击手都知道，只有体重与对手不相上下的情况下才能公平搏斗。对职业选手而言，10磅重的差距就已经不得了了；而一个男人平均比一个女人重40—50磅。因此，约会强奸中的"反抗"从一开始就没有胜算。况且很多男人还很会打架，他们在成长过程中一直被鼓励用拳头解决争端。相反，不管是出于愤怒还是闹着玩儿，大部分女性都没有打过人，她们根本不敢与比自己高大、强壮且行为粗野暴力的人起争执。

　　梅丽尔体重大约105磅。在自己家遭到约会对象攻击的时候，她喊了，也挣扎了，但只维持了一小会儿。

　　　　他说，除非我把他彻底打败，否则他一定会伤害我。我知道自己马上就要被强奸了，我必须做出决定，是被强奸好，还是被强奸且暴打一顿（甚至更糟）好……我脑子里想到的第一件事就是我儿子，如果他回到家后发现妈妈死了，将会受到多么严重的打击。我想好了，保住自己最好的办法还是跟这个人"合作"。

　　某种程度上，女性高估了男性的力气，而恐惧则令她们没有还手之力。的确，一个女人是有可能击败男人的，但她必须事先就从身心两方面做好充分准备才行。

受害者的反应#6：不报警

　　许多女性遭到强奸后，并不想马上就接受警察的盘问或到医院接受详细检查，所以就没有报警。大部分熟人强奸的受害者都属于这类。她们认为警察不会相信她们的话，还会指责她们，或者根本就不把这件事当强奸看。简单来说，她们就是觉得警察的反应会和社会上的大多数人一样——充满怀疑和谴责。

约会强奸和熟人强奸的受害者的担忧并非无中生有。警察和检察官可能只会告诉女方，大环境的阻碍使得强奸很难立案。妮娜说，被强奸后"警探告诉我，因为我也喝了酒，是自愿跟男方出去的，而且这个人我还认识，所以州检察官不太可能判其强奸。不过他（警探）可以以严重殴打罪起诉这人"。有时警方对待女方说辞的态度还会从漠不关心变成断然否定。安娜回忆说："一天晚上，那个警探打来了电话，我还指望他公平公正、明察秋毫地展开调查呢，结果他却指责我是个骗子，说这一切都是我跟侵犯者一起在派对上'胡编乱造'出来的。我崩溃了！"

大部分被熟人强奸的女性压根就没打算报警。所以她们确实是"安全"受害者。海伦37岁时被约会对象强奸，她知道这个科罗拉多小镇上的警察不会同情自己——担任强奸危机咨询师的时候，她见识过警察是怎么对待其他受害者的。"他们会觉得我在干蠢事，"她说，"那不过是一次'有点儿野'的约会罢了。"

受害者的反应#7：再次受害

《女士》杂志的调研中最令人不安的数据如下：

《女士》研究数据　42%的被强奸女性表示之后她们还与侵害者发生过性关系

55%的实施过强奸的男性表示之后他们还与受害者发生过性关系

如何解释女性被强奸后再次与侵害者发生性关系的现象呢？答案就蕴藏在约会强奸和熟人强奸的受害者对自己这段遭遇的困惑不解中。她们大多不知道该怎么看待所发生的事情，因此，只好用女性典型的自责方式去解释："我肯定是让他误会了""是我没把话说清楚""我不应该感觉这么糟糕。他肯定是真心喜欢我，不然不会再约我出去"。

正是由于这些受害者不愿相信自己被强奸了，所以她们往往还会再给侵害者一次机会。不管怎么说，他长得挺帅、有份好工作或者是一个很好的联谊会的成员，大伙儿都说他人很不错。

然后会发生什么呢？往往是重蹈覆辙：他再次强奸了她。这时候，女方才终于下决心不与男方见面了。《女士》杂志的调查显示，遭遇过强奸的女性平均有过2.02次这样的经历；承认曾实施强奸的男性则说，他们对同一女性平均做过2.29次这样的事。

有时女性与强奸她的男性再次见面就是为了将强奸美化成一段稳定的恋爱关系中的性爱，这样心里比较好接受。例如邦妮，她被一个与之约会了三周的男子强奸后，又再次与之发生了性关系（被强奸时她还是处女）。她将自己的行为解释为试图"让那次的事合理起来"。这种尝试并未成功，没多久他们就不再约会了。研究者维斯和博格斯指出，在强奸者是前男友的案例中，男方可能想"重温过去的权利"、强迫女性破镜重圆或者让女方因为拒绝自己而吃点苦头。而女方则可能由此感到自己和男方成了一条绳上的蚂蚱,因为他们"共同拥有'罪恶的秘密'"。

鲁丝与一个男人第二次约会时喝得不省人事,被对方强奸了。而她最终却与强奸者结了婚。

> 我天真地认为他是真心在乎我,发生那样的事情都是我的错。真希望当时我对约会强奸有所了解,这样我可能就不会觉得自己像个荡妇,一切都怪我不好。不幸的是,我以为他很在乎我,6个月后就跟他结了婚。这段婚姻维系了10年。离婚后我才发现,他在我的两个姐妹身上也干过同样的事(把一个女人灌醉,再强奸她)。

如果这些女人能第一时间判断出自己遭到了强奸,那么很可能就不会再跟强奸犯出去约会了。事实上,在本书采访的女性中,凡明确认识到自己的遭遇就是强奸的人,都没有再与侵犯者发生过性关系。

但是大部分女性都没有这个意识,所以很容易再次受害。她们的经历构成了本次调研中最令人悲哀的一组数据,这组数据揭示出约会强奸和熟人强奸的巨大危害,它能让女性不再相信她们有能力掌控自己的人生:

> 《女士》研究数据 遭遇强奸的女性中有41%将再次遭到强奸

第五章
熟人强奸的后遗症

"我觉得自己的整个世界都坍塌了。"

——乔吉特，被合住的男子强奸

许多人都以为约会强奸和熟人强奸的受害者所受的创伤比被陌生人强奸的女性小——因为其中很少涉及野蛮殴打、武力威胁等"真正的"暴力。而实际情况恐怕正好相反。据华盛顿特区城市研究所的研究员邦妮·卡茨（Bonnie L. Katz）和玛莎·博特所说，遭遇强奸之后的3年间，熟人强奸的受害者自我感觉上的康复程度比陌生人强奸的受害者要差。在纽约州伊萨卡的康奈尔大学，研究约会强奸的专家安德莉亚·帕洛特（Andrea Parrot）指出，造成这种结果的原因在于熟人强奸的受害者往往会压抑自己，不想认清这段经历的本来面目，因此会比遭陌生人强奸的受害者受影响的时间更长，后者通常很快就会找人咨询或寻求其他帮助。

任何一类强奸都会让女性深感遭到了侵犯和蹂躏，因为没能保障自己的身体安全，她的舒适圈破碎了。但被陌生人强奸的女性还可以抓住一根救命稻草——就算它摇摇欲坠——那就是周围的人为她营造的充满保护和支持的避风港湾。她是受害者,大家做出的同情反应就是证明。

如果一个女人是被她认识的男人强奸的,这个避风港湾往往就不存在了。与陌生人强奸的受害者相同的是,她对这个世界的信任被颠覆了;与陌生人强奸的受害者不同的是,由于社会上的那些谬论,由于"受害者有罪论"的风气,再加上她自己十有八九会守口如瓶,因此没什么人会对她表示同情。

心理学家和强奸危机咨询师都知道,女性可以通过谈论遭受侵害的经历来理解自己在强奸发生后的反应,从而逐渐走向康复。虽然被陌生人强奸的女性也不愿轻易提及自己的经历,但很多人还是会向专家、朋友和亲人寻求帮助。然而,被熟人强奸的女性却几乎不会告诉任何人,这样一来,她们就无法走上康复之路。事实上,太多这样的女性根本没意识到这是强奸,所以内心也没有认真去对待。

《女士》杂志的研究在比较了那些被认定为强奸受害者的女性后发现,被认识的人强奸的女性和被陌生人强奸的女性承受着相同程度的心理冲击。两组人在表达不情愿的明确程度、反抗程度和被侵害时所感受到的愤怒与沮丧程度方面都不相上下。对两组人来说,被强奸的影响都是深远的,都反映出了自我价值的丧失、不断加深的恐惧与焦虑以及感到未来一片灰暗等情绪。

> 《女士》研究数据　参与调研的强奸受害女性中有30%事后想过自杀,不管她们是否承认这段遭遇就是强奸
> 31%的人选择寻求心理治疗
> 22%的人选择去上防身课

> 82%的人说这次经历永远改变了她们

爱丽丝的故事证明了陌生人强奸与熟人强奸后遗症的相似之处。最近，30岁的爱丽丝遭到了一个陌生男人的强奸。对方闯入爱丽丝位于加州的家中，叫醒了她并用一把刀威胁她。而12年前，18岁的爱丽丝被一个和她一起工作的男孩强奸了。"第一次被强奸后，我连续几个月都沉浸在极度的抑郁中，"她说，"这次的症状和上次很像。我大吃大喝，体重猛增，很多个夜晚都在哭泣中度过。这次我去看了医生，吃了抗抑郁药——而那次（第一次被强奸）之后，我多次认真考虑过自杀。"

不过，如果爱丽丝的遭遇是反着来的，一切就可能有所不同了。遭遇过陌生人强奸的女性后来和认识的男人在一起时，一旦感到有被强奸的危险，往往能迅速认清状况，因为"感觉这种事以前发生过"。她们会提高警惕，很多时候就能顺利脱身。

熟人强奸的情绪影响

乔吉特当时18岁，是北卡罗来纳一所州立大学的一年级新生。梅尔比她大一点儿，是乔吉特宿舍雇来做现场顾问和督导的助理管理员。凌晨2点左右，乔吉特站在宿舍门外，她在派对上喝了点酒，但并没有醉。梅尔走上前来，按乔吉特的话说，"开始献殷勤"。她一再表示拒绝后，梅尔一把抓住了她的胳膊，把她拽进了自己的宿舍。他们扭打起来，但对乔吉特来说完全是徒劳的。她现在还记得被强奸时肉体上的巨大痛苦和墙上映出的他们不断缠斗的影子。但是，之后的痛苦来得更强烈。

  我没有告诉任何人。实际上我甚至都没对自己承认这件事，直到4个月后。负罪感和恐惧感几乎吞噬了我，让我再也无法隐藏，神经也已接近崩溃。我尝试自杀，所幸最后一分钟退缩了。

  没法形容我内心里究竟发生了什么。我失去了控制，一生中我从未像这样害怕和无助过。我觉得自己的整个世界都坍塌了，我独自一人在无尽的黑暗中漂流。我做了许多噩梦，在有些梦里强奸会再次上演，而有些梦更可怕。我既害怕跟人相处，又害怕一个人待着。我没法集中精力做任何事，于是开始挂科。早上穿什么这种小事就足以让我焦虑，不顾一切地大哭。当时我觉得自己要疯了，而现在的我觉得那时候也的确如此。

  乔吉特的话精确地形容出了美国精神病学会于1980年定义的"创伤后应激障碍"的症状。这种症状在陌生人强奸和熟人强奸的受害者中都会出现，具体体现为范围很广的一系列情绪和行为。受害者也许表现得对自己的遭遇很坦诚，也许竭力压抑自己，表面上看起来平和、镇静。然而，实际上她可能正饱受一般的恐惧或对死亡的特殊恐惧、愤怒、负罪感、抑郁、害怕男性、焦虑、耻辱、难堪、羞愧或自责的折磨。她会在不同时间感受到不同强度的一种或几种情绪，伴随着剧烈的情绪波动。她可能会考虑自杀；可能短时间内因为这次死里逃生的经历欢欣雀跃；可能无法集中注意力，连很简单的事都做不了；也可能正相反，陷入一个念头中无法自拔，比如不断回想被侵犯这件事或对再次遇见强奸者的恐惧。她可能会神经兮兮或烦躁不安,可能会浑身发抖、战栗不已、心跳过速、发热或发冷。她还可能会睡不着觉、丧失食欲、身患多种疾病——其中一部分可能就与被侵犯直接相关。

对本书所采访的许多熟人强奸的受害者来说,当她们终于摆脱强奸者的时候,第一个情绪上的反应是自己再也不"干净"了。薇拉,那位被多年好友强奸的专业歌手回忆说:"我做的第一件事就是淋浴。用很烫的水。然后泡澡。水真的很烫。然后再淋浴。再泡澡。我怎么也洗不干净。我怎么也没法从身上洗掉那个人的味道、触摸、精液和皮肤。"

现年31岁的爱玛,17岁时在纽约某州立大学被住在同一楼层的男孩强奸了。与薇拉一样,她也进行了"清洁仪式"。

> 我锁上门,哭了。然后我跑进浴室,泡澡、冲澡、再泡澡、再冲澡。擦干身体的时候我才看了一眼镜子,发现我的整个上半身——脖子、胸部什么的,全都印满了痕迹——吻痕。我恶心坏了。真的恶心得想吐。我觉得自己被糟蹋了,很脏。我不想离开浴室,于是就裹着毛巾坐在地上哭。

除此之外,有些女性还会因强奸而受到其他情绪上的直接影响。她们有过创伤经历(重病、心理问题),被强奸后可能会出现复合反应——既有强奸引发的症状,又有过去的创伤引发的症状。对于童年时遭遇过性侵的女性或遭遇侵害时虽已成年但始终没有走出阴霾的女性,过去和当下的不幸可能会同时在她们身上引发强烈的反应。

一些受害者的行为可能会发生长达数月甚至数年时间的变化。她们可能性情大变——过去谨慎小心、性活动非常克制的女性变得跟谁睡、在哪儿睡都无所谓；过去外向的女性变得内向；过去对自己的外表很讲究的女性开始不修边幅，不希望引人注意。跟强奸者一个单位或学校的女性会辞职或转学。有的受害者还会搬家或换一个查不到号码的电话，让自己更有安全感。有些人更依赖家庭。热爱跑步或长时间散步的女性会放弃这些运动。所有变化都是悄无声息、潜移默化的，以至于他人难以觉察。

苏珊是艾奥瓦州一位 23 岁的记者，习惯工作到很晚，然后跟同事们去喝杯啤酒。一天晚上，一个男记者提出想护送她回家。他把苏珊送到了门口，接着问能不能用一下卫生间。出来的时候，他已经把裤子脱了。他打了苏珊，把她的眼圈都打紫了。扭打一阵后，他强奸了她。"那时候我的想法跟他一模一样：'贱人，都是你勾引的他。'我责怪自己跟他一起喝了酒。我想，工作的时候我肯定是做了什么挑逗他的事情。"苏珊说。那么，这次遭侵犯之后她有什么反应呢？"我不再跟别的记者一起去喝酒了。我更努力地写报道。"而她的同事们恐怕只会觉得，苏珊现在变得不那么有趣了。

有时候恐惧会让人变得虚弱无力。被强奸的女性会变得害怕走进人群或独处（也可能兼而有之）。她会变得连最亲密的朋友都不再信任，偏执地猜测陌生人的动机。能让她们联想到那次强奸的东西——一首在侵犯过程中播放的歌曲，男方的古龙水或喝的酒的味道，一个长得跟他很像的人——会令她们感到焦躁和恐惧。

而约会强奸和熟人强奸的特殊性让这些恐惧变得格外令人无法忍受。不管是女方个人的小世界还是外部的大世界，都变得危机四伏：哪儿都不安全，谁都不可信。如果得不到积极帮助，受害者就会在一个全新（且错误）的认知的基础上重建人生，即她是一文不值的、无助的、孤独的。

有些被熟人强奸的女性的强奸创伤后遗症过了好几年才出现，就像有些人在越战结束十年或更久之后才出现创伤后应激障碍一样。"我把自己的全部感情都死死关在心里，这样我就不用去处理任何情绪问题了，它们被埋藏得很深、很深。"35岁的伊利诺伊州女子康妮说，她19岁时被一个在当地娱乐场所认识的男子强奸。

那些感受——愤怒、狂暴以及负罪感——在长达16年的时间里一直被压抑和埋藏着。可是接下来，就在今年，潘多拉盒子的盖不翼而飞，我瞬间被所有可怕的情绪和恐惧淹没。事实上，我有过真正的焦虑症发作，还伴随着身体上的症状。

我花了几个月的时间才想明白，我真正需要处理的是很久以前发生的那件事。16年来，这些情绪在我心里一直不断扩大、溃烂、沸腾。我已经彻底完蛋了。最后，因为害怕情绪会崩溃，我决定寻求专业帮助。最近几个月，我一直在学习处理很多事情。我正在改变自己的观念、改变我对自己的看法。我甚至16年来第一次学着去喜欢自己。

但我还是很愤怒，因为这么一次愚蠢的暴力行为，就能给女性造成如此毁灭性的伤害。

熟人强奸的生理影响：受伤、怀孕、堕胎

在熟人强奸的所有后遗症中，女性通常最快注意到的是那些"实实在在的"伤害：强奸所造成的生理问题。温蒂的情况就是如此。当温蒂的约会对象终于停止强奸时，他公寓的那张床上到处

都是血。[女人被强奸后,即使不是处女膜完整的处女或在月经来潮期,也可能会因为男方的粗暴、自身的反抗以及缺乏润滑等原因造成出血。]回家后,她还是一直在出血,第二天更严重了。最后,她去了大学的医务室。

  他们帮我清洗干净,往阴道里塞了很大的一卷纱布,告诉我第二天去复诊。他们还给我开了一种他们称为"事后药"的处方药,实际上就是 DES[乙烯雌酚,一种人工合成的雌激素,现在不常用了,因为它会增加妇女和儿童使用者的致癌风险]。

  第二天早上我过去,他们去除了那卷纱布。血止住了。那些破药片我吃了5天。感觉真的很难受。虽然我一直恶心想吐,但那也比怀孕了强。

  药全部吃完后过了几天,我大病一场。我的胃痛得要命,根本没法吃饭、睡觉或喝水。饱受整整一周的折磨、去了好几次医务室后,才有人发现问题所在。我得了溃疡,不得不住院一周。

和温蒂一样,遭到熟人强奸后去看医生的人通常都是因为怕怀孕。还有些人担心自己会不会被传染了什么性病。不过,尽管近来媒体都在关注艾滋病,大学里也开展了防治艾滋病计划,但那些侵犯他人的男性似乎并不担心自己在强奸的过程中得上这个病。部分原因是他们可能误以为只有男同性恋才会得艾滋病。并且,由于许多年轻的强奸受害者还是处女,所以强奸她们的男人从某种程度上获得了"安全保障"。少数几个被逮捕的男子表示,实施熟人强奸的人一般不会去考虑怎样避免让女方怀孕这类事,但和一个女人自愿发生性行为的时候就会考虑了。

对女性来说，怀孕是约会强奸导致的恶果中最令人恐惧的。随着孕相一天天显露，她们再也无法向所有人隐瞒自己所受的侵犯了。有时候，怀孕的征兆也可能是欺骗性的，是强奸创伤综合征的另一种症状。爱玛被强奸时还是一个17岁的处女，遭到侵犯后，她开始了"歇斯底里的"孕期，伴随着体重增加和"孕吐"等现象。整整3个月，她都没有来月经。"我真是吓坏了。"她说。最终，她向宿舍管理员吐露了秘密，后者取了一份爱玛的尿液样本送去做妊娠检测。结果是阴性。第二天，爱玛的月经就来了。

故事也不总是这样发展的。21岁时，凯特琳正在读大学四年级。她来自新英格兰一个死板的爱尔兰天主教家庭。虽然已经不是处女，但凯特琳在性和男人方面都紧守底线，一直受到男性的尊重。圣诞节放假期间，她开始与一个高中时代就相识的男子约会。第三次约会时，凯特琳拒绝与他做爱，男方就强奸了她。凯特琳心惊胆战地回了家。

两周后，她开始感觉胀气。她去看了医生，接受了肠道病毒治疗，但病情并无改善。凯特琳告诉了一位年长的女性朋友，对方催她立刻去做妊娠检查。结果是阳性的。凯特琳去了当地的计划生育诊所，做了人工流产。

我觉得最初经过一番思想斗争决心堕胎时，比面对被强奸的事实还要难。我花了很长时间。我是个天主教徒，我还得因此去忏悔。

6个月后，我告诉了父母……我爸根本不想提这事，只问了我一句："你去忏悔了没有？"在很长一段时间里，大概两年，我就只听到这一句："你去忏悔了没有？"

危险的熟人　　083

我真的再也不想跟任何人说这事了。没有人真的需要知道。谈论它只会让我难过。

熟人强奸对性生活的影响

大部分遭到约会强奸和熟人强奸的女性的恐惧都集中在男人和性方面。从前,二者可能都是愉悦和乐趣的来源,但现在它们只能在受害者脑中唤起恐惧、愤怒或憎恶。

一般来说,强奸受害者在不幸发生后都会出现性方面的问题。熟人强奸的受害者可能会有一个更加艰难的日子,因为她们对周围的男性也失去了信任。"我觉得到处都很危险,因为我已经意识到任何男人在任何时候都有可能伤害我甚至杀掉我。"安娜说。她32岁时被一位在成人教育班里认识的男子强奸。

许多受害者在性方面出了问题,是由于身体上的伤或心理上对她们伴侣的反应的担忧。她们受到一系列与性相关的问题的困扰——无法放松、性亢奋的程度减退、性冷淡或感觉不舒服——这种情况是持续的,短则数天,长则数年之久。马里兰州的金女士,5年前被约会对象强奸,当时她还是一名外国来的交换生。"被强奸后的第三年,我有过一次一夜情,这是我在那之后第一次与男人发生身体接触,"她说,"而被强奸后过了3年零5个月,我才能跟当时的男朋友做爱。"

帕蒂遭遇熟人强奸后将这段记忆压抑在心底长达4年。这件事情在性方面产生的影响始终没有显现,直到她开始审视自己身上究竟发生了什么。"去年秋天,当我真正开始这么做之后,就一直噩梦连连。我会呆呆地坐在那儿,脑海里闪回各种画面,"她说,"每次丈夫碰我的时候,我都会看到那个男人的脸。性生活根本无从谈起。不过我们好歹挺过去了。"

大部分女性的确都挺过来了,虽然并非毫发无损。比如瑞秋,她在男人和性方面没有什么长期问题,但她再也不会跟高大威猛型的男人出去了(强奸者是大学橄榄球队队员),而且如果一个男人在做爱时开玩笑把她压在身下,她立刻就会惊慌失措。有些女性选择一段时间不过性生活,有些则比以前的性活动频繁。在后一群体中往往有很多被强奸前还是处女的女性,她们觉得这次遭遇让自己"不值钱了":既然有人夺去了她们被教导要好好守护的东西,那么现在她们(认为)再也没什么值得去珍惜了。对这些女性来说,在初尝性的滋味时就被相识的男性强奸,这样造成的影响是深远的。有些人对自己的遭遇避而不谈,坚持认为性本来就是(被强奸)这样。有些人则干脆放弃,认为性这东西以后自己都不想要了。

莉奥娜在一个基督教基要主义家庭长大。到了29岁,她还没有约过一次会,于是决定尝试一下婚恋交友服务。通过这个服务,她认识了一位洛杉矶警察并开始与他约会。大部分的约会节目就是莉奥娜到男方家里,在床上度过一小时。"我不知道还能怎么办,"她说,"我担心如果不这么做,他就再也不喜欢我了。"

过了几个月,莉奥娜决定搬家,不给这个男人新地址。4个月后,他出现在莉奥娜家门口,告诉她自己动用了警方手段找到的她。他进了门,身上佩着枪,强迫莉奥娜跪到地上给他口交,而这种事她以前从没有做过。因为害怕他开枪或枪走火,莉奥娜没有反抗。

那次性侵后,莉奥娜独身3年,之后遇到了一个男人并与他同居了两年。她形容这个男人"非常、非常、非常温柔和蔼、不紧不慢，很有耐心"。他去世了。现在，莉奥娜与一位女性密友住在一起。

我还没有开始约会。我正在考虑以后也不再有性生活或与任何人发生性关系。我说不好性对我来说究竟意味着什么。现在我和一个很爱的人同居，我们没有身体上的接触，不过我想如果我打算跟谁维系一段恋爱关系的话，那就是跟她了。

从某种程度上说，我能感到自己身处沙漠中央，余生无一人相伴。我在人与人的信任问题上受伤太深了（因为那个强奸我的男人）。

这样的"信任问题"也改变了艾琳的人生。她18岁时被一个约会对象强奸，5年后又被自己的姐夫强奸。"我没结过婚，也不想结，"她说，"我觉得，既然我无法相信男人，那么我永远不可能把自己的未来交到一个男人手里。为了自身的安全，我永远不会相信一个男人……现在我交往的是一个已婚男子，过去9年一直在一起。我还跟一些女人做过性伴侣。"

有些女性为自己在强奸中被迫进行的性行为感到羞愧和厌恶，于是她们就硬说这是两厢情愿的恋爱关系。而有些女性在强奸中不知不觉达到了高潮，她们的负罪感和自责感就会更重，因为她们觉得自己的身体背叛了自己。

许多熟人强奸的受害者不知道自己是否还有可能与一个男人拥有长期的恋爱关系。在本书采访的女性中，在被强奸之前已经与男人有过几段愉快交往的女性比那些年轻而缺乏经验的女性乐观。爱丽丝被强奸时18岁，当时她还是个处女，强奸者是个和她一起在快餐店打工的男人。她说："我不相信男人，这个坎儿我永远过不去了，因为我的不信任而否定所有男人可能不太公平，但我只能这样。万一出了差错，那代价可是太大了。"

把事情告诉男友和丈夫的后果

对于一个女人来说，告诉男友或丈夫自己遭遇过熟人强奸是很难的。一旦她这么做了，两人就很难像之前那样进行性生活和回到之前的情感生活状态。男性伴侣可能根本理解不了那是强奸，他可能会责怪她。他可能会因强奸事件感到愤怒和迷惑，为自己没能保护她而伤心，哪怕他当时根本就不在她身边。他也可能会觉得有人夺走了"他的"东西；如果强奸犯是他认识的人，那么他可能会觉得难堪，认为自己被戴了绿帽子。他可能对做爱感到焦虑，对是否还"一切正常"感到焦虑；他也可能再也无法与女方发生性关系了。

很多时候，熟人强奸所引发的问题和怀疑会导致一段关系的结束。当朱迪告诉她在大学的男友，自己被他最好的朋友强奸了的时候，他沉默了许久。朱迪准备起身离去时，他告诉朱迪可以在他的房间过夜，他不会碰她的。

> 那天夜里，我醒来发现他正趴在我身上。一开始我还以为［那个强奸犯］回来了，顿时惊慌失措。而我男友说他只是想试着帮我再次"习惯这些事"，这样我以后就不会变成性冷淡了。我实在没力气跟他吵架或打架，就由着他了。整个过程中我的大脑一片空白。什么也感觉不到。
>
> 第二天，我考完了最后一场试就收拾东西离开了。那年

夏天，我跟男友分手了。

有长期恋爱对象的女性觉得可以从伴侣那里得到支持，却没有得到。甚至当女方都开始再次尝试亲密的感情或性行为时，她的男伴却还迈不过强奸这道坎儿。霍莉两年前被一个在俄勒冈的酒吧认识的男人强奸了，她告诉自己的男友艾尔这件事时满怀希望，觉得对方一定会给出好的回应。毕竟，她知道艾尔的前妻在他们的婚姻存续期间曾被一个熟人强奸过。霍莉相信他一定能理解她的感受。

霍莉告诉艾尔自己被强奸的事后，他立马打电话跟侵犯她的人对质。对方坦率地承认了自己强迫霍莉性交，霍莉是非自愿的。但当强奸犯告诉艾尔，事情发生后有一辆警车与他们擦身而过，霍莉却没有大叫求助时，艾尔就开始对霍莉大发雷霆了。

> 他真的特别在意这一点……而且整晚都表现得怪怪的，非常刻薄。
>
> 我想，我们得做一次爱（要么立刻就做，要么就永远别做了），不然他真的是一副怅然若失的模样。于是我们做爱了，一切似乎还是老样子。我们又交往了三四周，然后就分手了。
>
> 现在他说这跟强奸没关系，可我不信。我从来就没信过。我一直认为就是那个人（强奸犯）毁掉了我们的关系。从此以后我再也没有跟任何人长时间亲近过。艾尔是我一生的最爱。

对那些此前一直将遭到约会强奸的经历深埋心底、刚刚才开始审视那段过往的女性来说，如何告诉男伴乃至爱人也一样成问题。虽然事情可能已经过去了许多年，但这些男性感到的迷惘与那些女伴刚遭到强奸的男性相比没什么区别。34 岁的马萨诸塞州剑桥市女子邦妮，突然意识到自己 20 岁时的遭遇就是强奸。数月之后，她告诉了丈夫。"他最初的反应是震惊以及充分的安慰和支持，"她说，"然后过了没多久，他就开始有点儿半是恼火半是害怕了，怪我为什么不早点告诉他，为什么我们在一起都那么久了我还是不能跟他好好聊聊这件事。"

对友谊和家庭关系造成的影响

在女人最需要朋友和家人陪伴的时候，她们往往会发现这些提供支持和抚慰的港湾将她们拒之门外了。原因很简单：没人相信这些熟人强奸的受害者的话，大伙儿还会指责她们——就连她们的亲朋好友也是这样。

凯特琳发现自己怀孕后，把遭强奸的事告诉了室友。"她说，'我不相信他会干出这种事'……就因为他在高中非常受欢迎，无数女孩都想跟他上床。她说我不应该有这种感觉，"凯特琳回忆说，"这就好像在说我的想法和感觉都是错的，我的真实感受也是错的。"

有时候朋友们还会与受害者保持距离，尤其是女性朋友，这样她们会觉得比较有安全感。想想受害者告诉她们的话：一个"受人尊敬的"男人，很可能还是她们认识且喜欢的男人，实际上在性方面非常暴力。这对许多女性来说太难接受了，因为这暗示着她们也可能遇到危险。20 年前，贝缇娜在密歇根州安阿伯市读书时遭到了强奸。"过了差不多一周,我把这事告诉了朋友,因为她也认识克里斯和乔(涉事的两名男子),我想她能理解我,"她说,"结果她的回答是不相信他们会干出这种事。我闭嘴了。我意识到,如果连朋友都不相信我,那报警或者告诉其他人就更没用了。"

有时候朋友会不把强奸当回事,好像只是性方面的一个恶作剧而已。"没什么大不了的。"他们对受害者说。事实上,处女还会被人恭喜说:"不错啊,也是时候了!"就好像她们应该欢欣雀跃终于甩掉了沉重的包袱一样,而完全无视这"包袱"究竟是怎么甩掉的。被强奸时处于青春期且还是处女的爱丽丝,回忆起第二天早上她朋友的反应:"她觉得很有趣,也是时候了。她觉得我很烦人,就是个老古董。"她说。

对熟人强奸的受害者来说,寻求支持的最理想场所是家庭,但她们往往没有得到。部分原因是父母和其他亲戚所持的宗教、文化与社会价值观对受害者并不友好。"我把发生的事情告诉了妈妈……直到今天,我都希望自己从来没跟她说过。"温蒂说,她在大学时遭到了强奸。"在她看来,她的'小女儿'被糟蹋了。恐怕我自己也是这么想的。无论如何,我现在是'破烂货'了。更不幸的是,她后来还告诉了我爸,我爸说他'很失望'。"

父母和子女之间谈论性问题从来都不是件容易事。再加上很多人可能在被强奸前就已经因为想独立或选择伴侣等事情与父母冲突不断了。这样的女性如果告诉父母自己被认识的男人强奸了——而这个人没准就是她不顾父母的反对看上的——恐怕只会让她饱受批判。离婚或分居的女性往往还要面对上一段关系的矛盾。"我知道我爸妈不会是世界上最支持我的人,"霍莉说,"因为他们不高兴我分居。他们不赞成我约会或跟人出去玩。"当霍莉决定起诉强奸自己的男人后,才把这事告诉了妈妈。

我记得她说的第一句话是,"哦,霍莉,我不知道你还想要什么……"这话让我崩溃。我希望有人对我说:"没事的,我们依然爱你。"

我说:"妈妈,你知道吗,我也希望我是像你认为的那样乐在其中。"

有些宗教信仰强烈的家庭会认为强奸是女人给自己和男方招来的罪过,就像亚当和夏娃被逐出伊甸园是夏娃的错一样。如果女方还是个未婚非处女,那么许多宗教和家庭就会认为强奸完全是她自找的。

本书采访的女性大多没有告诉家人自己被熟人强奸的遭遇。有些女性担心现在这么做会给家人带来双重痛苦——得知强奸事件的痛苦,以及发现这位女性一直闭口不谈的痛苦。"我想,父母要是知道我遭遇过这么可怕的事情,一定会深受打击,所以我选择自己一个人面对它。"朱迪说。

所幸也有一些正面的故事。总是活泼外向的19岁少女洛丽被约会对象强奸后,连续几周都变得异常沉默和压抑。母亲追问她出了什么事,洛丽一直坚称没事。一天晚上,洛丽的母亲及其好友一起带洛丽出去吃饭。饭桌上,母亲的好友突然说起自己当初如何与一个男人出去约会,结果被他强奸了的事。

我妈看着我说:"你是不是就遇到这种事了?这就是问题所在吧?"

我只好说:"是的。"

她让我原原本本地告诉她，我照办了。

之后，妈妈给她看了一篇关于约会强奸的文章。"读过之后，我终于明白了什么是约会强奸以及在我身上发生的是什么。"洛丽说。

直面强奸犯及强奸后的其他幻想

熟人强奸的许多受害者都怀有一种当面斥责强奸者的幻想，这种幻想源自她们所感受到的愤怒。她们希望把责任彻底甩到应该负责任的那个人身上，不再被罪恶感和自责折磨。通常这类幻想包括在一个人人都认识且尊敬他的社交场所或工作场合站到男方面前。被一起工作的医生强奸的宝拉说："我想公开羞辱他，在（医院的）走廊里冲他大喊大叫，让所有医生和护士都在旁边看着。我幻想了好几年这样当众羞辱他，或者向他的办公室主任告发他。"

当然，许多遭熟人强奸的受害者**的确**再次碰见了侵犯者，因为男方往往就住同一个社区。唐娜去了她就读的伊利诺伊州某大学的警卫处，指控了那个男生强奸了她。但他并没有搬出学校，所以唐娜后来还碰见过他几次。"他只是用眼神吓唬我，比如瞪着我咧嘴一笑什么的，"她说，"有一次我真的在哈迪斯（餐馆）撞上了他。之前我们的目光就对上过，所以他知道我在哪儿。过了一会儿，我一转身，发现他就在我身后。真够令人作呕的。"不过，勇敢面对对方最终还是对唐娜颇有帮助的。一次，唐娜去参加派对，发现那个人也在场。她逗留了一阵后才离开。唐娜觉得自己证明了——至少向自己证明了她不可能被他吓退。"看见他是坏事也是好事,可以帮助我早点儿翻篇。"她说。

有些男人很"明智地"销声匿迹了,使得他们的受害者无法像心理学家所说的那样通过正面交锋"放下包袱"。这样一来,正面交锋的幻想就成了治疗的重要部分,以帮助女性排遣愤怒情绪、正确认识所发生的事情。卡罗尔 18 岁被强奸时还是处女,她用了 10 年时间在强奸后遗症里"兜兜转转"。她都已经准备好了万一遇到侵害者时要说的话:"我想,我一定要痛斥他,告诉他'这就是你对我做的事情。可能你从来都没觉得过意不去,可能你还在约会时强奸过别的女人,毫无悔意,但你没准已经摧毁了 5 个女人长达 50 年的人生'。也许说这些对他没什么作用,但对我肯定会有好处。"

爱丽丝的幻想是:女人们端着政府发的乌兹半自动冲锋枪,专门对付任何"哪怕只有一丁点暴力和高高在上倾向的"男人。而莉奥娜所做的比做白日梦更近了一步——有天晚上,她去侵害者家门前的草坪上撒了泡尿。

有时候,一次"替身经历"也能为女性提供情绪出口。帕蒂参加了一个课程,强奸的受害者们在一次治疗中去见了已经定罪的强奸犯。

我把车熄了火往里走的时候,一直在瑟瑟发抖。我想:"你这是在干什么?你的内心马上就要被人看个底儿掉了!"但我就是想这么做。

我们走了进去,那些男人被我们吓坏了。这感觉非常奇妙。明显是我们气场强大,而他们不行。有人把咖啡都洒了,有人看都不敢看我们……他们都很紧张。

我们坐下来，他们要与我们面对面，说出自己的名字、犯了什么罪。他们只被允许说这么多。不许向我们提问。他们只能坐在那儿，听我们说。整个过程差不多 4 个小时，气氛相当紧张。

痊愈路漫漫

从熟人强奸中彻底痊愈和康复的具体过程还是个谜。这就像每位女性都有属于自己的人生遭遇一样，都是属于个人体验。最大的潜在伤害就是不但不肯承认强奸，还要把事情全部埋在心底，但无数的女性恰恰就是这么做的。她们中的许多人至今还没能面对那次经历，无法勇敢说出它的名称。

弗兰现在 33 岁了，她 17 岁时被一起在度假营工作的同事强奸，她曾觉得对方颇有吸引力。当她试图把她被强奸的事告诉度假营主管的妻子和自己的母亲时，遭到了断然拒绝。

9 年过去了。在与人亲热的时候，我总会抑制不住地发抖。有时我会在性爱结束后大哭。有那么一两次，我恶心得想吐。很长一段时间，那种痛苦都不曾离去，哪怕我其实真的想要，而且我的伴侣又是那么温柔体贴。

有一次，弗兰无缘无故地讨厌一位新来的职员，然后她意识到那是因为他长得像那个侵犯她的人。

当我发现他让我想起［强奸者］和强奸这件事时，我深受打击。我非常愤怒。而因为我非常愤怒，我以为我这下解脱了。

又过了两年，我觉得自己已经彻底走出阴霾了，就考虑去做志愿者，给那些强奸受害者做危机干预咨询。但是，在培训班观看一段模拟强奸的影片时，我不得不移开目光。那对我来说太像真的了。

我的脑海里闪回到了那年夏天，看到了当年还是个小姑娘的我。这个新的视角更有利于我看清一切：我对他人的信任是如何遭到了破坏；我（对性）的正常好奇心是如何被罪恶感和恐惧扭曲的。认识到这一点后，我意识到还有一件不得不做的事。

于是，最终，我开始哀悼这些年我所失去的一切。

第六章
强奸认识的女性的男人

> "他们就是张三李四一样的平常人……谁的脑门上也没写着**强奸犯**三个字。"
>
> ——卡伦，在不同场合两次被她认识的男人强奸

强奸并不是男人的天性。如果真是的话，那大多数男人就都是强奸犯了，而事实上他们不是。不过，参与《女士》杂志调研的男大学生给出的答案显示，在以中产阶级、受过良好教育的人为主的群体中，性攻击和性侵的发生率发人深省。

与在女性中做的调查一样，向男性提出的问题里也没有使用"强奸"一词，而是就他们的性行为给出具体描述（比如，"你是否曾在女方不愿意的情况下，通过威胁或某种程度的身体暴力进行了性交？"）。统计结果如下：

> 《女士》研究数据　在这项调查开始前的一年里有 2 971 名男大学生称他们犯下了：
> 187 次强奸；

157 次强奸未遂；

327 次性胁迫；

854 次非自愿的性接触。

约 8% 的受访男性自 14 岁以来强奸或试图强奸过女性。而 75% 的受访男性表示他们从没有强迫过女性进行任何非自愿的性活动。

强奸犯与不具备攻击性的男人之间有几点不同。强奸犯每周喝一到两次酒，每月喝醉一到三次——高于非强奸犯的频率；他们（所描述的）原生家庭更严厉，每月会发生一到三次家庭暴力（父母打孩子，或父母对打）。

性方面的价值观也不一样。强奸犯表示他们每天都会和朋友谈论"某个女人在床上的表现会如何"等话题，"非常频繁"地翻看《花花公子》、《阁楼》、《小资》（*Chic*）、《俱乐部》（*Club*）、《论坛》（*Forum*）、《创世纪》（*Genesis*）、《是的》（*Oui*）或《好色客》（*Hustler*）[①] 等杂志。那些实施过强奸的男性还说，他们在任何情况下都愿意性交，不管跟女方认识了多久。平均来看，他们第一次性交的年龄是刚过 15 岁，而没有侵害过女性的男性平均是 17 岁。

研究表明，强奸女性的人更相信那些为强奸撑腰的谬论。他们还将女性当作对手，认同性别角色的刻板印象，认为预防强奸是女性的责任，并将掺杂着暴力的性行为视为正常情况。

女性在报告中讲述了自己如何遭到强奸，男性也相应地回答了他们是怎样着手实施强奸的。二者之间存在一致的地方：大部

[①] 都是上世纪 70 年代在美国流行的男性成人色情杂志，大部分现已停刊。——译者

分男性认识他们所强奸的女性（85%），超过一半侵害发生在约会时。大多数强奸发生在校园外，而多数男性（74%）之前都吸了毒或喝了酒。在受访男性提到的全部事件中，只有2%报了警。

但强奸者和受害者所描述的强奸事件本身在许多方面大相径庭：

强奸案的特征	男性所说的版本	女性所说的版本
不止一名侵犯者	16%	5%
强奸者殴打了受害者	3%	9%
女方之前吸了毒或喝了酒	75%	55%
之前爱抚到什么程度	腰部以下	腰部以上
男性用了多大力道	轻微	中等
受害者曾试图口头劝阻男方	36%	84%
受害者有肢体上的挣扎	12%	70%
这件事就是强奸	1%	27%

当然，我们本来也不期待男性和女性的回答能完全一致，因为参与调研的男性与侵害女性的男性不是同一群人。但是上表数据中出现的巨大差异，尤其是后四项，原因很可能在于：男人认识不到这种局面是强迫性的，已经让女方感觉深受威胁；而且男人倾向于不把女方的反抗当真，但女方的确是认真的。此外，女性都反映自己事后感到恐惧、愤怒和沮丧，而男性却说自己体会到了一种骄傲的感觉。

虽然强奸过熟人的人与没有强奸过的人在许多事情上持不同

态度，但从表面上看不出他们的分别。如果是在学校里，他们可能在阶梯教室、联谊会的会所、运动队和管理委员会里并肩而坐。而在"现实"世界里，这两种男人可能都有不错的工作，颇受同事欢迎甚至尊敬。在许多方面，两组男人更多的是相似而不是不同。

只是个平常男人

卡伦现在是一名律师，住在西海岸。她被一名通过朋友认识的男人强奸时，还在东海岸一座享誉盛名的女子学院读四年级。几年后，她在法学院的最后一年又被另一个认识的男人强奸了。现在事情已经过去了十年，卡伦才逐渐意识到，侵犯她的那些人跟强奸犯的刻板形象一点儿都不一样。

他们就是张三李四一样的平常人。第一个多少还有点吸引力，第二个还不如第一个。他俩都很聪明，能言善辩，谁的脑门上也没写着**强奸犯**三个字。他们中的任何一个都不需要通过强奸来满足性需要，何况那还是在社会风气自由的 1970 年代。

不过，约会强奸和熟人强奸者通常比"平常男人"强一点。托尼娅说侵犯她的人"个子高，长得帅，身材好，很有魅力"。他们是在一家俱乐部认识的。跟托尼娅一起去的朋友认为这个男人"特棒"。几天后，男方打来电话，提出在即将到来的周末约会。"我就开始有点飘飘然了，"托妮娅说，"他似乎对我很感兴趣，所以姐妹们和朋友们都说我实在太幸运了。"然而，在随后的约会中，托妮娅却不得不拼命抵抗这个"特棒"的男人的强奸企图。

我们也许会猜测，熟人强奸者不过是给自己披上了具有迷惑性的"平常"外衣，学着表现出一个"平常男人"的样子，掩盖其真面目。但研究表明，事实并非如此。熟人强奸者**本来就是**平常男人。普渡大学的尤金·卡宁对71个坦承自己实施过约会强奸的男人做了一项调查，其结果很能说明问题。所有调查对象都是白人大学生，自愿作为潜在的强奸犯来接受研究。这些男人所做的事都包括违背女性意愿使用或威胁使用暴力进行的插入式性交。

他们大多来自中产阶级家庭，没怎么被警察找过麻烦。"说到犯罪前科的话……这些男人跟'典型的'大学生没什么区别，"卡宁在报告中写道，"零星的破坏公物、小偷小摸、使用酒精/大麻和违反交通规则的频率也很一般。没有明显的暴力犯罪史……相比已定罪的强奸犯，行动的冲动性和犯罪倾向简直可以忽略不计。"受访的71名男性中只有6人因强奸被女方报警，并且这6名女性最后都没有起诉。所有的强奸者都说，从两人相遇的一刻起他们就计划或希望引诱对方做点什么。

约会强奸者和研究对照组之间存在许多差异：强奸者更有可能为了与女性性交而谎称爱对方或者灌对方喝酒。他们的性高潮次数也比对照组高：前者每周1.5次，后者每月才0.8次。但是与对照组相比，这些表现出卡宁所形容的"性掠夺行为"的男人仍然觉得自己在性方面得到的还不够多。

这些强奸者中，只有6人觉得自己应该坐牢（但是并不想坐）。2/3的人说发生这样的事都是受害者的错，是女方的行为造成的。有些强奸者则说强奸在某种环境下是情有可原的——比如他们醉得太厉害了，或者性欲实在太强烈了等等。

卡宁由此得出结论，约会强奸犯是"以追求色欲为主要目的、由同龄人构成的社会化群体的产物，这类社会化群体从初中和高中时代就已经开始形成了"。他指出，这样的社会化群体还将延续到大学，这个时期的男生会寻求新的同龄群体的支持，并巩固他们之前学到的价值观。卡宁表示："于是，性征服最终与他们对自我价值的感受紧密联系在了一起。"

熟人强奸者的惯用伎俩

虽然大部分强奸自己认识的女性的男人都不认为自己是强奸犯，但这其中显然也有很多"设计"的成分。正如前文提到的，强奸发生的地点往往四下无人，之所以这么选择就是为了避人耳目。即使强奸发生在受害者的住处，男方通常也会找室友或孩子们不在的时候，这样就不会有人来打扰他和受害者了。

莉迪亚的故事始于一次百味餐[①]聚会，参加者是一群刚到纽约的护理和医学专业学生。莉迪亚挺喜欢聚会上认识的一个男人，于是当他约莉迪亚出来吃晚餐时，她就同意了。约会时，他们聊起了来纽约之前的生活，男方谈到一位在长岛某医院工作的医生朋友，说自己是多么想念他。"他突然提了个似乎是一时兴起的主意，说：'我们今晚就开车过去给他个惊喜怎么样？'"莉迪亚说，"我同意了，不过条件是不能待太久，因为第二天我还要去帮人看孩子。"

他们开车去见了那个朋友，奇怪的是，朋友在他们到达后不

[①] potluck dinner，指的是参加者每人自带一道菜的聚会。——译者

久就离奇消失了，只留下莉迪亚和约会对象两人在公寓里。

于是我们决定第二天一早再走，而不是当天晚上返回。我睡沙发，约会对象睡他朋友的屋里。

我迷迷糊糊快睡着的时候，他整个趴到了我身上，想要做爱。我说不行，他就回到了另一个房间。我正打瞌睡，他又来了，就这样来来回回好几次，搞得我一开始也不知该怎么办。

然而夜色渐深，他始终没能改变我的想法，他终于开始动粗了，他掐我，扇我耳光——我的一片隐形眼镜被他打飞了，他还撕扯我的衣服，想把我扒光。……就这么折腾了一整夜，一次比一次更粗鲁更暴力。

我喊了也不会有人听见，想跑也不行——我们在长岛这地方，大半夜的，我既没有钱也不知道一个人怎么回纽约。这里我也没有朋友或家人可以求助。

随着暴力的升级和他的性情大变，我开始担心自己的生命安全了。

莉迪亚最终也没让这家伙插进去。清晨，男方可能也是累了，就开车把她带回了城里。现在回忆起来，她说："他才不是临时起意呢，而是精心安排好的，他的朋友就是同谋。"

袭击莉迪亚的那个男人采用的是约会强奸者的典型行为和伎俩。为了打消女方的疑虑，熟人强奸者们通常会撒谎说他们要去的地方还有别人在。有时强奸犯**的确**有他人协助，就像莉迪亚怀疑的那样。强奸者还经常假装有事要办，好中途在僻静处停车，或假称突然有急事，让受害者跟他们一起走。

比如艾比。一天晚上，艾比与她在费城某广告公司的一个同事共进晚餐。男方在餐馆的吧台喝酒，没一会儿就彻底喝醉了。"我没见过任何人醉成这德行——烂泥一样，倒在桌子底下那种。我简直不敢相信自己的眼睛，"她说，"我觉得有责任把他安全送到家，就叫人帮我把他弄上了车。"

她开车把男人送回了他的联排别墅，半拖半拽地上了台阶。他勉强打起精神解锁了安全门，两人跟跟跄跄地进了屋。"我问他感觉怎么样了，"她说，"这时候他突然一跃而起，完全没了醉态。"他们扭打起来，但艾比的同事最终占了上风，强奸了她。

有些强奸认识女性的男人会以人身伤害相要挟，但通常不会真的下手：他们不需要这么做，因为有相当一部分女性在口头威胁阶段就屈服了。"他的怒火让我感到自己的人身安全受到了威胁……虽然他没有刀或枪，"20岁时被约会对象强奸的金说，"他一直对我进行言辞羞辱，说些莫名其妙的话。就好像他身边的那个人不是我，只是一具供他侵犯的躯体。"

但有些熟人强奸者的确伤到了受害者。32岁的安娜与差不多同岁的新约会对象一起去参加派对，男方喝了不少酒。离开派对后，他说自己需要回家稍事休息，喝杯咖啡，然后再开车送她回家。安娜在他家里一直穿着大衣，男方叫她脱下来，她拒绝了。

> 他恶狠狠地叫我把大衣脱了……这时我才无比恐惧地意识到，他要强奸我。
>
> 他开始脱衣服。我心想："挨打能有多疼？如果我坚守阵地，就算他打了我，最后应该也会放弃的。"他就站在我旁边，全身脱到只剩内裤。
>
> 突然，他伸出手来，左右开弓地打我的脑袋。最后一记

危险的熟人

重拳把我打得双脚腾空，向后越过水床的边缘，头部直接撞到了电视柜上。我倒在了地板上。

我的人生在这几秒钟的时间里彻底改变了……我体会到了什么是暴力，什么是痛苦——并且我不够坚强，无法承受这些。

他用自己的身体把我压在地上，告诉我如果他不得不再打我一次，我绝对会非常、非常后悔。他说他会伤害我，以我不敢想象的方式。我慢慢爬起来，头痛欲裂，一败涂地……我家里还有两个孩子，我想活下去。不想被他杀掉，这比什么都重要。

这个男人最终因强奸安娜被起诉，并被判 5 年徒刑、缓期执行。而另一方面，也有很大一部分约会强奸者并没有对女方造成人身伤害，但是他们对女方的抗议视而不见。还有不少人利用自身的体重优势让女方动弹不得，无法逃脱，并强迫她们摆好姿势以便实施性侵。在《女士》杂志的调研中，有 64% 的强奸者在其受害人的描述中"只是压住女方或使用扭胳膊等轻微的人身攻击来达到目的"。

熟人强奸发生后男方的想法和行为

有些男人在对认识的女性犯下强奸罪行后，往往会竭力否认其受害者刚刚经受的恶意和侵犯。有些熟人强奸者完事后立马就变得温柔异常，还试图帮女方穿衣服或遮盖身体；有些殷勤地坚持步行或开车送女方回家，说什么女人单独出门不安全；有些会表达爱意，谈论要与女方发展恋爱关系；还有些会与受害者吻别，说他们很快会再打电话过来。（有些还真打了，显然还盼着再来次"约会"。）简单来说，就是许多男人根本认识不到自己所做的事是强奸。

《女士》研究数据　84％犯下强奸行径的男人宣称他们所做的事**绝对**不是强奸

丹妮丝和艾普丽都同意"男人对强奸事件的看法与女人截然相反"这个观点。丹妮丝于1970年代中期在自己家中被一个"朋友的朋友"强奸。他无视她的反对，用自己的身体把她压在床上，还掐她的脖子。趁他射精后睡着的功夫，丹妮丝逃了出去，开车去了朋友家。两个女人第二天一早返回丹妮丝家中时，那个男人已经不见了。

他给我留了张纸条，上面还画了个笑脸。纸条上说："丹妮丝，我醒来的时候你已经不见了。回头见！祝你愉快！鲍勃。"

几分钟后，电话响了。话筒里传来鲍勃兴高采烈的声音。我记得我骂他狗杂种还是混蛋来着，叫他再也不许给我打电话，就挂了。他又打了过来，听起来万分惊讶，问："嗨，这是怎么了？"

艾普丽也一样，被一个事后完全没弄明白自己干了什么的男人强奸了。他和艾普丽刚认识，主动提出帮她搬家。他们之前从没约过会或发生过性关系。他把她推倒在地，使她头朝前

危险的熟人　　105

猛地一摔，撞到了角落里。他们扭打起来，最终他强奸了艾普丽。"他插入得非常暴力，"她说，"完事以后，他问我是不是每次做爱都得这么折腾一番？我觉得他根本就没意识到自己刚刚强奸了我。"

意识到自己的行为是强奸后，熟人强奸者有时会先发制人，防止受害者说出去。他们可能会跟朋友吹嘘自己是如何把女方"搞到手"的，让大家都知道她是"自愿"与他发生关系的。强奸妮娜的男人就是这么做的——她报警后，收到了男方寄来的一封律师信，声称要起诉她诽谤名誉罪。"我简直不敢相信！"妮娜说，"我这辈子从没有这么生气过，我不再感到自责了，而是开始把事情全部归咎于他，于是，我渐渐恢复过来。"妮娜给那个男人的律师打了电话，告诉了他强奸的全过程，对方向她道了歉并表示将不再跟进这个案子。

有时候女方会与强奸者再次相遇，男方所表现出的情绪各不相同，从清白无辜、面露愧疚到恶意满满，不一而足。特丽莎17岁时被一个高中的朋友强奸，之后在学校和社交场合又遇到过他好几次。特丽莎说："差不多3个月后，他跟我说话了，他说，'我很抱歉，真的很抱歉。'我转身离开了。我一句话也不想说。"

而强奸麦琪的人就跟她住在同一座小镇上，在她起诉后还开始跟踪她。他会在大街上开车经过她身边，嘴里说些恐吓的话，骂她"臭婊子"。有时候更瘆人，只是一个劲地哈哈大笑。麦琪开车的时候，他会开车尾随；或者当她在本地的购物中心逛街时跟在她后面。有一次，麦琪面试一份工作的时候，他甚至就坐在办公室外面。最终，地方检察官出面与该男子的律师进行了交涉，骚扰才减少了一些。这名男子最后被无罪释放。

男人是如何被教唆强奸的

"强奸并不是一种只有极少数男人才会得的精神疾病,"熟人强奸教育工作者皮·贝特曼说,"事实上,就我们所看到的而言,强奸与社会上普遍认可甚至赞赏的其他男性行为并无多少不同。"

强奸认识的女性的男人和不这么做的男人的区别,部分在于他们对某种教导大部分男孩"男人就应该这样"的"信条"的认可程度——这种信条是对"男子气概"(macho)一词最糟糕的解释。许多研究者将这一变量形容为"过度阳刚"[①] 系数。还有些研究者将具有这类行为的男性称为"雄性狂热分子"。

几乎所有男人都会被灌输这种性别教条,不过幸运的是,只有少数人对此深信不疑。传播这些信念的主要是其他男性:父亲、叔伯、祖父辈、教练、青年组织领袖、朋友、兄弟会成员甚至流行歌星。他们通过口头或非口头的暗示,教导男孩在性上面要以自我为中心、志在必得,女性就是他们获取性爱的对象,而不是他们拥有自己想法和欲望的平等伴侣。男孩们将学到的是一定要由他们主动提出性行为,女孩可能会有点不乐意,但只要他们坚持住,甜言蜜语一番,绝不放弃,就能取得最终胜利。他们将男女关系视作具有对抗性的挑战,要学着运用他们的身体力量和社会权力,战胜弱小的、不值一提的对手。

大多数男孩都是这样学做男人的——并非只是那些未来的强奸犯,很少或根本不会有人将性描述为两人共同参与和享受的互动行为。只有少数男孩能通过周围的男性榜样认识到美好的性关

[①] Hypermasculinity,心理学概念,指的是过分夸大男性的典型行为,比如强调身体力量、攻击性及性能力等。——译者

系，并得益于此。

马萨诸塞州威廉姆斯镇威廉姆斯学院的弗吉尼娅·格林灵格（Virginia Greendlinger）和纽约州立大学奥尔巴尼分校的唐·伯恩（Donn Byrne）的最新研究显示，受访的 114 名男大学生表现出了对社会化的性别观念的强烈认同。结果如下：

观　　点	表示赞同的百分比
我更喜欢娇小的女人	93.7%
我喜欢掌控女性	91.3%
我喜欢性关系中的征服感	86.1%
有些女人看上去就是一副想被强奸的样子	83.5%
女人在性交时挣扎会让我更亢奋	63.5%
用武力迫使女人屈服是件令人亢奋的事	61.7%

这种看待性和女人的方式在多种不同的表达方法上展现得淋漓尽致。想想很多男人的言论吧。蒂莫西·贝内克（Timothy Beneke）的《男人如何看待强奸》（*Men On Rape*）是一本关于男性（多数都不是强奸犯）如何看待性暴力的访谈集，书中，贝内克考察了男人在性方面的言论，揭示出这些语言往往明确表达了将性视为"得到一件值钱物件儿"——占有一个女人——的观点。举例来说：

把性当成一种成就：

"我想跟她来一发。"

"希望我今晚能进球得分。"

"我可以教她点儿花样。"

"我真的把她弄上床了!"

把女人当作商品:

"她一点便宜都不让我占。"

"我打赌只要我出手就能把她拿下。"

"她的屁股是我上过最好的。"

"我们来点儿'那个'怎么样?"

贝内克分析说,男性还会通过语言进一步物化女性,比如把她们贬低成孩童、动物,甚至性器官:"嗨,宝贝儿!";"看看我们今天能不能睡到几个娘们儿"[①];"她是个骚货"。

贝内克认为,这些言辞所流露出来的暴力,正是"培养"熟人强奸犯的元素之一。性变成了"获得个人满足"的同义词,与伴侣进行交流成了无关紧要甚至不合时宜的事(因为其中存在达不到目的的可能性)。"如果男人出去约会的时候就带着这种'性就是成功占有一件值钱物件儿'的想法,"贝内克写道,"那么女性的意愿可能就是次要的了。"

大多数男人都多少说过这样的话。许多人最终并没有将这些话语所表达的立场付诸行动,因为他们在成长过程中逐渐发展出了同理心、同情心和爱心。尽管如此,这种社会化的性别观念还是在大部分男人心中留下了印记。"并非每个男人都是强奸犯,"

[①] 原文是 shoot some beaver,beaver(海狸)一词在俚语中有"阴道"之意。——译者

贝内克写道，"但每一个生长在美国、说美式英语的男人耳濡目染的东西令他们的思维方式与强奸犯十分相似：都是在地位、敌意、掌控和支配的基础上去建构自己与女性相处的经验和性经验。"

凯西在某个夏天遭到了强奸，对方是她工作的酒吧里的一位顾客。她还记得这名男子侵犯她时所说的话。

> 他一边往下拉我的裤子，一边不停地说"我想要"，我说我不想这么做，他却又重复了一遍："我想要！"然后继续干他想干的事。
>
> "我想要"这句话说得很明确，就是在向我传递一个意思：他认为自己有权得到任何他想要的东西……我就是一件商品，一个物件儿，正如他使用的"想要"这个词所指代的那样。

言语不仅导致男性对女性的物化，也让男性物化了他们自己的性器官——这样他们就能与它"划清界限"了。生殖器变成了男性的"工具"，甚至还给起了名字。于是，它就成了一个独立的生物，有独立的思想，男人无需为它的行为负责。这个观念与很流行的"男人等不及"的谬论倒是不谋而合——一旦男人的性欲被唤起，他就没法阻止自己去性侵一个女人。男人强迫女人发生关系的时候，这种观念可是帮了大忙（"看看你对我做了什么？现在我们非这么干不可了。"）。更糟糕的是，将男性与他的生殖器割裂开来，以及"男人性起后就控制不住自己"的谬论会让约会强奸变成女方的错；在男方看来，这都是因为她刺激了他和他的"朋友"。（相信这些谬论的不光是男性。在男大学生和女大学生中做的研究表明，两组人群都认为性对男人来说是一种"生理欲望"，对女人来说却不是。）

让那些宣扬"过度阳刚的性行为"的言论效果不断增强的,是电影、电视等流行文化所传播的信息。这些信息往往将侵犯、强迫与性爱混为一谈。在影片《乱世佳人》中(由一位女性所著的小说改编),我们看到白瑞德和斯嘉丽边喝酒边争吵,双方的火气越来越大。突然,他把她抱了起来,走上了(剧中的)楼梯,然后(很可能是)上了床。"结果第二天早上发生了什么呢?"强奸教育工作者贝特曼说,"她脸上露出了一个灿烂的笑容!"这可真是女人心甘情愿的最佳证据,如果你能揍她几拳,再用体力制服她就更好了。

贝特曼还喜欢引用电影《周六夜狂热》(Saturday Night Fever)中的一个片段,以说明"女人的意愿可以被无视"这种观念是如何被不断巩固的。在这个场景中,约翰·特拉沃尔塔饰演的角色提出要带女方去自己的梦幻新家(并且期待一场亲热),但她拒绝了。于是他就走了,踏上了回家的路,女方也转身往自己家走。穿过大街后,她转身对他喊道:"你刚才不应该问我的。你这么做就不对了。"贝特曼认为,男人从中得到的信息就是"如果你问了对方的意思,你就失去了机会"。

这类情节并不是什么历史遗留物,新近的例子也比比皆是。1987年播出的电视剧《蓝色月光侦探社》(Moonlighting),目标受众是聪明而时髦的人群。该剧聚焦于男女主角麦蒂·海耶斯和大卫·艾迪生之间的性张力,扮演者是魅力四射的斯碧尔·谢泼德和布鲁斯·威利斯。整整两年时间,《蓝色月光侦探社》的剧迷都在看麦蒂和大卫两人围绕着是否发生性关系这个问题兜圈子,即使大伙儿都知道他们想这么做。终于,人们望眼欲穿的结合时刻到来了:美国广播电视台甚至提前好几天就开始打广告大肆宣传。"结果发生的事是他们俩打起来了,"贝特曼说,"她骂他是狗杂种,还扇了他一个耳光。他则骂她是婊子。他们打得满地乱滚，撞坏了家具，花瓶也掉在了地上。看着相当吓人。我的心怦怦直跳。我感觉非常沮丧和郁闷。"这对雅痞爱人互殴了几分钟，然后就投入心醉神迷的性爱之中了。而在荧屏之外的世界里，无数男孩和男人以为这就是女人真正想要的——即使是麦蒂那样聪慧、独立的女人。

情况一直没有多少变化。在1988年版的剧集《警花拍档》（Cagney & Lacey）中，将约会强奸作为一种普遍现象逼真地展现了出来：强奸者是一名成功的律师，而受害者是一位身强体健且独立的女警。

电影和电视上那些对性关系中的暴力及胁迫显示出赞同的场景，与熟人强奸的发生直接相关。奥本大学的凯伦·拉帕波特（Karen Rapaport）和巴里·伯克哈特在201名男大学生中做了一项研究，他们发现通过衡量研究对象看待性活动中侵犯行为的态度，就能推测出哪些男人将会强奸女性或做出强迫性性行为。这项研究使用了变量来测量受访男性从何种程度上将女性视作易操控的和不值得信任的；他们愿意使用何种程度的暴力以达到目的；以及他们会在何种程度上认为在某些与性相关的情况下可以使用暴力。

研究得出一组发人深省的数据，揭示出男大学生中违背女方意愿进行性接触等性行为的情况是多么普遍：

做出的违背女性意愿的行为	这样做过的男性百分比
亲吻她	53％
手放在她膝盖上	61％
手放在她胸上	60％

续　表

做出的违背女性意愿的行为	这样做过的男性百分比
手放在她大腿上或两腿之间	58%
脱掉或揉乱她的外衣	42%
脱掉或揉乱她的内衣	32%
抚摸她的生殖器	37%
性交	15%

另一项由亚特兰大的埃默里大学心理学教授阿尔弗雷德·B. 埃尔布兰和奥本大学心理学系的研究生莫拉·P. 洛夫特斯所做的研究，考察了男大学生在性侵行为中扮演的施虐角色。这个测试向实验对象展示了 36 张女性面部的摄影幻灯片，包括各种表情：幸福、惊讶、愤怒、恐惧、厌恶以及悲伤，然后让他们每人指出觉得最有性吸引力的一张。被测者还填写了一张问卷，用来测试他们的性侵犯程度。

埃尔布兰和洛夫特斯发现，有 30% 的男性认为表现出悲伤情绪的女性面容比表现出愉快情绪的面容更有性吸引力。在这些男性中，有 60% 的人承认曾有过多次性侵行为。而认为幸福的女性面容更有性吸引力的男性中，只有 29% 的人曾做出过性侵行为。

显然，许多男人崇尚"过度阳刚"的信条，罔顾其与道德伦理的背道而驰。实际上，1986 年，加州大学洛杉矶分校的尼尔·玛拉姆斯所做的一份报告指出，30% 的受访男性表示如果可以绝对不被抓到，那么他们就会强奸女性。而当调查问卷将"强奸"一词改为"强迫女性发生性关系"后——还是在不会被抓的条件

危险的熟人

下——超过50%的人表示自己会这么做。

男性受害者

约会强奸专题研讨会的听众首先提出的疑问可能就是："难道女人就不会强奸男人吗？"这个问题的背后是男性对强奸这个话题本能的防御心态。（女性也会经常问到这个问题，她们可能感到了在场男士的坐立不安，出于同情而问。）

事实上，强奸受害者中的确**也**有男人。一些专家估算，去强奸应对危机中心的受害者中10%是男人，尽管比起女人，男人被强奸后更不愿去寻求帮助，**但是，几乎所有男性的强奸受害者都是被其他男性强奸的。**

不过女人也会强奸，我们从儿童性侵案中对此有所了解。有些女人也强奸过男人，比如通过刺激甚至恐吓让男人勃起，或用物体抽插男性的肛门。但强奸男人的女人数量实在是微乎其微。

然而，这个问题被如此频繁地提起，说明部分男性需要相信女性也会强奸，并且需要相信这样的事情经常发生。实际上，在熟人强奸研讨会期间，总能听到男大学生在底下窃笑，说多希望这种"好事"能在自己身上发生一回。他们这是B级片[1]看多了，幻想的被人性侵是这样的：一群性感风骚的拉拉队长把他们掳走作为性奴隶。

---

[1] B级片，原指好莱坞制片厂时代的双片连映制促销手段，即一张电影票可享受一部优质大片（A级片）搭一部制作较为低劣的影片（B级片）。在作者写作的1980年代至1990年代，B级片泛指面向青少年观众的预算较低，多为歌舞、情色、惊悚、科幻等"刺激"题材的电影。——译者

可惜，事实与幻想天差地别。男人被强奸的时候，强奸他们的也是男人，而且与受害者或侵害者是异性恋还是同性恋无关，那是一种恐怖的痛苦的且会留下巨大心理伤痕的经历——简单来说，与女性被强奸时的情况差不多。在被侵害的过程中，男人往往会被揍得很惨。强奸他们的陌生人可能是街上遇到的骚扰者，破门而入者或搭便车的时候捎上他们的人；与女性一样，男性也可能被熟人强奸，在同性恋案例中，强奸者可能是约会对象（当然，男性也与女性一样，可能在儿童时期被亲戚、临时看小孩的人及其他成年人强奸）。

不幸之处在于，男人往往被强奸后才开始明白无数同样遭遇的女性究竟经历了什么。《波士顿》（*Boston*）杂志的1985年5月刊上登了弗雷德·克鲁格的一篇文章，他是一名异性恋男子，在搭车遭遇强奸后改变了自己的想法：

> 男人再也不能装作强奸与自己毫无关系了，因为的确是有关系的……不会因为你是个男人就不可能被强奸。只要你是一个活人，你就有可能被强奸。

第七章
轮奸或"派对"强奸

"其中一人进入了我的身体,我尖叫起来:'滚出去!他妈的滚出去!'另一个则跪在我面前,按着我、亲我,把我的头扭到一边……然后,他们交换了位置。"
——伊琳,在忆起自己被她认识的两个男人强奸时说

距离伊琳被强奸已经过去了 20 年之久,但她很了解自己,所以坐下来讲述之前先准备好了一盒纸巾。她现在与丈夫和 3 个孩子一起住在新英格兰某军事基地的一群木质小别墅中。而她被强奸时是 22 岁,与父母一起住在芝加哥。

伊琳当时的生活可以说是一团乱麻。她爱上了一个男人,怀上了他的孩子。但他不肯结婚。她从大学退了学,躲到某处生下了孩子,是个女孩。伊琳很不情愿地把孩子送人收养了,然后就回了家。前男友打电话问她是不是生了孩子,她否认了。

回家后过了几周,伊琳在高中时代就认识的一个男人汤姆打来电话,问她是否愿意与他、他的朋友以及他朋友的约会对象一起来个四人约会。伊琳当时并不知道,汤姆和他的朋友与她的前

男友是哥们儿。

他们计划去当地的嘉年华玩,先到一个餐馆接上了汤姆那位朋友的约会对象,她在那里工作。伊琳和两个男人到达餐馆后,朋友先进去了,没过几秒钟就回来说那个女孩生病回家了。"太抱歉了。"汤姆对伊琳说,而伊琳回答:"你有什么好抱歉的?她病了又不是你的错。"

于是,3人去了嘉年华,玩了各种游乐设施,然后又去了酒吧。在那里,两个男人喝了些啤酒,伊琳喝了汽水。他们又买了一提六听的啤酒带走,汤姆说,"我知道这附近有个特别干净整洁的墓地。我知道你喜欢墓地。我们去看看吧。"伊琳回忆说:

> 我看着他说:"天啊,我**爱**墓地。我爱那些古老的墓碑。"我没去想:"他怎么会知道我喜欢墓地的?"他之所以知道,是我那个前男友告诉他的。
>
> 于是,我们去了墓地,是一片很大的公墓,空无一人。那会儿已经是半夜了。我们开着车往前走,汤姆对我说:"我很抱歉。"我说:"你抱歉什么?我喜欢墓地啊。"他们带了六听一提的啤酒,我们人手一罐,一边溜达,一边看看那些墓碑,我感觉很好。
>
> 然后汤姆又说了一遍:"我对这一切很抱歉,伊琳。"我说:"我不明白你在说些什么。"
>
> 突然之间,我就仰面朝天倒在了地上,衬衫被拉到上面,裤子被拉到下面,其中一人进入了我的身体,我尖叫起来:"滚出去!他妈的滚出去!"另一个则跪在我面前,按着我、亲我,把我的头扭到一边。我又喊:"滚出去!他妈的滚出去!"然后,他们交换了位置,换另一个男人强奸我。然后他

危险的熟人

俩都完事了，汤姆说："我对这一切感到很抱歉。"我终于明白了他这句话的意思。

之后，伊琳发现这两个男人都是她前男友的朋友，她意识到这次多人侵犯是早有预谋的。"我觉得，之所以谋划这件事，部分原因是他想弄清楚我究竟是不是生了孩子，他们（强奸者）可以通过我阴道里面的情况判断出来。还有部分原因是他想报复我，因为我没有跟他说实话。"性侵发生后，在开车回家的路上，其中一个男人告诉伊琳他十分愤怒，因为他和一个女人生了个孩子，可那个孩子却管那个女人的新丈夫叫爸爸。"从某种程度上说，他也是在拿我出气。"伊琳说。

我回了家，家里一个人都没有。我上楼进了自己的房间，里面一片漆黑。我上了床。第二天一早醒来时，我还穿着那身衣服。我脱掉了内裤，上面还沾着草——那天墓地里刚修剪过草坪——我一下子明白了，事情真的发生过。

我的精神受到了巨大打击……对强奸这件事有点呆怔，反应不过来。如果不是脱裤子的时候看到了草，我可能都不相信这事真的发生过。我会认为那只是一个噩梦，因为它太超出我对生活的认知了。我以前绝不会相信有人能对一个人做出这样的事来。

轮奸的实施方式

熟人轮奸是一种真实存在的现象，它与单人的熟人强奸有着明显的不同，其中最显著的一点是，强奸被当作巩固群体"会员身份"的机制。在《违背我们的意愿》一书中，苏珊·布朗米勒写道："当男人是以两个或一群的方式进行强奸的时候，他们的身体优势变得尤其显而易见和毋庸置疑。轮奸不仅是男人征服了女人，而且是男性征服了全体女性。"

有些参与轮奸的男人可能从没有单独强奸过女人。他们加入轮奸中时，会觉得骄傲感油然而生，并从中体验到与他人之间有一种特殊羁绊、一个共同目标——其方式就是将他们的受害者贬低为一个一钱不值的、公用的、盛放他们"男子气概"的容器。他们还通过强奸向其他团体的成员证明自己的性能力、强调自己的身份地位。团体领袖通常第一个来，然后才是他的跟班们。有时女方和其中一个成员有过你情我愿的性关系，而后男方却邀请其他人轮流与之发生关系。

《女士》研究数据　16%强奸过别人的男生和10%强奸未遂的男生所参与的事件中涉及不止一位侵犯者

熟人轮奸往往得到默许和纵容，因为这个社会仍然相信男孩们在成家立业之前就应该"放浪形骸"（sow their wild oats）。自然，如果他们跟一群朋友一块儿"浪"，那么就一定要共同维护这种行为的"正常化"。"男孩参与轮奸是为了相互照应，他们带着狂热的男性自豪感，想证明自己、显摆自己，向社团表忠心，或从最好的角度说，为了避免不这么做就被社团排斥在外。"研究强奸问题的专家海伦·本尼迪克特在她的著作《走向康复：女性、男性、青少年如何走出性侵的阴影以及他们的家人和朋友该如何做》（*Recovery: How to Survive Sexual Assault for Woman, Men, Teenagers, and Their Friends and Families*）中写道。"传统上认为，轮奸**不像**单独强奸那么变态，因为轮奸被看作某种阳刚之气的证明，一种成人仪式之类的东西。"拒绝参加轮奸的成员可能会被社团排斥在外，或被质疑性能力有问题。

轮奸还会给受害者带来许多单人的熟人强奸所没有的额外屈辱。虽然有时不是社团每个成员都直接参与其中，但有些人会在边上看着，有些会拍照，有些则知道"隔壁房间正在发生什么事"却选择袖手旁观。事实上，社团成员通常并不想阻止强奸，因为它能增强成员之间对彼此的好感。熟人轮奸发生后，受害者的屈辱还没有结束：社团里的成员会在那些认识女方的人面前吹嘘他们的"成就"。对女方来说，她会感到自己被彻头彻尾地背叛了，而在接下来的生活中却还会经常遇见这些男人。（支配和羞辱也是男性社团成员轮奸男人的原因之一。）

田纳西州纳什维尔的范德堡大学乔治-皮博迪学院的研究员帕特丽西娅·罗西-科克（Patricia Rozee-Koker）和北达科他州大福克斯的北达科他大学护理学院的格兰达·波尔克（Glenda C. Polk）指出，与单人强奸相比，轮奸中出现以下这些特殊情况的可能性翻了一倍：侮辱；强迫口交；拉扯、咬和火烧乳房；往受害者身上撒尿；把精液涂抹在她身上；要求她为自己手淫或自己当着她的面手淫。并且，在每个男人"轮番上场"的过程中，攻击性和折辱性还会不断增强。

当然，熟人轮奸的参与者一般不认为这是强奸。"这女人是个色情狂。"他们之后会告诉彼此，她愿意跟他们来一场"热火朝天的群交冒险"。但加州大学伯克利分校的人类学家南希·舍珀-休斯（Nancy Scheper-Hughes）认为，"轮奸"并不是强奸者所说的

"群交或小小的性怪癖"。就算有些女人看起来是自愿参加的，但这种经历从本质上讲还是胁迫性的、侮辱性的，与强奸并无二致。

在社团犯下的熟人强奸案（有时被称为"派对"强奸，因为事情经常发生在派对等场合）中，团体往往会仔细挑选受害者。女方被选中的原因有时是因为容易摆布，有时是因为她和某个成员有性关系。在大学里，她也可能是个初来乍到的新生，没什么朋友。受害者可能是不太受欢迎的或不怎么有魅力的人，也可能只是过于天真，一下子受到这么多人的关注就飘飘然起来，接着就遭到了侵害。女方往往喝得烂醉或者吸了毒——许多案例中受害女性都几乎或者彻底不能自理，根本无法理解也表达不出同意或拒绝的意思，更别说做出身体上的反抗或从一群壮小伙的眼皮底下逃跑了。

不管女方是什么情况，社团都会坚持自己的说法——这女人跟他们发生了性关系，都是因为她自己愿意——如果事情闹上了法庭，她一定会予以反驳。而受到官方部门质疑时，出于"哥们儿义气"，即使那些事后觉得后悔的成员也会坚决维护社团的说辞。"熟人轮奸案最讽刺的地方之一，就是辩方证人的数量比作为原告的受害者还多。"加州大学伯克利分校法学院教授杰罗姆·斯科尔尼克（Jerome Skolnick）说，此前不久，该校刚发生了一起被媒体广泛报道的轮奸事件。

最容易涉足熟人轮奸的是那些将羞辱和攻击女性作为社团文化一部分的男性群体。于是，通过制服和支配一名女性，社团成员重申了他们的基本理念。虽然这些社团可能非常松散——比如强奸伊琳的那两个朋友，可能只是给另一个男人"帮忙"——但他们背后往往有个明确的组织和身份，比如联谊会、运动队、全男性的生活组合（住同一个宿舍的男生；合住同一座公寓或房子的室友)、飞车党和街头帮派等。如果说后两者带有犯罪潜质，会让女性敬而远之的话，那么其他社团的成员往往在社会上颇为成功，甚至在社区里受人尊敬。

联谊会

不用说，发生在联谊会会所里的"一对一"的约会强奸和熟人强奸比轮奸更多，但真正能上新闻头条的是轮奸，而且一提到这种事，公众联想到最多的就是联谊会成员。看看这些事件，都是最近几年发生的：

圣地亚哥州立大学：Pi Kappa Alpha 男生联谊会（fraternity）的 3 名或更多名成员被控在派对上强奸了一位 18 岁的 Delta Gamma 女生联谊会（sorority）成员。地方检察官认为没有足够的证据立案，但校方在 22 小时的时间内问询了 45 名证人后，认定此次性侵确有其事。男生联谊会因此被勒令解散至少 5 年，30 名联谊会成员因违反学校行为准则而受处罚。

佛罗里达大学：6 名 Pi Lambda Phi 男生联谊会成员被控强奸了一位 17 岁的大一女生，当时该女生正在这个联谊会会所里参加一个为该团体的"小妹计划"举办的"迎新联谊"（rush party）。("小妹"指的是隶属联谊会但不算联谊会成员的女性。她们通常在联谊会的派对和筹集资金活动中做些幕后工作，并为一些社交活动稳定地招纳所需的女性。)校方认定联谊会犯有侮辱罪,对其进行了为期两年的纪律处分,废除了他们的"小妹计划",并安排了一名常驻学生宿舍管理员。

宾夕法尼亚大学:9 名 Alpha Tau Omega 男生联谊会成员被控强奸一位 22 岁的大四女生,女方当时喝醉了酒,且在 LSD 的作用下产生了幻觉。校方要求关闭联谊会三年,涉事男生中有两人被停学。他们同意从事社区服务,阅读关于性侵的书籍,并参加相关主题的研讨小组。本案中没有人受到刑事起诉。

艾奥瓦大学:3 名联谊会成员被控侵犯了一名 20 岁的女生并造成人身伤害,被告表示认罪,并承认他们是在大学宿舍里将该女生强奸的。

新罕布什尔大学:3 名二年级男生(其中两人是联谊会成员)被控在宿舍房间里强奸一位醉酒的女生。经过 4 天的审讯,大学司法委员会认定 3 人没有犯下性侵罪行,但对其中二人做出了停学一学期的处罚,因为他们"不尊重他人"。而在刑事法庭,这两名男生却对性侵的轻罪指控表示了认罪;他们被判 60 天监禁,缓期两年执行,并被要求进行 120 小时的社会服务。针对第三名男子的起诉被撤销。

富兰克林 & 马歇尔学院①:6 名 Phi Sigma Kappa 男生联

---

① 美国东北部宾夕法尼亚州的兰开斯特的著名四年制私立文理学院,以本杰明·富兰克林和大法官约翰·马歇尔的名字命名。——译者

谊会的成员被控在该社团的会所举办的派对上强奸了另一学院的一名女生。校方在对事件进行调查后撤销了该社团的许可证。

弗吉尼亚大学：一位 17 岁的大一女生向校报讲述了自己的经历，说她在参加男生联谊会的派对时醉得很厉害，然后就被几个男生制服并扒光衣服强奸了。她最终决定不报案。

1985 年，美国学院协会（Association of American Colleges）的"妇女地位和教育项目"完成的报告指出，他们已经发现了 50 多起发生在美国大学校园的轮奸事件，多数都与联谊会的派对有关。这 50 多个案例只反映出了实际发生的大学轮奸案中的很小一部分。与柏妮思·桑德勒（Bernice Sandler）共同撰写这份研究报告的朱丽叶·埃尔哈特（Julie K. Ehrhart）说："我们听说在有些学校里，每周都有派对轮奸发生。这种行为比任何人想象得都要普遍。"

为什么联谊会成为滋生轮奸的温床？许多联谊会文化都潜移默化地给成员灌输某种"团队精神"，包括用言语及人身攻击等方式物化和贬低女性，赞美酗酒和吸毒，以及通过集体行为来增强团体的忠诚度——特别是反社会的或（有时是）非法的行为。并且，在许多大学里，联谊会就是社交生活的全部内容；除了参加联谊会的派对，在派对上喝酒喝到吐或昏过去，醒过来后再接着喝以外，也没什么别的事好做。在这里，"开火车"（这是"轮奸"的黑话，用来形容男人像火车的车厢一样排成一列）是件稀松平常的事，你的地位取决于你能在派对上坚持多久、表现得多狠，以及你在性方面能否成功"进球得分"。

从东海岸到西海岸的大学联谊会中都能发现这些文化特性。1986年，圣地亚哥州立大学的联谊会发生了一起轮奸，校方就该联谊会的环境发表了如下言论："总的来说，听证委员会认定Pi Kappa Alpha联谊会**作为一个组织**（黑体为作者所做）实施了身体虐待、粗野下流、猥亵、淫乱行为、侮辱行为、戏弄、违反饮酒条例——包括没有为所有来宾提供安全的无酒精环境以及通过销毁事件相关证据等方式阻碍校方的纪律调查，在此意义上，是有罪的。"而1987年，康奈尔大学吊销了Phi GammaDelta联谊会的许可证——取消了他们所有的活动，并将会所关闭了整整4年——他们的"所作所为"，按校方发言人大卫·斯图尔特（David Stewart）所说，分别引发了两次性侵指控、会所管理不善、成员非法使用酒精的校级调查和一次大陪审团调查。

而联谊会成员本身往往毫无悔意，他们作为其中一员，必须忠于这种以物化和贬低女性为理念的信仰体系。听听这位来自新英格兰某大型州立大学的联谊会成员描述的联谊会生活吧：

> 我想说的是，如果我告诉你联谊会或任何一个男生社团的总体氛围不是在鼓励你和尽可能多的不同女孩做爱，那我就是在撒谎。我天天听到的都是这些。星期五早餐时（他所在大学的联谊会通常是星期四晚上开派对），每个男生都有一肚子料要爆。
>
> 可以说和我同住的男生里90%都颇有攻击性……你要知道，在联谊会里，所有男生都有着同样的目标、理想和志向。也就是说，这群男生脑子里想的东西都一样。如果你说了什么（跟大伙儿不同的意见），他们立马就会跟你反目。总而言之，从踏进这座房子的那一刻开始，你最好跟其他人的想法、

危险的熟人

感受什么的保持一致。我知道这一点，因为我们会所里的男生关系相当牢不可破。他们基本上都是一类人。

问：所以其中一个共同目标就是"进球得分"咯？

哦，是啊，差不多吧。可能有个别人不这么想，不过我得说，总体上就是这么回事。

安德鲁·莫顿（Andrew Merton）在1985年的《女士》杂志中直言不讳地批判了大学联谊会。他写道："对许多刚刚离开高中的青少年男性来说，向大学过渡意味着努力迈向'成年男子'的第一步，而这就意味着将女性视为征服对象——很有价值，但显然不是对手。妇女平权这种观念往好了说是怪事和麻烦，往坏了说则是让人害怕。不幸的是，许多院校却为这种偏见的巩固提供了理想的避风港：联谊会。"

许多联谊会的"反女性"（antiwomen）情绪都昭然若揭。联谊会"迎新"季张贴的宣传海报上通常都印着赤身裸体的女人、被捆绑起来的女人，要么就是女人身体部位的照片，传达出这样的讯息："加入我们就能跟女人上床。"派对的布置往往充满色情意味，成员们都要通过当众说服女人"上楼"来获得团员的认可。

联谊会的仪式、节目乃至出版物，往往都含有淫秽的反女性内容。发生在会所的一次轮奸事件曝光后，宾夕法尼亚大学Alpha Tau Omega联谊会的成员贴出了一次该组织的会议记录。在上周"要闻"栏里写着："Alpha Tau Omega的小妹计划进展顺利。这个小组的未来组长（强奸事件的受害者）正在采访几位联谊会成员……即将成为小妹的人员包括……'ATO快线'报道（"快线"令人想起前文提到的、这里刚刚发生过的"开火车"活动）。"在"服务奖"一栏中，一位成员写道："我们（为强奸受害者）提供了服务。"在佛罗里达大学，Beta Theta Pi 联谊会出版了一份杂志，里面用一张图表详细描述了社团里每个"小妹"分别需要多少瓶啤酒才能"得手"，以及许多其他性别歧视和种族歧视的内容。研究过这份出版物后，校方勒令联谊会关门一年。

兄弟会的"特别活动"对女性来说，也是危险的场合。伊玛尼就是在兄弟会在亚特兰大的年度出游活动中认识强奸者的；几天后她就被强奸了。之后，伊玛尼与几个同在"亚特兰大活动"中被强奸的女性聊了聊。"很多去了（这次兄弟会活动）的女生都遭到了性侵，"她说，"直到我与其他女生见面并说起强奸的事时，我才知道还有别的受害者。我想，这其实也是整个活动的一部分。"

在许多兄弟会中，对于这种性攻击文化最直白和普遍的表达，或许就是成员们的语言风格。纽约汉密尔顿的科尔盖特大学，据说兄弟会会所里有一张台球桌是以第一个在它上面被"征服"的女生名字命名的，在该校 1984 年出版的一期学报上，5 位女生描写了兄弟会的语言以及它是如何散播"强奸可以被宽恕"的观点的。这篇文章中的信息和从其他大学收集来的资料为我们提供了一部兄弟会黑话小词典，大致总结如下：

小嫩肉［新来的大一女生或转学来的女生］是否能被邀请到**牛棚**或**猪圈**［都是派对的意思］，完全取决于她们在**生猪手册**［新生名录］里看上去怎么样。派对上，女生有可能会被"**鲨鱼上岸**"［一个兄弟会成员在女生身后跪着咬她屁股］或被"**套起来**"［一群兄弟会成员把女生堵在房间里，他们头上套着袋子、遮住脸，脱掉外裤和内裤，一边冲女生拨弄生殖器，一边大声叫喊各种侮辱恐吓的话，然后就"**一起啪啪**"（轮奸）她］。她也可能成为"**冲上蓝天**"的对象，就是被一群男生举着从头顶运过去。和兄弟会同仁公认最丑的女生发生性关系者，可能会被授予"**粗野的豪猪**"奖。当地女子学院的学生有时会被拉来参加兄弟会派对，这种情况就被称为"**干翻一卡车**"。

当一个兄弟会成员"进球得分"后，他"上"的那些女生通常被这帮人称为"鸡"（"妓女"的黑话），说她们已经被"剥皮去骨"了。在缅因州的一所学校里，兄弟会成员都要参加"上天台"活动：用一位女毕业生的话说，就是"一个兄弟会成员邀请所有的兄弟共同见证自己征服一名纯真的大一女生，然后这个女生还要听着人们谈论这件事好几个月"。"上天台"这个名称，指的就是女性被逼到快要自杀的绝境。

"语言具有让人丧失人性的力量，"《女士》杂志的作者安德鲁·莫顿在兄弟会管理协会的一次全国大会上指出，"如果我们不拿人当人看，而是把他们蔑称为德国佬①、小日本②、亚洲佬③，那么我们屠杀他们就会比较没负担。如果我们用这些没人性的语言去形容女人，我们可能就会忘记她们实际上是完完全全的人类。而一旦忘记这一点，我们就可以践踏她们。"

除此之外，当女性路过兄弟会会所的门口时，走廊里总会传出起哄声。有时兄弟会成员还会一边大放厥词，一边发起打分活动，从 1 分到 10 分对这些女性评头论足。有时候会出现身体攻击——出其不意地捏一把，摸一下（"吃吃豆腐"），要么就是在街上或走廊里挡住女生的去路。兄弟会成员往往将这些行为视作

---

① Huns，一指北爱尔兰新教徒或历史上在爱尔兰驻扎的英军，称其为"不列颠的匈奴人（Britania's huns）"带有歧视意味；一指是对德国人，尤其是德国军人的蔑称，在一战期间流行，源自德皇威廉二世对派到中国镇压义和团的远征军演讲时怂恿他们像"匈奴人一样对待中国人"，也就是无情地屠杀中国人。——译者
② Nips，是对日本人的歧视性称呼。——译者
③ Gooks or Slopes，是对亚洲人的歧视性称呼。——译者

一种运动,他们互相比拼,以磨练本事。他们有时还会出于社团自身的理由,锁定某个女生下手。举例来说,在密歇根州芒特普莱森特村的中央密歇根大学,几名兄弟会成员涉嫌骚扰及恐吓一位指控该兄弟会的会长强奸的姐妹会成员。

在这样的文化里,诸如"群体啪啪"或"开火车"等荒诞不经的事相当盛行。宾夕法尼亚大学的兄弟会成员被控轮奸了一名醉酒及吸毒的女生,其中一人对《费城问讯报》的记者马克·鲍登说,看着好几个兄弟会哥们跟那个女人性交"对我来说没什么好奇怪的。因为我从别的兄弟会、我们会所的成员和电视上放的电影里早就听说过这种事了。我们会所里也有(有线)电视,每天夜里都放软性色情片。大伙儿都看这些,聊这些,(性侵)不是什么新鲜东西,因为你时刻耳濡目染的都是这些。我听别的兄弟会说过群交啊'开火车'什么的。这就好比,你知道,'这就是我听说过的那种事,原来就是这样啊,就跟我听说的一样嘛。'所以事情就是这样,你懂的"。而经过社团的许可,他也欣然加入了。

不过,也有些兄弟会试图破除这些广为流传的错误观念。从全国范围看,一些兄弟会已经开始着手处理成员中的熟人强奸、熟人轮奸及性骚扰等问题,虽然大多数兄弟会只是迅速声明,他们成员的所作所为不过是整个社会问题的映射罢了。至少有两个兄弟会发表了反对性虐待的正式声明,即有 12 000 名成员的 Sigma Alpha Epsilon 和有 6 000 名成员的 Pi Kappa Phi。1987 年,SAE 的一份全国性杂志登载了一篇文章,解释了为何兄弟会必须关注性虐待问题:

> 我们以为友好的"群体啪啪"很正常,不管怎么说,女方也从善如流了。

大错特错了，弟兄们。"群体啪啪"本身就是违法的——不管你怎么为自己开脱，这都是强奸。不仅如此，这还是一种基于"阳刚之气"和"性能力"的变态谬论所引发的暴力行为。

这份声明相当有力。而 Pi Kappa Phi 兄弟会则用一张海报来支持这项反对性虐待的声明：据该兄弟会的全国媒体总监斯科特·E. 伊文思所言，这张海报已经被送往 500 多所高校。海报上是雕像《强掳萨宾妇女》①的细节图，展示了士兵强迫女俘的野蛮场景。这幅图片下方的文字写道：

今天，我们希腊人②称之为约会强奸。
来自 Pi Kappa Phi 的小小提醒。
违背她的意愿就是违反法律。

运动队

那是 1986 年 9 月底的一个周六晚上，加州大学伯克利分校刚举行完一场橄榄球赛。自然是要开派对狂欢的。这名 18 岁的大一女生一直在喝酒，宿舍里的其他人也是如此：他们是 4 名新加入橄榄球队的球员，都与该女生相识，也住在同一栋宿舍楼里。

---

① 《强掳萨宾妇女》（The Rape of the Sabine Women）是意大利风格主义雕塑家乔凡尼达波洛尼亚的代表作，创作于 1579—1583 年。雕像取材于历史故事，传说罗马人曾对邻邦萨宾（Sabine）进行了疯狂掠夺。雕像中塑造了三个人物：妇女、罗马掠夺者和萨宾老人。——译者
② 兄弟会的名称通常使用希腊字母，因此兄弟会成员自称"希腊人"。——译者

根据女方的说法,夜深后,这4名球员将她制服,无视她的反对强奸了她,还强迫她为他们口交。而根据男方的说法,她是自愿跟他们群交的。

"把4个人高马大的橄榄球员和一个身材娇小的女孩之间发生的事解释为群交,我认为这种说辞太奇怪了。"事件曝光后,人类学专家南希·舍珀-休斯说,她同时也是伯克利分校大一、大二年级的教导主任。当地法院拒绝起诉这几名男生,原因是证据不足。校方则认定橄榄球员应该向这名女生道歉,并搬出宿舍,接受心理辅导,外加提供40小时的社区服务。而他们的学业及运动员身份均没有受到这次事件的影响。

在舍珀-休斯的带领下,许多教师和学生一起抗议校方对这次强奸事件的处理方式。"我认为最起码应该把这4个人开除出校。"她说,不少人都表示赞同。校方做出决定之后,校园里的骚乱持续了几周时间。抗议者把"强奸不是儿戏"的牌子举到了接下来进行的橄榄球赛场上。一名曾参与组建反强奸组织"打破沉默联盟"的女生,在这次裁决之后不断收到恐吓电话,遭到冷嘲热讽,还有人在她家的前门上写下了警告的话。接下来的某天,一名男子从停在学生宿舍旁边的一辆卡车后面冒出来,向她扔了两块石头,其中一块割伤了她的脸。舍珀-休斯告诉记者,不仅如此,"另一名女生说自己两周前也遭到了强奸,但决定不报警,这都是校方如此处理而导致的恶果"。

最终,1987年1月,艾拉·迈克尔·海曼校长向伯克利分校的31 000名学生发出了一份声明,谴责熟人强奸"是一种对受害者、对我们的大学环境乃至对整个社会的侮辱"。海曼的信还附上了一本关于何为熟人强奸、如何避免发生以及到何处去寻求帮助的小册子。

近年来，好几件涉及大学生运动员的熟人强奸案进入了公众视线，包括：

明尼苏达大学：3名大二的篮球队员被控在酒吧庆祝球队获胜后于威斯康星州麦迪逊某酒店强奸了一名妇女。3人的12项性侵指控都被判无罪。就在此前数月，3名球员中的一人刚因在其所住的男女混合宿舍里强奸了一名女生而遭到起诉，后无罪释放。校方在麦迪逊事件后取消了一场篮球赛，并在诉讼后将3人全部开除。球队教练则辞去了职务。

西弗吉尼亚大学：5名篮球队员被控在学校宿舍里强奸了一名妇女。没有提起刑事诉讼，但其中2名球员受到整个赛季禁赛的处理，另外3名球员受到禁赛一学期的处理。

杜肯大学：4名篮球队员被控在他们的宿舍里强奸了一名妇女。等待审判的过程中4人全部被禁赛。最终3人无罪释放；针对第四人的指控被撤销。审判结束后，其中两人的禁赛处理一直延续到了篮球赛季的中期，另两人则被学校开除。

除此之外，大学生运动员单人强奸的案例在全国各地的高校中也都有报道，包括堪萨斯大学、亚利桑那大学、罗得岛大学、科罗拉多大学、北卡罗来纳大学、北伊利诺伊大学、佛罗里达农工大学、中央康涅狄格州立大学等。

与兄弟会一样，运动队也是滋生强奸尤其是轮奸的温床。这些组织都以其成员身体的攻击性为傲，都要求忠于团队，并以鼓励成员将自身凌驾于他人之上的方式来巩固这种忠诚。队里往往充斥着脑子里塞满性别歧视和支持强奸之类念头的男人。"更衣室闲聊"① 这个词形容得好：更衣室就是运动员世界的核心，在这里，他们谈论女性的时候往往只把她们当作性交对象，认为她们只配得到贬损、羞辱和嘲弄。

在运动员的语言中，"性"本身也作羞辱和攻击之用。加州大学伯克利分校橄榄球队的队员和那名女生出事后，有记者问伯克利的橄榄球教练乔·卡普，球队平时的训练是否与这次负面事件有关。《洛杉矶时报》刊登了这个问题的回答，卡普拉开了自己裤子的拉链，说："你想看我的（只有消音后的哔哔声）吗？"

在这种文化氛围里，轮奸很容易就被视为"群交"——不过是团队成员维护相互关系的另一种方式罢了。不仅如此，在大学生运动员的世界里，不管是小地方的院校还是"十大名校"，团队成员都拥有特殊地位，给他们带来了关注、名望乃至崇拜和爱慕。那些球员，特别是明星球员，已经习惯了女人冲他们抛媚眼甚至投怀送抱。因为人气如此之高，所以许多运动员都认为没有女人会例外，他们在"要"之前连问都不用问对方一下。万一有哪个女性反抗，他们也相信自己能应付自如，就像在球场上那样。"我身高五英尺二，体重110磅，而他身高六英尺五，体重265磅。我别无选择，"瑞秋，那名派对后在其就读的中西部某高校被住在走廊另一头的橄榄球员强奸的女孩说，"我很害怕他，我担心他会伤害我。"

大学生运动员的崇拜者不光是学生。许多运动员实际上是被热心校友、教练甚至校方管理人员拉进学校的，这些人会在年轻的新星入校后为他们提供"好东西"，从金钱到"可用"的女人，

---

① locker room talk，是一句俗语，指的是男性之间粗鄙下流的言论，多含有性歧视、性攻击等内容。——译者

危险的熟人

不一而足。他们甚至在运动员受到强奸指控后仍坚定不移地提供支持。来自校友和管理层的压力可以让案子远离公众视野，确保把惩罚降到最低程度，而且保证他们不被球队禁赛或开除。

《费城每日新闻报》体育版记者里奇·霍夫曼做了名为《大学生运动员与强奸》的系列报道，他发现1983年到1986年间，平均每18天就有1名大学生运动员被控性侵。（与所有的强奸和性侵一样，这些只是实际发生数量的一小部分。）霍夫曼指出，在此期间的61起案件涉及46所大学的88名运动员；其中90%以上的受害者认识侵害者（们）。"全美大学体育协会（NCAA）下属院校的橄榄球队和篮球队队员被控性侵的比例比一般男大学生高约38%。"霍夫曼写道。

也许这并不能说明运动员犯下的强奸案比一般男人多，但由于一些原因，他们被告发的可能性更高，这也是辩方经常使用的借口：第一，运动员都比较有名；第二，他们是黑人。第一个原因——知名度，或许可以解释为什么一些男人会被告发，但也能解释为什么还有很多人没有被告发。（"谁会相信我呢？他是一个那么优秀的橄榄球员。"瑞秋说。）至于第二个原因，霍夫曼认为一些黑人领袖认为"可以得出一个合理的结论，即刑事审判系统中存在的偏见"是许多黑人运动员被提起强奸诉讼的原因。在霍夫曼的调研报告中，90%的运动员都是黑人。

跟兄弟会一样，有证据显示，情况还是发生了一些变化的。虽然全美大学体育协会没有专门禁止运动员性侵的官方条例，但一些院校已经试着开始给运动员讲熟人强奸是违法的，改变造成强奸的固有观念。举例来说，在华盛顿州立大学，为了回应妇女组织的质疑，橄榄球队的全体成员都参加了有关熟人强奸的义务研讨会。球队参与这个项目也得到了教练的热情支持。

如果更多院校、球队和教练都能参与进来，在这些全校最醒目的学生中间推进强奸警示教育，那就太好了。不过，即使这个计划用心良苦，也未必能替代那些人大部分时间都沉浸其中的文化氛围。要知道，某高校橄榄球队的队员在1986年9月之前就参加过防治强奸的教育计划。

而这个球队，就是加州大学的橄榄球队——就在伯克利。

第八章
青少年与熟人强奸

> "我觉得我没法告诉父母……警察更别提了……我要是让自己人进了监狱,朋友们会立马跟我划清界限的。"
> ——梅丽莎,高中生,被一个朋友强奸

一般认为大学是熟人强奸的高发地,尽管如此,高中甚至初中女生也会被她们认识的男孩强奸。身处童年与成年的夹缝地带,情绪大起大落,青少年面对性侵时往往束手无策。

梅丽莎升高中一年级的那个 9 月初,男朋友大卫告诉她,自己打算开始跟另一个女孩约会。当时才 16 岁的梅丽莎拼命恳求他不要这么做。她以少女初恋的那种强烈的感情爱恋着大卫:他们已经约会一年多了,在此期间,也有了亲密的性行为。

大卫说自己会在这周六晚上跟别的女孩约会,在那之后,梅丽莎接到了一个电话,来电者是大卫最好的朋友布莱恩。

> 布莱恩问我想不想报复大卫的三心二意。他提议我和他一起出去,跟大卫还有那个女人来个四人约会。他向我保证,

他的想法绝对光明磊落,他只是不喜欢看到大卫这么对待我。我同意了。

这4个人去看了电影,然后开车来到了当地一处海滩。大卫和他的新对象去水边散步了。布莱恩建议梅丽莎和他一起坐在岩石上等他们回来。

  我们坐在巨大的岩石上,有一搭没一搭地闲聊。几分钟后,布莱恩站起来,面冲着我,开始解裤子。我问他在干吗。他说:"我们实实在在地报复大卫一把吧。"
  我说:"不要。"不过心里没把他的话当真。他还在继续脱裤子。直到他的手伸向我的皮带时,我才发觉他是认真的。
  我叫他停下,并开始逃开。他抓住我的胳膊扭到背后,我靠着岩石,变成一个半站半趴的姿势。他一只手把我的胳膊固定在背后,另一只手脱我的裤子。我开始一边尖叫着大卫救我,一边祈求布莱恩停下。

布莱恩没有停下。他很快就射精了。梅丽莎拉起裤子,回到了车里。大卫和约会对象回来后,四人就开车回家了。梅丽莎什么也没说。
  第二天,大卫来到了她家。

  他说布莱恩到处吹嘘自己"上了"我。大卫来是想知道我为什么要"让"他这样。我告诉他我没有"让"布莱恩干任何事,告诉他我是怎样大喊着叫他(大卫)救我,以及布莱恩是如何把我死死按在岩石上的。

大卫说他没有听到我叫。然后他说，我们两个再也不可能像过去一样了，因为他不再是唯一与我发生过性关系的人了。

　　我觉得我没法告诉父母，因为这会泄露我和大卫有过性关系的事实，而在我父母眼里，失去童贞恐怕比被强奸还要糟。同理，警察更别提了，再说我要是让自己人进了监狱，朋友们会立马跟我划清界限的。连我自己都不知道该不该相信自己，这种情况下又有谁会相信我呢？

看不见的强奸：青少年中的现实

　　青少年中间发生的熟人强奸案时不时就出现在公众视野里。1985年底，位于马萨诸塞州南镇、隶属新教圣公会的私立寄宿制名校——圣马丁学校接到当地警方通知，称该校一名15岁的十年级女生报案说自己在宿舍里遭到强奸，随后该校开除了7名男生，另有8名知情的学生被从轻处罚。

　　不过，青少年中间有大量的熟人强奸案是被掩盖起来的。与成年人中的熟人强奸一样，它们也遍及各地区、各收入阶层以及各种族。少女们会被同学、男友、普通朋友强奸；随着做兼职的青少年越来越多，同事也可能成为侵害者。

　　　　《女士》研究数据　　38%遭遇过强奸的女性，受害时的
　　　　　　　　　　　　　　年龄为14、15、16或17岁

　　詹妮，一位加州女性，回忆了自己的遭遇：

我是16岁的时候在派对上被一个熟人强奸的,他跟我一块儿工作,那次派对就是他组织的。他本该开车送我回家。我醉倒了,等我醒过来时,发现我们还在车里,而他已经进入了我的体内。我大喊大叫让他走开,可他一直到了高潮才罢休。

我后来才知道,他(强奸犯)逢人就把这事拿出来吹嘘……而我跟他以及参加那次派对的绝大部分人都在同一座大型折扣商场工作,这种屈辱让我不得不辞了职。

伊玛尼当时17岁,被强奸时正在她的哥哥和嫂子位于费城的家中帮忙看孩子,而对方是她的约会对象,一名大学生。

那天晚上他过来看我,跟我的两个小侄子玩儿。我们哄孩子们上床睡觉,还给他们读了睡前故事。

然后我们就在楼下的起居室里看电视。我吻了他,不过不是很热烈那种。我们只是聊着天,接着他就开始爱抚我。

我跟他说"不行"的时候,他同意了,但没过一会儿又开始动手动脚。当时我们正坐在地上,他就爬到我身上来了……他把我死死按在了地板上,扒我的裤子。我不断挣扎,但不想闹得太大声,怕吓着我的小侄子们。

他差不多六英尺三,身材跟橄榄球运动员差不多。他压得我都快窒息了。我觉得我是跟一个怪物同处一室,它什么事都做得出来,我很恐惧,很担心自己和我的侄子们的安危。

伊玛尼试图反抗,但攻击者得逞了。强奸了她之后,他说了对不起。"他那个道歉的语气,就是男人们虽然道了歉但你知道不

危险的熟人　139

是发自内心的那种语气,因为从他的道歉中能听出对你的责怪之意。"回想起那一刻时,伊玛尼说。

我对他说:"你该走了。"我记得他还叽歪了会儿不想走。要离开的时候,他过来亲我,我推开了,他露出了一个微笑。

这是我这辈子最后一次跟他见面,我已经彻底被他吓坏了。

特丽莎 17 岁时就读于中西部的一所高中,某次派对后,学校里的一个朋友提出开车送她回家。在车上,他们聊起了学校的事以及一些共同的朋友。

最后,他停下车说:"猜猜我们接下来该干什么了?"我的回答是:"你开玩笑呢吧,你不是说要送我回家吗?"

我们都喝了酒,但还不至于分不清好赖。一开始,我很气愤,威胁说要自己走回去,威胁说要告发他。已经很晚了,我知道父母肯定正等着我呢。

他开始骂骂咧咧,伸手抓我,摸我。

⋯⋯我意识到他是认真的,而且他吓着我了。接着他说,他不打算再争什么了,就开始撕扯我的衬衫和短裤。我又踢又打,可他毫不动摇。我心想:"天呐!为什么是我啊!"就哭了。

感觉好像没完没了,不过最后他还是完事了。我们穿好了衣服。接着他开车送我回家——一路上是漫长的沉默。我恨死他了!真想做点什么事狠狠报复他⋯⋯但那有什么用?我这辈子都不想再看见他了。我不想活了。不想面对任何人。

我没有找任何人倾诉。我只是不再与人来往了。

科罗拉多州博德尔的行为研究所的苏珊妮·S.艾格顿,长期研究为何青少年易遭性侵的问题。她发现,几乎所有受害少女都认识侵害她的人:

56%被约会对象强奸
30%被朋友强奸
11%被男朋友强奸

在艾格顿的调研中,虽然71%的受害者向一位或多位自己的同龄好友吐露过实情,但78%的受害者没有告诉父母。只有6%的人报了警。没有报警的人大部分是因为她们与侵害者相识,或者是因为身体没有明显受伤。和某些女性一样,这些女孩没有把发生在自己身上的事认定为犯罪,因为对方不是陌生人,而且她们也没有伤口可以证明她们受到了伤害。换句话说,她们相信了所有的谬论,而正是那些谬论让此类强奸始终被掩盖着,成了一种看不见的现象。

青少年如何看待强奸

新罕布什尔州的桑迪遭熟人强奸时才17岁,还是个处女。当年,她对这件事的看法跟今天许多青少年的部分想法是一致的。"那时候,我心里有种想法觉得'这事'本来就是这么干的。男孩朝你扑过来,你挣扎,然后忘掉这一切。"她说。

17 岁的时候……最重要的是穿什么衣服，梳什么发型，给男孩们留下好印象，有个稳定的男朋友，尝试一下毒品，不管是哪种类型的。

我从来没告诉过任何人我被强奸了。我当时就没想过强奸这回事。就是一次非自愿的性行为而已，我不愿意，他愿意。

现在我 29 岁，我懂了，那就是强奸。

走进任何一所初中和高中，你都可能会遇到一大群跟桑迪当年的想法雷同的年轻人，因为青少年经常表现出对男性"过度阳刚"和女性性行为社会化的严格坚持。加州大学洛杉矶分校的一个科研团队研究了 432 名 14 至 18 岁的青少年对男女交往的认知，杰奎琳·D. 古德柴尔德、盖尔·泽尔曼、宝拉·D. 约翰逊和罗珊·贾鲁索得出了这样的结论："我们似乎发现了一些相当令人悲哀的迹象：当新的一代人开始步入成人世界的人际关系，特别是男女之间的亲密关系时，身上却背负着令人震惊的迂腐观念。"

这些青少年究竟是如何抱残守缺的呢？调研中，受访者被问及在一些特定情况下男性强迫女性发生关系是否可以。与许多同类研究一样，这些问题里也没有出现"强奸"一词。结果如下：

情况	认为强迫发生关系没事的男生比例	认为强迫发生关系没事的女生比例
她本想与他发生关系但反悔了	54	31
她"勾引"了他	54	26
她让他性欲勃发	51	42

续 表

情 况	认为强迫发生关系没事的男生比例	认为强迫发生关系没事的女生比例
他们已经约会很久了	43	32
她允许他抚摸腰部以上	39	28

难怪研究者们表达出这样的悲观情绪。竟有超过一半的男孩和近一半女孩认为，如果女方让男方亢奋了，男方就可以强行发生关系（也就是强奸）。

这些洛杉矶的科研人员还做了一项测试，他们向这群参加测试的青少年展示了27段关于约会经历的短文，然后让他们指出谁应该为这种互动的结果负责。其中一组短文描写的是男孩想要发生性关系，而女孩不想，于是他强迫了她。这组短文涵盖了各种层次的关系（刚认识，泛泛之交，约会关系）以及男孩的各种行为（威胁要散布她的谣言，威胁要动粗，使用体力优势）。所有这些情况，哪怕是其中最具强迫意味的一种情境，男性和女性受试者都认为出了事女方要负很大一部分责任。

举例来说：男孩和女孩刚认识没多久，因为男孩威胁要散布女方的谣言，二人就发生了性关系。青少年受试者认为这种情况78%是男孩的错，34%是女孩的错（二者相加并不等于100%，是所用计分系统的原因）。而在另一个案例中，男孩和女孩是约会关系，男孩利用体力优势强行发生了性关系，青少年认为这里86%是男孩的错，23%是女孩的错。总体来讲，在这27种情境下，受试者将84%的责任归于男方，27%的责任归于女方。研究人员称，这些数据"着实令人讶异。我们原以为——或希望——比例应该

危险的熟人

是100和0的（100％男方过错/0％女方过错）"。

在青少年的世界中，其他社会因素的附加令他们在面对熟人强奸的问题时更显得不堪一击。高中文化和大学文化一样，也往往围绕着酒精和毒品展开。根据全国酒精滥用和酒精中毒研究所（National Institute on Alcohol Abuse and Alcoholism）的数据，孩子们第一次正儿八经喝酒的年龄平均为12岁。而且，青少年喝酒就是为了买醉：如今，330万14至17岁的美国人被认为有酗酒问题。不管是男孩还是女孩，喝醉了以后都很危险，因为许多熟人强奸案都是在加害者和受害者双双醉酒的情况下发生的。

熟人强奸对青少年有怎样的影响

青春期本就是一个艰难的阶段，正是从情感上与父母逐渐分离、探索个体身份和性别认同、获取知识技能、思考未来的发展方向和目标的时期。正因为青少年处在这样一个自我成长的关键节点上，遭到性侵，尤其是被信赖的朋友或熟人性侵将会产生毁灭性的后果。她们的世界往往会变得摇摇欲坠，她们还会觉得自己一文不值，甚至发展到自杀的地步。

凯西·温德哈尔15岁时是一名运动健将，热爱游泳、骑马和滑雪。但在她生活的圣保罗郊区，冰球才是王道。所以，凯西会跟朋友一家踏上观看青少年冰球锦标赛的旅途也就毫不奇怪了：其中一支球队里有好几个男孩跟她是从小一起长大的。

锦标赛期间，这群男孩里有几个强行闯入了凯西和朋友入住的汽车旅馆房间。三个男孩——两个15岁，一个14岁——夺走了凯西紧紧抱着的枕头，拉起她的衬衣，扒下她的裤子，当着其他球队成员的面抚摸她的胸部和阴部。然后男孩们扬长而去。几分钟后，侵犯凯西的三人又回来了，说他们想跟她道歉，其中一人的确这么做了，但另外两人又用同样的方式再次侵犯了她。

凯西和朋友本打算不告诉任何人，但她们听说那几个男孩跟朋友吹牛说自己已经"上了"她，于是改变了主意。凯西一家决定起诉他们。男孩们被冰球队禁赛了一场。凯西家不断接到朋友、邻居甚至陌生人的电话，要求他们撤诉。嚷嚷得最大声的是青年冰球协会的（成年）支持者。"男孩毕竟是男孩嘛。"他们对凯西的家人说。在学校，凯西也被不断骚扰，被起了下流的外号，还遭到了排挤。听证会后的第四天，凯西吞下了 10 片泰诺——她妈妈说，这么做正是她求救的表现。凯西在医院住了整整两周。

同年 9 月，她和这几个男孩都升入了高中。几周后，在少年法庭，其中两人承认了性侵指控；第三人也在不久后被定罪。他们被缓刑至 19 岁执行，并被判社区服务以及承担凯西的全部治疗费用。

但针对她的骚扰还在继续。其中两名男孩在高中很快就成了受人崇拜的冰球队明星球员。而凯西的很多朋友都不理她了。一天，她还在自己的储物柜上发现了这样一行字："杀了这婊子，她害我们的朋友上法庭了。"正如《明尼阿波利斯明星论坛报》记者道格·格罗在 1987 年 7 月的一篇报道里所写的那样："侵害者成了英雄，而受害者被踢出了学校的各种圈子——讽刺的事情一件接一件等待着她。"

凯西努力尝试让生活继续下去，但总有事情勾起她的回忆。学校和当地出版物不断刊登热情洋溢的文章，赞扬那几个侵犯者优异的冰上表现。1987 年 5 月，其中一名男孩请求解除他的缓刑，凯西写信给法官，要求否决这项请求。

接下来的那个月,凯西办了一个生日派对。之后,她认真地写了几张表达谢意的短笺。几天后,当这些短笺静静地堆在她的房间里的时候,她开着车进了自家车库,关上门,却让发动机继续工作。她的尸体被发现时,身边放着泰迪熊,一些纸巾和一张她深爱的家人照片。

当然,并不是所有遭到性侵的少女都是如此悲惨的结局,但这个可能性是存在的,尤其当侵害者是一个或几个熟人的时候。凯西的身体被侵犯了,之后又因为报警而打破了同龄人之间的(甚至她那个镇上成年人之间的)社交"准则",她遭受了更进一步的情感上的打击。就连成年人也没有几个能承受住这种狂轰滥炸的。

青少年遭到性侵还会产生其他后果。许多年轻的熟人强奸受害者被侵害时还是处女,对她们来说,这种经历会扭曲她们对于性爱的认知,还会从根本上影响她们未来与男性的关系。青少年阶段是探索性和建立身份认同的时期,正因如此,熟人强奸的余波可能会持续数年。

甚至连那些对异性恋不感兴趣的青少年也会受到影响。格洛丽亚当时16岁,正陷入一场同性恋爱中,但又想试着变"正常"。于是,她答应跟一个认识的男孩约会。他们一起看了电影,然后男孩邀请格洛丽亚回家见见他的父母。尽管心里有种感觉告诉她别去,她还是答应了。

> 他进了门,当然了,到处一片漆黑。他说:"啊,他们肯定是出去吃饭了,很快就会回来。"我相信了他。我们坐下来看电视,他就开始亲我。很快就发展到他把我推倒在沙发里,跳到了我身上。这时我说:"不,不,不行。"可紧接着,他

就开始扯我的衣服。

格洛丽亚最终趁着男孩调整自己位置——他把自己和她困在沙发和餐边柜的中间——的空当设法逃走了。"当他整个人的重量从我身上移开的时候，我趁机推开他，他的头撞到了餐边柜上。"她说。她跑到外面，跳上自己的车开走了，心里觉得这件事都是自己的错。

我对异性恋（性行为）的概念很模糊。我努力劝自己相信，（这次强奸）很正常，如果我是个异性恋女人，那么这就是我想要的。

青少年受害者遇到的另一个问题就是，她可能每天都会在学校或社区里见到侵害者。很多时候，强奸者会到处炫耀，把这件事吹嘘成自己征服女人的成就；受害者则经常会因为她的"参与"而被那些听说了此事的人排斥。就算提起诉讼，也不能保证侵害者不会回到学校、不会回来上班或者不住在受害者的附近。实际上，最近华盛顿特区就发生了一件事，一个16岁男生被控强奸了一位同班同学后，获准回到高中继续学习。为了抗议校董事会的这一决定，该校校长要求调职，称出于良知，他不能允许这个年轻人留在这所学校。

因为青少年受害者几乎不会告诉成年人自己的遭遇，所以他们中的许多人被强奸后，会深受情绪问题的折磨。"如果青少年向他人隐瞒了这些经历和感受，那么仅凭他们自己的内在力量是很难将事件整合起来并从中得到解脱的。"宾夕法尼亚大学护理学院研究青少年受害问题的专家安·沃伯特·博格斯说。并且，很多青少年的"内在力量"是相当弱的,这就更让他们应付不来了。

而那些犯下熟人强奸或其他性侵罪行的男性青少年,因为通常都不会被定罪,所以他们很可能会屡错屡犯。"很多人发现这么做没什么损失……也不承认他们强奸是有预谋的。"南希·尼森说,她是西雅图的一位社会工作者,致力于青少年性犯罪方面的工作。据尼森称,这些人第一次出现性攻击行为的平均年龄是10岁。

遭遇熟人强奸的青少年为何不向人吐露

家长们——对孩子充满爱和关怀的父母们——很难想象,自己的孩子会向他们隐瞒被人强奸这么可怕的经历。而对大多数青少年来说,不告诉家长没什么好大惊小怪的。在艾格顿的调研中,只有1/5的受害者将自己的遭遇告诉了父母。为什么会这样呢?

许多少女害怕父母发现她们做了没被允许的事:与强奸有关的(喝酒,吸毒,去了不该去的地方,不经父母同意就去约会)或者与强奸无关的(有了性行为),认为父母一定会怪罪她们,而不是对她们表示支持和爱。与很多熟人强奸的受害者一样,这些少女已经很自责了,她们不想再承受更多的责难也是情理之中。她们已经与父母过招了太多次,知道自己只会得到一番毫无同情心的说教,比如"我—早—就—告—诉—过—你……"。受害者们可能已经看过了朋友或同龄人的冷脸,她们为什么要指望成年人更理解自己呢?实际上,少女们的猜测往往是对的。很多家长**的确**会把熟人强奸的过错算到自己女儿的头上。

不仅如此,由于受害人往往不认为自己遇到的是"真正的强奸"——也就是说，不是一个陌生人从灌木丛里跳出来拿刀子抵在她脖子上干的——她们很担心父母会如何看待她的"让步"。还有人不想告诉父母是因为出于某种同龄人之间的"忠诚"，她们不想起诉侵害者。愤怒的家长可能会由于自身的报复心理提起诉讼，但孩子也许不想也不需要打这种官司。

宾夕法尼亚大学的研究员博格斯和L.L.霍姆斯特姆于1979年做的一项研究表明，青少年不告诉家人自己被强奸的五大主要原因为：

保护家人：这些受害者认为自己有能力处理好被强奸的事，但她们的家人不能。

价值观冲突：由于对强奸的看法不同、宗教信仰不同或对受害者的生活方式不认同，家人不会理解自己的遭遇。

希望保持独立性：告诉家人以后可能会被限制自由，而"独立"是青少年最重要的阵地。

心理上有距离：一些人感情上与家人很疏远，也就无从开口了。

地理上有距离：那些离家求学或不与父母住在一起的人，认为没必要大老远地把家人牵扯进来。

如此多的青少年受害者不能或不想把自己的遭遇告诉家人、强奸咨询师或警方，着实令人难过。这方面他们与成年受害者倒是相当一致。而我们下一章要揭示的就是，熟人强奸案即使报了警，也未必能让强奸者受到法律的制裁。

第九章
警方、法庭和学校对熟人强奸的反应

"谁都知道,如果你说出了真相,这个体制就该为真相服务。"

——麦琪,31岁时对强奸她的男人提起了诉讼

两位女性,两起熟人强奸案,两场诉讼,两种结果。

麦琪是在阿拉斯加州被强奸的,霍莉则是在俄勒冈州,但她们的故事代表了熟人强奸案在全国范围内提起刑事诉讼的难度。位于阿尔伯克基的新墨西哥大学社会学和犯罪学研究员盖瑞·D. 拉弗里指出,符合社会认知中典型强奸案的那类案子最容易定罪——比如持械陌生人犯下的案子;而女性与侵害者相识的案子则较难定罪,尤其是在他们是约会关系或曾有过性接触的情况下。由于这样的偏见,警方和检察官往往不愿起诉熟人强奸案中的犯罪者,陪审团也不愿做出有罪裁定。这种偏见在法律体系的各层级中都如此根深蒂固,以致现在很多强奸危机咨询师都建议熟人强奸的受害者千万别提起刑事诉讼。

麦琪的强奸案：结果——无罪

麦琪是在一间酒吧遇到布鲁斯的，那时候，她已经在阿拉斯加住了好几个月。他们聊了大半个晚上，虽然麦琪对他有点兴趣，但也发现他纠缠不休，让人感觉不太舒服。而他也的确死缠烂打：他向同桌的另一名女子要了麦琪的电话，打了好几次。麦琪当时已经31岁了，对此持谨慎态度：

> 我已经很久没约会什么的了，所以他的来电让我有点飘飘然。他想约我吃晚饭，去这个那个的，但因为我有种不舒服的感觉，所以我一直说"不去"。

最终，他们还是约了一次会，然后又约了一次。第三次约会时，麦琪邀请布鲁斯一起过夜。"那天晚上还不错。"麦琪说，但她对布鲁斯的感觉还是比较复杂。之后他们有几周都没有见面。麦琪觉得自己的确不想再跟布鲁斯睡觉了，也决定不再跟他出去约会了。

当时，麦琪正在帮人看房子，并且一个人住在那里。与镇上的许多人一样，她从来不锁门。被强奸的那个晚上也不例外。走出浴室时，麦琪身上只围了一条浴巾，她往二楼阳台瞟了一眼，发现布鲁斯就站在中间的大厅里。

> 他说："我只想跟你谈谈。"我发现他喝醉了。他不停地说："你是我遇到过的最好的女人。"而我说："滚出去。"
>
> 之前我心里很矛盾，一方面很享受他的关注，一方面又不喜欢他的态度。但过了（约会的）第一阶段后……我认为

危险的熟人　　151

自己已经明白想要什么了,也跟他说得很清楚了。

见布鲁斯不肯走,麦琪就回到浴室穿上了衣服,但她回来的时候发现布鲁斯已经上了楼,进了卧室。她再次让他离开。为了领他出去,麦琪开始往楼下走。

> 他抓住我,试图把我拉回卧室。我在楼梯顶上坐下,这样他就拽不动我了,可他却跳到了我背上……他的整个前胸都压在了我的后脖子上,发出咔嚓一声响,我半天都抬不起头来。他把我扔到地板上,我们开始在平台上扭打起来。
>
> 打斗的过程中,他伤到了我,他还把我死死按住,往我的肋骨上打。

这座房子位置偏僻,后面就是巨大的悬崖。离那里最近的房子在悬崖另一端。"我的感觉就是,只能靠自己摆脱困境了。"麦琪回忆说。

但这并非易事。她的对手身高六英尺二,体重超过250磅,而且体格强壮。扭打过程中,麦琪拼命想戳他的眼睛,但真正能做到的只是幻想他的眼球掉到她身上而已。下一刻,当他把她的头往嵌木拼花地板上撞时,麦琪以为自己的头骨裂开了。不过,她最怕的还是布鲁斯把她从二楼阳台上扔下去。

> 我说:"你是不是要伤害我?"而他说:"我不会杀了你的。"
>
> 他说只是想跟我上床而已。他的语气好像在说,他无论

如何都要跟我做爱，如果这意味着必须强奸我，那就强奸好了。

布鲁斯把麦琪的胳膊扭得很痛，就这样押着她进了卧室。他命令麦琪把衣服脱掉。遭到拒绝后，他把麦琪按在床上，一拳砸在她脸上。扒光了麦琪的衣服后，他又揍了她，然后把拳头放在她脸上说："你要是再动一下，我就揍得你满地找牙。"这时，麦琪已经被惊吓、恐惧和痛苦彻底击垮了。她觉得自己已经飞出了身体，飘到了不会受到攻击的地方。

布鲁斯插入了她的阴道，中途软下来好几次才终于射精。从麦琪身上滚下来后，他要求她保证绝不在他离去后打电话叫人。然后就下楼走了，留下麦琪躺在床上，惊魂未定。

  我听见大门打开又关上。然后就没声了。我躺在那里一动不动，等着听他发动汽车的声音。
  接着我听到了打火机响。他刚才只是打开门又关上，自己在门里面等着看我是不是会动。然后他喊："我知道你肯定会告发我的。下来到我这儿来。"

布鲁斯让麦琪挨着他坐在沙发上，絮絮叨叨地说她会报警什么的。他喝了酒，还吸了毒，所以说着说着就开始打盹，然后马上又醒过来。每次他打盹的时候麦琪都想逃跑，可她永远没法知道他是不是睡得够沉，使她能安全离开。她只好一再保证绝不告诉任何人，求他快走，最后他总算走了。

她坐在沙发上一动不动，直到听见布鲁斯开车离去的声音。然后，她弯下身子到窗台以下的位置，半爬着去锁上了门。她给

危险的熟人

姐姐和姐夫打了电话。他们叫来了警察和当地妇女中心的代表。

一开始，警方觉得麦琪的案子很好解决。她在医院做强奸检查的时候，他们取了一些样本。逮捕布鲁斯后，在他的身上和衣服上都找到了麦琪的血迹以及那栋房子里的地毯纤维。布鲁斯在上学期间就有过攻击行为的前科，而且与警察发生过好几次冲突。虽然他家在当地有点势力，但警方很高兴这次终于抓住了他的把柄。布鲁斯被控一级强奸、袭击和以实施犯罪为目的的非法闯入。

然而，案子几乎立刻就出现问题了。在麦琪被强奸后不久拍下的一些照片里，她的伤痕看着没有那么严重，而且照片上也看不出具体受了哪些伤，虽然她表示"我感到有人开着卡车从我身上碾过"。

地区检察官是一个上了年纪的男人，对强奸案的诉讼不怎么热情。他不断提醒麦琪："你这不是一般的强奸案。"在强奸发生后不久的一次问讯中，他问麦琪是否做过流产，她回答没有。但在之后进行正式陈述的时候，她却承认自己堕过两次胎。地区检察官的信仰是反对堕胎的，他勃然大怒，他在办公室里对麦琪说："这种事你都能撒谎，还有什么事你不能撒谎？"随着调查工作一周接一周地进行，他变得越来越不同情她。

麦琪提供给地区检察官的个人信息里提到她一直在坚持记笔记，因为她对顺势疗法[①]和占星术周期感兴趣。在笔记里——实际上就是一本关于她身体健康状况和心情的日记——麦琪记录了自己何时月经来潮、何时头痛或感到抑郁，天气如何，还有其他

[①] 由德国医生塞缪尔·哈内曼于18世纪创立。它是一种有关天然药物的科学，利用剂量非常小的各种植物、矿物质或动物来刺激病人自身的抵抗力。该疗法认为，一个人的症状实际上是机体努力重建体内平衡或平衡的成果，因此为了治疗某种疾病，需要使用能够在健康人中产生相同症状的药剂；药物根据个人情况选择，会顺应而非抵抗此人自身的抵抗力。——译者

数据，其中就包括了她的性行为情况。

辩方想看这本笔记。在一次证据听证会①上，法官浏览了笔记后，只允许将与强奸发生的那段时间有关的数据用作证据。但还是造成了毁灭性的后果。里面的内容很快传遍全镇，成了人们口中强奸受害者的"性爱日记"。

审判前的折磨没完没了。布鲁斯被捕后，从他身上和衣服上提取的血液样本在实验室被污染了，失去了价值。布鲁斯的辩护律师接二连三地向法院提出动议②，其中有一天竟提出了 45 次。与此同时，布鲁斯在街上骚扰麦琪，咒骂她，威胁要告她，要么开车尾随她。开庭前几天，地区检察官跟麦琪讲了自己的诉讼计划：他想让布鲁斯和麦琪现场演示他是如何从背后勒她脖子的。"我当场就哭了，我说'我绝不允许那个男人再碰我一下'。"麦琪回忆说。于是检察官放弃了这个想法。

最终，开庭的时刻到了。麦琪花了 8 个小时出庭作证。庭审中途，她被叫到了地区检察官办公室。他告诉麦琪，从她被强奸当晚使用的卫生棉条的血液里（布鲁斯是先把棉条拽出来后再插入的）检出了可卡因代谢物。而麦琪曾告诉地区检察官自己不吸毒（她也的确不吸），于是他再度怀疑她说谎。他对麦琪说他在考虑要不要退出这个案子。"因为这件事，他对我的信心动摇了，虽然本来也没有什么信心。"麦琪说。实际上，正如警方向麦琪解释的，可卡因最有可能来自布鲁斯的手。

---

① 一项司法程序，在法律系统中有多种用途。在有些案子里和"调查听证"（preliminary hearing）同义，法官会在听证会上决定控方是否有足够的证据支持案件的开庭审理。——译者

② 指当事人向法院提出的书面请求或建议，以取得命令、裁决或指示。提出动议的目的是为了影响和说服法官，使诉讼按照自己所希望的方向进行。动议的类型多种多样，例如直接裁决动议、撤案动议、请求作出无罪判决的动议等。——译者

布鲁斯的律师不需要证明自己的客户没有强奸麦琪。他要做的就是编造出足够多的"可能性"来质疑控方。辩方律师在证人席上询问麦琪的性生活情况，指出许多女性被强奸后都不想再性交，而她的笔记里却写着没过几周她就跟人发生了性关系，这不是很奇怪吗？提的其他问题也差不多，都是经过精心设计的，目的是让陪审团成员怀疑麦琪的故事的真实性。除了"性爱日记"，所提问题还包括她是不是更喜欢比自己年轻的男人（布鲁斯和麦琪当时的爱人都比她小）。而由于警方让她写下她记得的关于强奸的一切事情，麦琪在笔记本里足足写了正反12面——辩方由此暗示，她之所以要提起诉讼就是为了将来写书、出书用。他们还问了她上一份在家庭暴力庇护所的工作。"总而言之，我疯了、我恨男人、我在性上有怪癖、我要出书，"麦琪说，"所有这些都是'可能性'之一。"

听取证词的过程持续了三周。一次，警方的首席调查员还被问及与受害者之间的"私人关系"，暗示他和麦琪正在谈恋爱。但他们根本没有。而布鲁斯呢，每天穿着整整齐齐的西服三件套，一次都没有亲自站起来陈述过证词。

陪审团考虑了一天半，最后认定布鲁斯的强奸罪不成立，袭击罪不成立，而非法闯入罪成立。问题是，布鲁斯被起诉的是"以实施犯罪为目的的非法闯入"，既然陪审团判定他没有犯罪——于是这项指控也被否决了。也就是说，他推翻了所有指控。麦琪觉得自己像是被卡车又碾了一次。"我不知道自己在期待什么，但我一直是相信真理必胜的，"她说，"谁都知道，如果你说出了真相，这个体制就该为真相服务。"

这次审判还有后续。地区检察官被调去了另一个辖区。法官被禁止参与未来的性侵案件听证。之后，麦琪与警方的首席调查员聊了聊，后者在判决后找到了陪审团成员，问他们为什么要那样投票。

他告诉我他们说："我们觉得确实发生了什么事，但不知道到底是什么。"他们还说得有更多的照片，更血淋淋、更"具体"的，让人一看就惊呼"哇！这真没话可说了！"那种。他们并不否认确实发生了强奸，但他们觉得没有什么证据能够证明。

麦琪在镇上又待了 15 个月。布鲁斯一直在骚扰她。最终她决定离开阿拉斯加。如今，庭审已经过去 5 年了，她很幸福，正考虑要第一个孩子。麦琪很高兴现在那个镇上换了一批更有同情心的人处理熟人强奸案件，尽管如此，她明白是谁为了这样的进步而付出了代价。

"我觉得我就是个替罪羊，"她说，"一个牺牲品。"

霍莉的强奸案：结果——有罪

一位面容和善、颇有魅力的男士走过来加入谈话时，霍莉正和几位女性朋友一起在俱乐部里闲坐。他自我介绍叫泰德。而霍莉最近正在分居，难得出来小小放松一下。她当时 25 岁，已经有了两个孩子，其中一个还在喂奶。抚养孩子就是她最现实的状态，因此当泰德问她做什么工作时，她毫不犹豫地回答："我是个妈妈。"泰德和在座的每位女士都聊了聊，然后邀请霍莉跳舞。

午夜时分，霍莉决定离开了。她的室友刚刚到家，可以让临时看孩子的人下班了。泰德说他也该回去了，想跟霍莉一起走。在俱乐部门口，霍莉对着突然从天而降的大雨犹豫了一会儿，打算把外套拉高罩住脑袋，冒着凄风冷雨跑到停车场那头的车里。泰德的车停在俱乐部的入口附近，他提议开车送她到她的车那里。霍莉同意了。

坐进车里，他们聊了会儿泰德在当地广播电台的工作和共同认识的朋友。泰德提议去吃点东西的时候，霍莉又强调了一遍自己必须回家看孩子。泰德于是让步说，他们可以在霍莉家停一下，看看孩子们怎么样，然后再一起出去，让室友帮着照应一下。"我说：'哦，我不知道'，"霍莉回忆道，"我那会儿可真是又没主意又愚蠢。"

他们来到了霍莉家，孩子们都很好，但霍莉决定还是不要出门了。这一晚过下来，她觉得很累。不过，她的车还在停车场里，她得让泰德载她回去取车。走的时候她把钱包留在了桌子上，只带了钥匙。回俱乐部的路上，泰德问她是否可以在他家停一下，让他把狗放出来。霍莉不情愿地同意了，但说他们得抓紧时间才行。到了泰德住的拖车房，他邀请霍莉进屋。

> 我想回家。距离上次给宝宝喂奶都过去差不多5个小时了……但是我想："唉，我也不好要求太多——就让他把狗放出来吧。"
>
> 这似乎不是个坏主意，进了屋，我坐着，他把狗放了出去。紧接着他就开始亲我。怎么说呢，就连这会儿我都没觉得有什么不对。我跟他接了一会儿吻。很快，他的动作变得强硬起来，我开始拼命推开他。

拖车房很小，差不多只放得下一张床，霍莉和泰德就坐在上面，除此以外就是很少的几件家具。泰德的攻击性越来越强，他把霍莉扑倒在床上。这时候，霍莉仍然觉得不是问题。以前的约会中她有过类似经验，只要她一对那些执着的男人说"别这样"，他们通常都会顺从她的意愿。然而，这次泰德没有。

他把我压在身下，我开始有一点害怕了……我说："我们还是朋友，下回晚上出来还有机会。"虽然我心想绝不会再和他出来了。他看着我说："我才不在乎跟你是不是朋友呢。"这下我真的害怕了。

我最终推开了他的上半身，对他说："听着，如果你再不冷静下来，我就要大叫了，所以赶紧让我起来。"突然之间，他用手臂箍住我的喉咙，把我从床上提了起来，我背靠着床，脖子上的手臂越箍越紧……我的头垂了下来，完全无法呼吸……我快昏过去了，身体也使不上劲。

最后，我的神志都开始模糊了，他似乎才决定有所收敛。我对他说："我只希望能再见到我的孩子。"他回答："按我说的做，听我的，让你干吗就干吗，你就能再见到孩子。"他的声音真的又冷又愤怒。

然后，泰德强迫霍莉给他口交，同时紧紧勒着她脖子上戴的双层串珠项链。泰德威胁霍莉要插她的肛门，接着进行了阴道性交。他发现霍莉身上用着卫生棉条，就把它撕下来往地上一扔。"我只记得我闭上了眼，对自己说'这件事我以后再也不要想起来'。"霍莉说。在被强奸的过程中，她一直在哭。结束后，她看到泰德身上都是自己的经血。她怕他看见又要勃然大怒，赶紧安抚说:"没事的,没事的,我也该回家了。"这会儿,泰德哭了起来,对自己做下的事捶胸顿足。"没事的,"霍莉撒谎说,"我知道你是好人。"

最后泰德还是带她去取了车。霍莉开车回了家,裙子又脏又破,脖子、手腕和腿上满是瘀痕。她叫醒室友,告知发生的事。第二天,霍莉拨打了求助热线,他们帮她联系了强奸危机应对中心。她去看了医生。霍莉不想起诉,但是通过应对中心匿名提交了一份关于这次事件的报告。这种报告会让行凶者的名字在警方备案,但这不是刑事诉状。接下来的四周里,霍莉与强奸应对咨询师见了几次面。她努力让自己的生活重回正轨。然后,有一天,其中一位咨询师给她打了电话:"你坐稳了吗?告诉你,他又犯事了。"

泰德在俄勒冈州的另一个小镇里鸡奸了一名女性。之后,这名女性赤身裸体跳下了他那辆正以 40 英里时速行驶的车,狂奔逃命。她活了下来,但伤得很重。泰德也像对待霍莉一样告诉了女方自己的名字。警方的搜查工作一直延伸到加州才找到了泰德,当时他正坐在一辆塞满色情杂志的车里,拿着双筒望远镜盯着不远处购物中心里的年轻女孩们。

泰德被捕后,俄勒冈州警方发现了霍莉的那份匿名报告,于是联系了保存这份报告的强奸应对中心。

霍莉一听说这件事,就决定要正式向警方报案。"他不会停手的,那天晚上他一副追悔莫及的样子,可四周之后就又犯了;正是这一点让我下了决心。"霍莉说。那位受害女性的事让她心里很不好过,她觉得或许正是因为她最初决定不报警,才会导致这样的事发生。

在霍莉的案子里,泰德被控一级强奸和一级鸡奸(因为强迫霍莉口交)。霍莉以为根本用不着等到开庭，泰德就会认罪的，但他并没有。不过，与许多其他受害者不一样，霍莉在自己的案子开庭前有一个"热身"机会，她被传唤去为另一位女性的案子作证。"我猜他看见我走进来的时候吓得不轻。"霍莉这样描述当她出现在离家几百公里外的法庭上时泰德的反应。"我提前体会了一下这类案子的流程。"她说。但结果令人大受打击。在这位受伤女性的案子里，泰德被控袭击、绑架、鸡奸和强奸未遂，最终只有袭击这一项罪名成立，其他均不成立。霍莉万分失望。

>我彻底陷入了混乱。我的意思是，她他妈的伤得那么重，物证多得数不清，然后他们还判他无罪。我想："我们在这地方一丁点机会都没有。"我真的忧心忡忡。

3月，大陪审团就霍莉的强奸案向泰德提出了指控，但直到11月底才开庭。等待的那几个月里，霍莉必须定期去地区检察官办公室开会，一遍遍地重复描述案件，还要和当地的受害者援助机构一起开会。她被强奸后刚找到一份工作，因为这些事不得不经常请假；幸运的是，她的老板很通情达理。当她在广播里听到自己的案子时，非常害怕名字会被曝光，好在没有。

终于，开庭的日子到了。"跟我想象得太不一样了，"霍莉说，"我以前只看过那种超恐怖的庭审剧，他们会让受害人站在证人席上，然后问：'你每天晚上跟几个男人上床？'他们完全没有这么做。只有很少的几个涉及隐私的问题。"

警方最初问询的时候，霍莉觉得告诉他们自己当时正在经期，而泰德把卫生棉条扯出来扔到一边这种事实在"太羞耻了"，就没有说出来。不过，开庭前她还是把这件事告诉了地区检察官，而

危险的熟人　　161

这条信息在庭审中对她非常有利。当辩方律师说泰德和霍莉之间发生的事只是你情我愿的性爱时，控方马上有力地指出，一位正在来例假的女性不大可能与一位刚认识的男性随随便便发生性关系。

回过头看，霍莉觉得等待开庭的过程其实比真正站在法庭上的时间还要难熬。尽管她说自己作证作得"好像有一辈子那么久"，但庭审实际上一天半就结束了。霍莉只有在作证和听取审判结果时才能进入法庭。

> 他的辩护真他妈烂透了。他说：是啊，我们去了我家，是啊，我掐她脖子了。这方面他不可能脱罪，我这都有物证呢。他说：是啊，我们是做爱了。但那是因为他掐了我脖子之后，我冷静下来了，于是转而开始引诱他。
>
> 这简直是滑天下之大稽。唯一一件让我吃惊、没有料到的事情是，他们说只在我的裙子上找到了血迹——没有精斑——他们对此的解释是因为我完全配合他的所作所为，自己脱掉了裙子。

陪审团成员一半是男性，一半是女性。他们只花了半个小时就做出了裁决。当他们回到法庭时，霍莉已经在那里等待了，她的强奸应对咨询师陪在她身边。

> 我已经准备好听到宣布"无罪"了……但我心里太希望结果是"有罪"了。他们宣布（强奸罪名）"成立"的时候，咨询师紧紧抱住了我，我甚至都没顾上听鸡奸的指控是怎么判的。

咨询师说："怎么样，现在你感觉好些了吗？"而我只是边哭边说"没有"，因为我是真的没有。我的感觉一丁点也没有变好，这是很多人没想到的。我想，他们都认为我在判决后应该很快就恢复如常才对。

尽管陪审团判定泰德的强奸罪成立，却没有判他的鸡奸罪成立。霍莉认为原因或许在于她实在不想描述自己被迫口交时的细节。

第二年3月，霍莉又回到法庭参加泰德的量刑裁决。

我们这边的要求是至少7年。泰德还打算要点小聪明，站起来替自己辩解一番。

恐怕他还是闭上嘴更好。他被处以最低10年、最高20年的刑期——最低标准都比我们的要求多3年。

这时候，我才感觉好多了。

现在距离量刑裁决已经过去了一年，霍莉坐在自己家的起居室里，评论着她人生中的转折点，四周都是孩子们的玩具。泰德开始服刑后不久，她接受了当地一家报纸对此案的采访，甚至允许他们把她的名字刊登出来。

如果我们遇到这些烂事时保持沉默，那他们就永远不会罢手。我就是一个例子。我默不作声，我放他走了。我对自己说"他并非有意为之"，我相信了他说的那些屁话，说他很抱歉啊，从没干过这种事、以后再也不敢啦之类的。

我现在感觉很好。我不认为自己有什么可遮遮掩掩的。

危险的熟人　　163

刑事法庭上的"好"案子

为什么强奸霍莉的人被定了罪,强奸麦琪的却没有呢?这两起案件都涉及身体暴力、拘禁妇女以及违背女方意愿的性交;两起案件中的受害者都犯了些错误——在麦琪的案子中,受害者没有锁门,而在霍莉的案子中,受害者答应到泰德的拖车屋去。

但二者之间有一点是不同的。虽然这两位女性都认识侵犯者,但霍莉刚刚与其相识,而麦琪却自愿与对方约会过几次,也自愿发生过性关系。因为她和布鲁斯有过一段恋爱关系,所以地区检察官和陪审团都觉得很难将麦琪的经历归为"强奸",虽然这确实是强奸。

不久前,霍莉的案子可能也无法定罪;但最近强奸法进行了多方面修订,让更多熟人强奸案获得了胜诉的可能。1970年代末至1980年代初,许多州都修改了关于强奸的法律条例,扩大了强奸定义的范畴,将针对男性与女性的多种性侵模式都纳入进来(而不是只包括阴道性交),限制了辩方将女方的性爱史拿来当证据的做法,并去掉了"抵抗标准",即受害者需有过"符合标准的抵抗"才可以证明其是被迫发生性关系的。此外,在一些州,如果专家证实受害者罹患了强奸创伤综合征,则允许将其作为强奸真实发生的证据。不过,尽管法律在进步,熟人强奸案的定罪数量与陌生人强奸案比起来还是少得可怜。而原因就藏在"好案子"这个概念里。

在一件典型的"好"强奸案里,受害者应该是处女,跟父母住在一起。光天化日之下,她走在宽阔的大马路上,正准备去医院看望临终的奶奶时,被一个从未见过的男子抓住了。袭击她的歹徒拿着刀和枪，手上戴着铜指套。他打碎了她的下巴，所以她无法叫喊；还刺了她至少一刀，然后挟持她进了灌木丛强奸了她。尽管如此，她还是拼命反抗了，并且二人打架的时候还引起了一位男性警察的注意，他马上赶到，将行凶者从受害者身上推了下去。官方的体检从这名女子阴道里找到了男子的精液，而男子身上找到了女子的血迹和皮屑。女子脸上的瘀青也与男子手上的铜指套形状吻合。

强奸案就是以这类"好"案子为标准进行起诉的，所以，难怪没几件熟人强奸案能顺利开庭了。在熟人强奸案里，涉事女方往往是自愿与侵害她的男性在一起的。男方通常没有武器，也可能并没有打她；女方通常没有大叫——是因为害怕，而不是因为身体原因无法大叫；而且事后女方身上往往没有留下非常明显的痕迹或瘀青。在她体内或体外发现的精液只能证明二人发生了性关系，却不能证明是强迫的。这类强奸很少有目击者。此外，由于女方总是过了很多天才意识到自己被侵犯了，因此她可能也没有及时报警。

到底起不起诉？

将强奸指控归类为"有根据"（事实充分、可以起诉）还是"无根据"（由于某些原因而无法起诉）的决定，往往取决于与女方是否被迫违背自己的意愿进行性行为无关的因素。最重要的是，这些决定关系到法律守护者（首先是警察，然后是地区检察官）是否认为受害者"可以接受"，还有她遭到强奸时的情况是否充分满足"好"案子的标准，足以令人相信。

危险的熟人　　165

被警方归为"无根据"的案件数量,在美国各县市之间差异很大(最近一年来,底特律有1.3%的强奸指控被认定"无根据",而在芝加哥这个数字是54.1%)。"无根据"案件的存在引发了两种解读:一些人认为这些数据证明女人在强奸这事上说了谎;其他人则认为这说明警方不相信强奸受害者,有失公允。

被归为"无根据"的案子里包括了大量的约会强奸案和熟人强奸案。一项关于纽约警方文件的调查显示,24%的熟人强奸指控被认定"无根据",而在陌生人强奸的指控中只有5%。这些案子之所以"无根据",原因是警方不相信受害者(不管因为什么),强奸不是发生在这个辖区,或受害者改变主意不想起诉了。在熟人强奸案中,那些关于强奸的谬论以及"女人谎称自己被强奸都是为了分手后'报复'男人或者吸引大家的注意"等根深蒂固的观念尤其影响警方的决定,促使他们判定一些案子"无根据"。虽然有关强奸的教育正逐步改变这些态度,但老观念还是相当顽固的。

在中西部某大型城市开展的一项针对905起性侵指控的研究中,研究员盖瑞·拉弗里发现,是法外的决定因素在影响着警方是否以强奸罪起诉嫌疑人。熟人强奸案中总是会出现一些导致嫌疑人不被起诉的因素,包括:

受害者"行为不当"——例如搭便车、饮酒、独自泡吧、有婚外性行为,或自愿进入嫌疑人的车、家或公寓。
受害者没有及时报案。
受害者和嫌疑人之间有过恋爱关系。
不涉及使用武器。

拉弗里发现，最能预测一名嫌疑人是否会被逮捕的是受害者指认侵害者的能力以及提出起诉的意愿等法律因素，法外因素则对警方是否决定批捕有着很大影响。举例来说，在拉弗里研究的案子中，那些警方认为受害者"行为不当"（比如去了男方的公寓或喝了酒）的案件一律都**未批捕**。"通过对警察的采访，我们发现警察会将受害者的不当行为与轻率大意或直接共谋联系在一起。"拉弗里说。

研究还显示，涉事者是青少年的熟人轮奸案和熟人强奸案在警方看来不如其他类型的强奸案严重。拉弗里发现，"探员们对涉及多名侵害者的性侵案件总是疑心很重——尤其是在事件中有不止一名受害者，受害者和侵害者在事件发生前就认识或受害者和侵害者都很年轻的情况下。一些探员把具有这些特点的案件称为'派对强奸'，并暗示这种案子不值得像其他指控一样认真对待"。

了解所有这些想法后，也就不会奇怪——为什么一项在西雅图的最新研究显示，女性不向警方报案的首要原因就是自己曾与侵害者谈过恋爱了。

熟人强奸案不报警的原因还有很多。其中最重要的一点就是害怕。许多女性居住或工作的地方离侵害者很近，她们确实有理由担心，特别是在她们相信警方会判定她们的案子缺乏依据，拒绝将侵害者关进监狱以保障她们安全的情况下。就算警方觉得某件熟人强奸案足够"好"，受害者的安全也得不到保障。1987年，费城一名男子强奸了一位20岁的女性，因为她拒绝再与他约会。女方报警后，男方向她开了枪，使她身受重伤。女方家属表示，男方强奸女方后立刻就威胁她，如果敢报警就开枪打她。

危险的熟人 167

证明熟人强奸的困难之处

强奸案的刑事诉讼中，辩方多数情况下会使用四种论据中的一种：对嫌疑人的指认有误；嫌疑人的精神不健全，是限定责任能力人；受害者是自愿与嫌疑人发生性关系的；或者没有性行为发生。陌生人强奸案的辩方会重点围绕第一种进行辩护（指认），而在熟人强奸案里，嫌疑人身份是确定的，所以辩方一般会利用第三或第四种论据来辩护，即自愿发生性行为，或"什么都没发生"。根据某州（如明尼苏达州）的刑法，同意（consent），是指"一种自愿地、非强制地表示应允实施某一特定性活动的行为"。但"同意"或"未同意"的具体表现是什么呢？辩方往往会试图从这里入手，称受害者的行为、生活方式或没有反抗等都暗示她是"同意"的。

而从警方和检方的角度看，"好"案子的关键就是指认嫌犯，再加上能充分证明强奸发生的铁证。对宣称表示过"同意"的案子提起诉讼只会把事情搅得一团糟，所以许多检察官都拒绝接熟人强奸的案子。这里面部分原因在于他们自己对待强奸和强奸受害者的态度本就颇为冷漠而且存有偏见，部分原因在于他们认为陪审团也跟他们一样是"反受害者"的。

这种观点往往是对的。有好几项研究显示，但凡有任何迹象显示受害者"行为不当"，陪审团就不愿给强奸者定罪。此外，陪审团更容易给持械的侵害者定罪，而不容易给那些没怎么使用暴力的侵害者定罪。他们还倾向将那些具有良好社会地位的强奸嫌疑人无罪释放，而约会强奸案和熟人强奸案的被告往往就是这类男人。

陪审团的女性成员往往对遭到熟人强奸的受害者更为苛刻。

这可能是因为她们不想让人将受害者的经历联系到她身上。"不仅所有女性都有可能被强奸，而且强奸者一般都是她们认识的男人，这样的事实人们很难接受，"研究者宝琳·B.博特说，"但是，只要女人们相信，唯有坏女人才会被强奸或者唯有失常的陌生男人才会实施强奸，她们就会感觉安全多了。"

1985年，新墨西哥大学的盖瑞·拉弗里、密歇根大学的芭芭拉·F.莱斯金以及美国国家科学院全国研究委员会的克里斯蒂·A.维舍在参与强奸案审理的360名陪审团成员中做了一项调查。结果显示，在男方宣称女方同意与其发生性行为或根本没有发生性活动的案子中，若女方涉及非婚性行为、饮酒、吸毒或女方在事件发生前就认识被告（即使只有一面之缘），陪审团都更倾向于相信男方的话。〔研究发现，二人之前认识这一点对陪审团的影响相当大，哪怕只是顾客（受害者）和杂货店员（强奸者）或者客户和银行柜员这种程度的认识。〕研究者们指出，这些顾虑"要么意味着对受害者信誉的合理关注，要么意味着对受害者道德品质的不合理担忧"。而许多案子的情况都属于后者。

由于陪审团存在这些偏见，所以执法人员认为只对那些最符合"好"案子标准的案件提起诉讼才合情合理。但这样的现状若一直持续下去，不管从伦理上还是法律上讲，都是极其糟糕的。"陪审团辨别强奸案的依据是之前的恋爱关系以及强迫和反抗的程度，这一事实为警方和检察官倚重这些因素提供了有力的辩护，"哈佛大学法学院教授苏珊·艾斯瑞奇在她的著作《现实中的强奸》（*Real Rape*）中写道，"但如果这些因素本身就不合理，那它们就不应该成为决定性因素：就好比陪审团知道种族和阶级并不能成为检方歧视嫌疑人的理由一样。"

陪审团有时也会因为熟人强奸案的案情比陌生人强奸案"轻"

而不愿给涉事男子定罪，尤其是在其中不涉及明显的人身伤害的情况下。有些为强奸受害者发声的人提出了一个想法，即为约会强奸和熟人强奸另辟一个犯罪类型，这样就会激励警方将更多的案件定为"有根据"，就可以使检察官更积极地跟进此类案件，也让陪审团可以更多地做出有罪裁决。不过，此类犯罪受到的处罚可能比陌生人犯下的强奸轻，这也会让"熟人强奸不是重罪"的概念变得更深入人心。

伸张正义的另一途径：民事法庭

在洛杉矶某公园里，一位刚从艾奥瓦来到此地的年轻女子认识了一名友善的兼职男演员。他们聊了会儿天，然后男的建议他们沿着好莱坞山来一次骑行，欣赏一下那里优美如画的风景。路上，他坚持到自己家时停一下，让他换件T恤。一进屋，他就锁上了门，强奸了女方，还强迫她为他口交。

又是个熟人强奸的恐怖故事吧？没错，只不过这次的结局不同：事情发生8年后，陪审团判这位女子获得500万美元的赔偿金。在这个案例中，这名男子也被提起刑事诉讼并成功定罪——尽管受害者花了约一年时间才说服检察官予以起诉。

对许多受害者来说，把熟人强奸的诉状交到民事法庭比打刑事官司好。"当一个人遭受如此伤害时，钱并不能弥补一切，"罗伯特·K.道森，一位打赢了好几场熟人强奸官司的西雅图律师说，"……但民事诉讼对受害者很有帮助，还能震慑群众。"

在刑事法庭，通常有3个因素会对熟人强奸的受害者不利：被告无需出庭作证（很多人也的确没有）；法律对举证的要求相当高（高到有些案子根本就做不到）；最终定罪必须获得陪审团全票通过（而他们中有很多人并不支持受害者）。而民事法庭可以强制男方出庭，举证的要求也相对低些（遵循的是"优势证据"原则而非"排除合理怀疑"原则），并且即使在陪审员意见不完全一致的情况下也可以做出对受害者有利的判决。"这是场公平的官司。"道森说。

现在，选择这种诉讼方式的女性越来越多了。

举例来说，道森代理了一名女性的案子，她在派对上喝得烂醉，被4个男人轮奸了。本案没有提起刑事诉讼，在事情发生三年半之后启动了民事诉讼程序。道森指出，强奸的遭遇毁了女方的后半生。她成了惊弓之鸟，晚上再也不敢踏出家门一步。陪审团判她获得30万美元的赔偿金。

民事诉讼需要充分展示受害者因被告的行为（强奸）而遭受的巨大伤害。而在刑事诉讼中，大量的证据（医生的报告，伤口的照片，目击者的证词）只是用来支持这一主张的，但不是强制性提交的。唯一真正需要的就是受害者的证词。

与刑事诉讼的程序不同，受害者打民事官司需要自己承担相关费用，数额依据案件的复杂程度，从一两千块到万儿八千不等。因此，在许多民事诉讼中，大部分律师都会启动"应急计划"——由律师预付诉讼费和检察官的费用，等收到赔偿之后再收取自己的费用。而"胜诉酬金"通常是赔偿金的三分之一，被告在10年内付清即可。

需要指出的是，这类官司很少真正开庭，绝大多数都达成了庭外和解，由受害者和被告共同商定出一个双方满意的金额。当一方或双方都想避免事情被公之于众，规避庭审的开销和风险时，就可以达成这样的协议。总体而言，民事诉讼真正走到开庭这一步所花的时间比刑事诉讼要长得多。

起诉犯罪者的过程中还包括一件有趣的附加事项，那就是起诉对强奸的发生负有责任的第三方。尽管第三方并非**有意**涉及强奸，但很可能也负有一定责任，因为他们应该预见到并且采取了防范措施。女性选择起诉第三方——公司、学校、兄弟会等的目的，通常是希望防止类似事件再次发生。此外，第三方往往比被告的经济实力雄厚很多，因此拿到全额赔偿的可能性也更大。举例来说，在印第安纳州，陪审团判决一名女性获赔80万美元，她起诉了自己的雇主——某大型汽车租赁公司，而强奸她的也是这家公司的员工。而另一位遭到同一男子强奸的员工，则以30万美元的赔偿达成了庭外和解。最近，一名18岁女子报警称自己被圣地亚哥州立大学男生联谊会的4名成员轮奸，她起诉了该州、该校、该兄弟会以及她当时所在的女生联谊会，要求获得250万美元的赔偿。

火奴鲁鲁律师艾伦·戈德比·卡森为遭到强奸的客户打赢了好几起第三方官司，并在全国范围内跟踪此类案件的司法趋势。据她所言，目前熟人强奸案中起诉第三方的情况还非常少。她指出，大部分案件都牵扯到第三方有责任"让陌生人远离经营场所"，但熟人强奸往往会涉及"自愿问题"，所以这类官司比较少见。

许多团体很担心成为这类案件中的"靶子"，于是纷纷开始引入有关熟人强奸的教育计划。"我们将其视作整体风险管理项目的一部分。"Sigma Phi Epsilon男生联谊会全国校友联盟的主席乔·兰吉拉说。兰吉拉认为，该计划"能从多方面引导各个分会将惹上官司的可能性降到最低，并且尽量少举办那种容易引发约会强奸或熟人强奸事件的活动"。虽然这些联谊会成员对熟人强奸变得如此敏感只是为了降低潜在的经济损失,这样的动机肯定不是多数女性期待的,但有动力总比没有好。

不过,不是只有受害者才会提起民事诉讼。在1987年年中的一件案子里,一名密歇根大学男生联谊会的成员起诉了一位女生,称由于该女生的指控,导致其在联谊会派对后因涉嫌强奸而遭到逮捕。"以前从没听说过还有这种操作。"该校"认知与防范性侵害中心"主任朱丽叶·斯坦纳说。斯坦纳和其他支持这名女生的人都认为,这起诉讼就是为了恐吓女生,好让她撤销强奸指控。目前,这项指控女方诽谤男方的起诉还没得出结果。不过,起诉过后没几个月,该男生的刑事指控倒是被判无罪,他被释放了。无罪判决在校园里激起了自发组织的抗议活动,300多名学生和抗议者在事发的联谊会会所前进行了烛光守夜活动。

斯坦纳一针见血地指出了这类诉讼对强奸受害者的影响。"这会产生一种寒蝉效应,"她说,"这个案子对我们的客户(遭到强奸的女性)影响极大。那些决定不报警的人,现在更加确信自己的决定是对的。就连警方都感到丧气,因为他们很清楚这将对报案产生怎样的影响。"

西雅图律师道森的几位女性客户在对强奸者提起民事诉讼之后都被他们反诉为诬告,好在这些反诉都被驳回了。"本州从未出现过起诉性侵受害者诬告而胜诉的案例。"他说。

选择依靠学校:高校司法委员会

唐娜是在校外遭到同学强奸的,她决定不对这名男子提起刑事诉讼，而是将此事上报她所在的伊利诺伊州某学院的司法委员会。

许多院校都有这样的委员会，用以加强行为管理并对违反规章的人实施处罚。尽管大部分委员会的成员除了教师、教工外还包括学生，但它恐怕已经是大学扮演父母角色的时代的最后遗迹了。由于委员会处理的案子大多是偷窃、破坏公物、滥用酒精等，因此他们在面对熟人强奸案的复杂性时往往准备不足。

确实，本书采访的女性中，没有一个将自己的案子提交到校司法委员会之后，对裁决结果感到满意的。在唐娜的学校，虽然行为管理条例规定初犯强奸即应被停课，再犯应被开除，但侵犯她的人——在已经向委员会承认自己强迫唐娜发生了性关系的情况下——却只被裁定缓期执行和写一篇关于性侵的论文。"他们给了我一份论文的副本，"唐娜说，"我觉得肯定是从哪本书上抄来的。我认为他根本就没有学到任何东西。"学校的处罚措施让唐娜很愤怒，她决定提起刑事诉讼，但州检察官告诉她，时间拖得太久，已经不能成为一个"好案子"了。

乔斯林现在是密歇根某学院的三年级学生，二年级第一学期时她遭同学强奸，对方在她选的某门课上担任助教。"我通过校内系统提起诉讼的主要原因，是我需要摆脱强烈的自责心态，"乔斯林说，"我意识到，如果不让他受到惩罚，我就永远无法原谅自己。所以我选择校内解决，结果失败得一塌糊涂。（校司法委员会发布的）报告上说什么'缺乏证据'，因为没有目击者，而且'学校不应干涉本校学生的性活动'——那意思就是如果我们坚持性自由，就必须为可能发生的事情承担**一切**责任。"不仅如此，校方还在报告里为"可能造成的伤害和不便"向涉事男生致歉。

虽然获得了这种裁决，乔斯林还是在暑假后返回了校园。"我之所以回到学校,一部分原因是想证明自己现在有多强大,"她说,"再就是必须坚持让学校为这种严重的不公负责。如果我一走了之,从学校消失,他们只会更加肆无忌惮。现在他们已经加强了针对女性的服务措施,谢天谢地。"

有时候,校司法委员会甚至会拒绝受理案件。贝思是在校男生联谊会的会所认识强奸她的那个人的。她跟男方去了附近一间公寓,那是他联谊会的朋友们住的地方。贝思说她当时喝醉了,但还有能力拒绝男方的性要求。可是他没有理会她的拒绝,扑倒并强奸了她。贝思还是一年级新生;而强奸者刚从这所位于纽约的大学毕业。"我向管理部门报告了这件事,"她说,"我想提起诉讼,确保我在这里读书期间他不能回到学校。"校方拒绝了她的要求,声称男方已经毕业了,他们无能为力。"我没有报警,因为害怕没人相信我,"贝思说,"熟人强奸在我们学校很普遍,但管理部门不愿意相信这一点,很多女性也不敢说话。"

校司法委员会很在意警方对他们学校的看法。如果校方针对熟人强奸的指控进行了调查,处罚了强奸者——那就证明强奸确实发生了,这种丑闻会损害学校的声誉(并对招生不利)。司法委员会成员可能只想接些小案子,这样就不用承受在校园里出现强奸案这样的耻辱了。

就连一些受到高度关注、受到刑事处罚的案件,也无法说服校司法委员会行动起来。1986年7月,雪城大学一名橄榄球运动员在刑事法庭上承认自己性行为不当,在违背对方意愿的情况下强迫一名新生发生了性关系。他被判处缓刑3年和进行社区服务。然而两周后,校方的听证委员会却裁定该运动员没有违反学校的任何规定。他被允许继续留在学校就读,奖学金照发,橄榄球也照打。

反倒是受害者在被强奸后的第三天离开了雪城大学，转到了另一所学校。校方做出裁决后不久，在一次接受《雪城标准报》（Syracuse Post-Standard）的采访时，女方表示："我去参加了（校方的）听证会。我以为这次听证的目的是商议如何对他进行处罚，毕竟他对犯罪事实供认不讳，已经定罪了。结果却是专家小组研究了一番我的指控，然后宣布全部指控都不成立。我简直不敢相信。他们这种处理方式就等于骂我是骗子，诋毁我的名誉。"

不过也有人认为，在目前的情况下，校司法委员会已经尽可能做到最好了。"约会强奸和熟人强奸是最难处理的，不管是在校纪听证会上还是在法庭上。原因都一样，"罗得岛大学的学生生活指导员托马斯·R.杜根说，"这就是信谁不信谁的问题，信她还是他？"杜根说，在他们学校，如果一个男人被认为具有"明显的且一触即发的危险"，他就得搬出宿舍楼并暂时停学，等待接受校方的调查。受害者也可以仅递交事件报告而不提出起诉。

那么，校司法委员会在反对熟人强奸方面是否在起到有益的作用呢？杜根认为，被带到听证委员会面前这事对那些遭到指控的男生还是颇有影响的。

"这件事他们会不会严肃对待？那还用说嘛，"杜根说，"这件事对他们有没有影响？毫无疑问是有的。"

然后，他想了想，又补充说："至于他们还会不会再犯呢？这我就不知道了。"

第十章
致女人：如何防范熟人强奸？

"我从那个可怕的夜晚中学到的是，要相信自己的内心。"

——梅丽尔，第一次约会时遭到强奸

每天都有女性被她们认识的男性强奸。其中很多情况是难以预测也无法避免的。但也有许多熟人强奸是**可以**不发生的。

当某位熟人的行为开始逐渐升级为强奸的时候，一般女性都处于很不利的地位：面对陌生人，她们能立刻发觉强奸的威胁，但面对朋友时却很难反应过来。同样，因为男方是熟人，女方很可能想不到要大叫求助、奋力打他乃至逃跑——但当侵犯者是陌生人的时候，她就有可能做到。

为了与约会强奸和熟人强奸作斗争，女性必须真正理解所发生的事情，学会规避具有潜在强奸风险的场合和人物，掌握出现这种情况时的应对方法。一旦拥有了这些知识，女性或许就可以避免或阻止侵害的发生。

不对劲的男性

避开熟人强奸就意味着避开熟人强奸者。但是,正确识别出这样的男性并不容易;他们中的有些人甚至是魅力十足、受人尊敬的。不过,此类男人大部分还是有迹可循的,女性一定要学会读懂危险信号。

强奸咨询师和曾遭遇过熟人强奸的女性在这里给出的忠告是:当男人表现出下列任何一种特征时,立刻从他身边跑掉(而不是走掉!):

* 在情绪上虐待你(通过羞辱你、说贬低你的话、不理会你的想法等方式,或者当你开始某个行动或提出某种想法时表现出阴沉、恼怒的样子)

* 一直在对你说教,指点你该交什么朋友,穿什么衣服,或者试图掌控你的生活中与他无关的事物和人际关系(非要替你选择看什么电影,去哪个餐馆,诸如此类)

* 提到女性时的普遍言辞是负面的

* 毫无理由地吃醋

* 酗酒、吸毒或试图让你醉酒或吸毒

* 因为你不想醉酒、吸毒、性交或跟他一起去某个无人或私密的地方,就大声呵斥你

* 拒绝让你分摊任何约会支出,并且你一提出付钱他就大发雷霆

* 对你或他人有身体暴力,就算"只是"为了达到目的而对你动手动脚。

* 对你表现得过于亲密(坐得太近,用身体挡住你的去

路,话里话外仿佛比他实际上更了解你,当你说不要的时候还碰你)

＊除了发怒以外就不知道怎么处理在性和情感上遇到的挫折

＊对你并不平等相待,不管是因为他比较年长,还是因为他觉得自己比较聪明或社会地位较高

＊迷恋武器

＊喜欢残忍地对待动物、小孩或其他好欺负的人

不对劲的地点

在什么地方与和什么人一起同等重要。强奸自己认识的女性的男人,必须找到合适的地方才会下手。最容易发生侵害的地方是偏僻之处。停着的车里,夜晚的海滩,"楼上的"房间和联谊会的会所——都是熟人强奸犯愿意带受害者前往的好去处,因为他确定这里很久都不会有人打扰,只有他和女方两人在。男方往往会开车将受害者带到实施强奸的地点,这样她自己根本无法回家,只能先满足男方的要求。

这些偏僻地点可能在大城市的核心地带,也可能在偏远乡村。谢丽尔是在车里被强奸的,对方是她在朋友的派对上认识的男人。"我害怕极了,不敢跳车逃跑,因为这里是一个'很乱的社区',"谢丽尔说,"我不断挣扎反抗,而他一个劲地威胁要揍我一顿。我非常害怕(这个社区),根本不敢跳车,也不敢引起任何人的注意。"薇薇安则是被自己家族的一个好友强奸了,对方把她带到了林中小屋里。

危险的熟人　　179

我们来到了铁链锁住车道的地方,在那里停了好久。我拒绝进去——但不是很激烈的那种,而是无声地拒绝。

我想,这跟我以前听说过的强奸根本不一样。我坐在车里,跟一个认识的男人在一起。我能有什么选择?在我看来,穿着高跟鞋和短裙穿过森林,好不容易折腾到公路,就为了拦下一辆卡车,而里面坐着另一个男人——还是个陌生男人——指望他把我带到安全的地方吗?算了吧。

特别是跟刚认识的熟人在一起的时候,女性一定要坚持只去餐厅或电影院这种公共场所约会。

不要自我设定

女性并不是引起熟人强奸的原因;熟人强奸者才是。不过,女性可以通过一些方式来降低自己受害的风险。我们从反强奸咨询师和专家那里收集到了一些供女性采纳的观念和行为指南:

1. 你有权设置性行为的底线并告知对方。在开始性行为前先想清楚自己的底线是什么,然后清楚地告知你的伴侣。的确,你**必须**把自己的底线说出来——绝大多数男人并不懂读心术。如果让他们去猜测你的想法,那么你可能会受到伤害。

与你的伴侣聊一聊性方面的问题,确定任何性行为都是出于双方的共同意愿。表达你在性方面的偏好并不有损于淑女身份,同样,说清楚你没有兴趣也并不会让你显得落伍。你完全可以只想接吻,或者只想接吻和被他爱抚胸部,或者做除了性交以外的任何事——这些都没有问题。

2. 要有主见。忘掉教你忸怩作态的那些文化修养。做女人不意味着要被动。勇敢地说出你的真实需求和感受。当你说"不要"的时候,要确定你的意思是真的"不要"。而当你说"好的"时,首先要清楚你同意的是什么事情。

当你设定了性活动的底线,而男方却无视它的存在时,立刻行动起来。明确地告诉他你不想如何如何。你可以表现得友善,但必须坚定有力。如果他继续无动于衷,你就发火。别担心这么做不礼貌。如果你需要大叫求助或伤害他才能跑掉,那就这么做。忘掉什么"做个好女孩"吧。不用去操心他的感受。就大闹一场吧。

这条建议正是迈拉的继女离家去上大学时,她告诉这位年轻女孩的。而迈拉自己则是经历了惨痛教训才学到这点的:18岁时,她到一所大学去看望朋友。朋友替迈拉安排了一场约会,是"真正的大学生沙滩派对,有篝火和啤酒的那种"。她的约会对象友好和善,外貌养眼。"我开始陷入无尽的幻想——他会与我坠入爱河,这个那个的。"迈拉说。他们接了一次吻,然后她的约会对象建议他们在沙滩上散散步,看看天空。迈拉同意了。

> 我们刚一远离人群,他马上就把我推倒,并说如果我试图阻止他,他就"射在里面",让我怀孕。我还算身强力壮,努力想逃开,甚至四下寻觅是否有木棍可以用来揍他。
>
> 不过总体来说,我的感觉是难堪和尴尬。要是我大叫或打了他,别人会怎么想呢?我这么大闹一场,可能会毁了大伙儿的愉快时光。
>
> 我不想惹麻烦。我从小受到的教育是非常利他主义的,我知道这是一部分原因……真希望当时的我是现在的我——

危险的熟人

那么（强奸）就绝对不会发生了。

3. 保持清醒。你保持对局面的掌控的最好方式就是不要与周遭发生的事"失去联系"。太多的熟人强奸都发生在女方醉酒或精神恍惚的时候。

如果你喜欢喝酒，一定要适度。准备强奸认识的女性的男人（尽管他可能将其称为"引诱"）总会一个劲地劝她喝啤酒、烈酒或给她毒品，这样就能让她失去判断力，降低反抗力。你更不要帮强奸犯忙自己把自己灌醉。那些出来寻找"猎物"的男人就盯着这样的女人。

"我没怎么喝过酒，所以没想到几杯'新加坡司令'（金酒、樱桃白兰地和青柠汁调制的鸡尾酒）能有这么大的后劲。我有生以来第一次昏过去了，"艾琳说，她 18 岁的时候在跨年夜的相亲活动中遭到了强奸，"我醒来的时候，发现自己正在芝加哥某处的一间卧室里被他（约会对象）强奸。到今天我都不知道自己当时在哪里，我的朋友怎么样了（跟她一起来的女孩），甚至当时是几点。"

24 岁的帕姆在喝酒方面比艾琳有经验得多，却也遭遇了相似的命运。

> 我喝醉了，请求他送我回家，说了好几次。
>
> 我像一袋土豆一样被拎上了楼。我说了好几次"不要"，可都没用。我记不清具体细节了，只知道的确是被强奸了。

吸毒不仅违法，而且很难控制量：毕竟你吸毒的目的就是为了"嗨"起来。此外，由于毒品在非法生产的过程中会有混合和掺杂的情况，所以每个人吸食后的效果天差地别。而且服用一种毒品的经验完全不适用于另一种毒品。

强奸爱玛的男人跟她住在宿舍楼的同一层。"他带来一些用鸦片制的印度大麻，"爱玛说，"我以前吸过两三次大麻，一点儿也没嗨，所以我相信那些毒品对我不管用，觉得没什么好担心的。"她要是担心一下就好了。那个男的趁她神志不清的时候制服了她。

4. 仔细调查新的约会对象。先与朋友一起来几次四人约会，可以较为安全地增进对男方的了解。提前商定好详细的约会计划。不要和不太了解的男人一起离开派对、酒吧。向周围可能与他约会过的女性打听一下这个人怎么样。

5. 保持对局面的掌控。约会的时候自己付钱（或让约会对象买电影票，之后你付钱买披萨），这样的约会就不会被解读成某种交易，而你"欠"了男方点什么。第一次约会的时候可以考虑开自己的车，由你来选与男方会面的地点。

与朋友或家人商量好一种办法，当你需要的时候，哪怕是深更半夜，也能打电话让他们开车来接。随身带着电话卡，这样你打电话的时候就不用找零钱了。永远带好足够自己打出租车回家的钱。不要让刚认识的男人开车送你。

6. 照顾好自己。不要指望别人照顾你，或保护你不受伤害。在真正要用到*之前*去学学防身术。许多社团都有相关课程，可以帮你培养警惕危险情况、果断行动、回避攻击以及强有力进攻的能力。（设有此类活动的组织见"资料与资源"一章）

7. 相信自己的直觉。第一次与新的对象约会时，梅丽尔就注意到他有一些自己不喜欢的行为——他是个攻击性强的"大男子主义者"，对待她的态度就好像她是自己的私人物品——她却只是一笑了之。当约会结束后返回她家时，男方威胁说要伤害她，然

危险的熟人

后就强奸了她。"我从那个可怕的夜晚中学到的是，要相信自己的内心。我学会了和别人出去约会时要万分小心，如果我对某人产生了疑心，我就立马转身，能跑多快就跑多快。"

如果某人让你有种"不好的直觉"，不要认为是自己有问题。如果你觉得这个人或这种情况不对，一定要相信内心发出的警惕信号，赶紧躲得远远的。

"你得学会相信你心底里的这个小声音，"宝拉说，"而不是让他因为你的怀疑而有机可乘，走开，赶紧摆脱这种局面。那个警告的声音是想告诉你情况变得非常危险。我已经学会相信自己内心的声音。也许有时候我有点小心谨慎，但我宁愿这样也不想冒再次置身险境的风险。"

8. 学生党尤其要提高警惕。对大学一年级的女生来说，从搬进去的那天到第一个假期开始都是需要保持警惕的危险时段。女生一而再再而三地在这几周的时间里被学校里认识的男性强奸。原因是什么呢？这些年轻女孩是最好的下手对象，因为她们还不了解学校的日常生活和校园环境，内心充满了孤独和不安，可能还很渴望通过开怀畅饮和狂欢派对来挑战这个没有父母监管的社会，赢得大家的认可。并且，这个保持警惕的时段也恰好是男生联谊会和女生联谊会"迎新"的时候，可能一到周末就夜夜笙歌（有时整个礼拜都这样）。这些派对可以让一年级女生接触到高年级男生，而后者中有不少人都想跟天真的新生来一场"进球得分"。

除此之外，全美各地的交换生（和女性旅行者）也会被她们在国外认识的男性强奸。这些女性成为猎物，可能是因为她们刚抵达一个不熟悉的地方，也可能是因为美国女性总是被认为私生活混乱，很容易得手。

遭遇熟人强奸时应该怎么做

《女士》杂志的研究数据为我们指出了成功挡开熟人欲行强奸的举动的若干方法。调查结果显示,成功避免被强奸的女性在面对攻击时做出的情绪反应较低——也就是说,与那些最终遭到强奸的女性相比,她们在对方表现出攻击性时感受到的恐惧、自责、无助和惊惶情绪比较少。这些女性也更容易逃跑和尖叫求助。

那么,应对熟人强奸的举动时哪些做法是没有用的呢?与强奸犯争吵往往会直接导致强奸,尽管哭泣和讲道理对有些男人来说可能有点效果。不过,哭泣和讲道理远远比不上"积极策略",比如高声喊叫和逃跑。(其它研究已经表明,哭泣、讲道理、恳求或故作冷淡的态度在陌生人强奸中都不起作用。)

虽然有强奸之虞的情况各不相同,但这里有几条强奸问题的专家给出的建议,或许可以帮助女性在侵害已成定局之前成功"喊停"。

1. 保持冷静。那一刻你需要调动自己的全部智慧,所以不要被恐惧压倒。集中精力,表现出坚定自信的样子。

2. 判断你的处境,迅速采取行动。试着评估一下你面临的危险有多大。如果逃跑,你能否到达有其他人可以提供帮助的地方?如果尖叫,是否有人能听见并前来帮忙?正在威胁你的这个男人暴力程度如何?他是否很大程度上只是言辞羞辱,而不是用体力或武器对付你?

一旦想好了最佳行动方案,就立即行动。攻击你的人不会在一边等你想好该怎么办。

3. 试着逃跑。突然逃跑可能会令侵害者猝不及防。往有光亮、有建筑和街道的地方跑——任何能找到人帮忙的地方都行。不要觉得跑进一个人头攒动的餐馆或剧院很难为情，你需要帮助，需要立刻有人帮助。

如果你是在车里，跑不出来，那就试着按喇叭。

4. 大声呼救。如果觉得逃跑不实际，那么尖叫肯定瞬间就能让附近的人知道你有麻烦了。"救命！有人在停车场攻击我！"或"救命！叫警察！"甚至一句"着火啦！"都会效果显著。

可以的话，喊完马上就跑；侵害者也许会被你的声音吓住，这样你就安全了。

5. 必要时，全力攻击。与侵害者近身肉搏恐怕没什么胜算，所以一旦决定反击，就别怕使用下流招数，而且要果断坚决。你的目的是让他尽可能长时间地丧失行动能力，这样才能趁机逃跑。不用担心伤到他。记住，与陌生人强奸相比，大多数熟人强奸中的受害女性都更难使用"身体策略"。想清楚具体怎么做，然后做好准备让他吃点苦头。不过也要明白，你的反抗有可能让他变得更暴力。可以读读有关自卫的书（见下文"资料与资源"部分）或报个班学习一下这类防身术。

6. 用闲聊拖延时间。如果没法逃跑，可以试试聊天。不要跟强奸者争论他侵犯你的事，只是以东拉西扯跟他拖延时间。有些女性会告诉男方，自己觉得他很有魅力，让他说说关于自己的事情。当他认为自己不需要使用暴力之后就会放松警惕，而这会儿就是破门而出的好时机。

或者也可以告诉他，你很喜欢他，但你想先去一下洗手间。进了洗手间，你就有机会跳窗逃跑。就算窗户出不去，洗手间的门上至少有锁。锁上门。然后开始冲窗外大喊。

7. 灭了他"勾搭"你的念头。托妮娅 20 岁的时候遭到一名陌生人强奸，从此她记住了男方散发出的那种力量、支配感和"粗鄙卑劣"的气息。所以，当23岁的她发现自己正单独和第一次约会的对象身处荒无人烟的停车场，而对方整晚都在一边贬低她一边不停地给她倒酒的时候，就意识到现在不是回答"不行"的时机：她比别的女人更明白接下来会发生什么事。于是，她假装歇斯底里大发作，出现了幻觉，坚持说路边的一棵树要来抓她，成功地破坏了男方的强奸企图。表演了15分钟后，约会对象开车将她送回了家。"能看出来，他觉得很烦，好好的一个晚上变成这样，"托妮娅说，"他恨不得赶紧把我丢下车。"

很多类似的方法都可以防止侵害发生。比如告诉袭击者你有性病。如果正好在经期，你也可以说出来，没准能浇灭他的性欲。告诉他你怀孕了也行。你还可以做些会令人产生生理厌恶的事让他熄火：往地上撒尿，挖鼻孔，打嗝，放屁甚至呕吐——任何事，只要能破坏他自认为是在"勾搭"的想法。不过，在尝试这些策略之前也要明白，这么做不一定管用。

屈服不等于同意

向熟人强奸犯屈服**并不羞耻**。他可能威胁了你。可能动了粗。可能把你吓坏了，根本不知如何是好。顺着他往往是唯一的明智选择。

妥协也是一种逃生策略。它并不等于同意，因为是他的行为迫使你"同意"的。自愿性爱指的是双方共同做出的决定，是自主达成的，里面没有任何暗示、强迫或胁迫的因素。

不要责备自己，觉得是你"让"他强奸你的。如果你的处境存在被强奸之虞，那么也存在性命之虞。作为受害者，你唯一的责任就是对你自己负责。你不需要用受伤或死亡来"证明"你是被强奸的。活下去。

第十一章
致男人：从改变中受益

> "强奸者是男人，而有能力组织起来消灭强奸的也是男人。"
>
> ——作家蒂莫西·贝内克

有些人认为男人之所以应该关注熟人强奸，是因为它可能会发生在他们所爱的人身上——女儿、姐妹、妻子、母亲、女友等。但事实是，不只是那些自己的女儿或女友遭到侵害的人，所有男性**都**深受熟人强奸的伤害。让男人乃至我们整个社会深受其害的，正是那些给无数女性带来灾难性影响，并让无数"平常男人"在性行为上、社交和道德层面上变得无耻下流的行为。

改变方针

男人必须认识到，熟人强奸——或者任何一种形式的强奸——对他们来说也是种麻烦。"强奸者是男人，而有能力组织起来消灭强奸的也是男人。"蒂莫西·贝内克在他的《男人如何看待强奸》(*Men On Rape*) 一书中写道。

为了更好地运用这种力量，很多男人都需要重新思考他们对女人和性的观点，并对自己的行为有所改变。来自"提高强奸意识"倡导者的以下11条指南，可以帮助男性实现这一目标：

1. 永远不要强迫女人发生关系——就算她"让"你性起了；就算她跟你的朋友们都睡过了；就算她一开始说了"好"，事到临头又改变主意了；就算她以前跟你做过爱，也不可以。这里的"不可以"还包括**一切**非自愿性接触——从接吻、"动手动脚"到违背她意愿的性交。

女性有权设置性行为的底线——你也有。作为**性伴侣**，你必须理解和尊重这些底线。如果两人的想法不一致，那么欲望多的一方要顺从欲望少的一方（男方和女方都一样）。

2. 不要逼女方就范。男人总认为通过言语施加压力不算什么强迫，但女人不这么想。甚至你的言谈话语中并没有什么威胁之意时，女人也会感受到危险。实际上，你是个男人这件事本身就已经让人生畏了。你的体格、力量、社会角色以及年龄等因素，都会让她在面对你逼她服从你的性需求时感到无助。同样，也不要对女人说谎，哄骗她同意跟你上床。

3. 保持清醒。没错。前文中我对女性也提出了同样的建议。在许多熟人强奸案以及几乎所有的熟人轮奸案中，涉案男子都喝了酒或吸了毒，甚而两者都用了，并且往往到了神志不清的地步。那些特别看重豪饮和吸毒的社交团体，其成员往往也会纵容熟人强奸的发生。

当你醉酒或吸"嗨"了的时候，你的决策能力会变弱，攻击性会提高，而克制冲动的能力已经飞到九霄云外了。记住这个准则：**如果喝醉了或者神志不清，就不要做爱**。在你那混乱的思维里，或许觉得自己是在勾搭一名对你有意思的女性，而实际上却是在强迫她顺从你、与你做爱。

犯下强奸或其它性侵行为后，醉酒并不是合法的辩护理由。不管你的血液酒精度测试是什么结果，你都一样会因强奸被判刑。这一点足够让你冷静了吧。

4. 不要听信醉酒的女人"活该"被强奸这种鬼话。当然，任何女人都不应被强奸。但是，男人总是认为强奸一个烂醉如泥或神志不清、根本不知道发生什么事情的女人，或在酒精和毒品的作用下晕过去的女人不算强奸。实际上，正因为神志不清的女人没有能力对性活动表示同意，所以你干的事被定为强奸的可能性会大大提升。

5. 如果朋友邀你参加某种性活动，不要"加入"。不要跟正在与一群男人发生性关系的女人性交或有任何性接触，特别是在她醉酒或神志不清的情况下。这是轮奸。这种事只会出现在 X 级电影和杂志的幻想世界里。一个喝醉了或吓傻了的女人被一群男人性侵，可不是什么美梦成真的享受。你不仅不能参与，还应该想办法阻止他们或者报警。

6. 不要把"进球得分"和成功的社交混为一谈。性交并不是在度过一个愉快的夜晚后你应得的报偿。就算你跟 100 个女人做过爱，也不见得就明白什么是好的性爱和爱情，也不一定就懂得"真正的"男人意味着什么。射精没什么了不起，获得双方的同意以及稳定的恋爱关系才重要。

如果你的朋友认为性交的次数很重要，告诉他们你不同意他们的看法。要是他们还继续要求你"统计人数"，并一个劲地吹嘘自己在性事上取得过多少"胜利"，那么还是换一批朋友吧。

7. 不要自以为知道女人想要什么，反之亦然。要问她。在一个没有压力的轻松环境中问她。如果她自己也不知道想跟你发展到什么程度，那么就不要冒进。

一个女人渴望爱情（拥抱、亲吻、紧挨着坐在一起）或暧昧的小动作（亲热地爱抚）并不意味着她就想性交。再强调一遍，要问她。你应该得到清楚明确的回答。如果没有得到，不要自说自话觉得性交完全可以。

8. "不行"就是"不行"。忘掉你朋友说的什么女人说的"不行"意思是"行"之类的话。那不是真的。

女人说"不行"的时候，意思就是"不行"。就应该停下。她不想再进一步了。不要试图哄着她继续或者跟她争。也不要无视她的想法。就算你认为她说"不行"是为了维护"名誉"（哪怕你知道她**真**的很想和你做爱），那又怎么样？当（如果）她准备好了与你发生关系，就让她来做这个决定吧。

如果一个女人嘴上说"不行"，其实要表达的意思却是"可以，但你得说服我"，那你恐怕也不想再和她交往下去了。她这是在跟你较劲，而你们俩最后谁也不会赢。别去想什么"丢了一个好机会"，走就是了。

9. 如果你觉得女方话里有话，那就直接说出你的感受。直接问她希望怎么做。如果她还是说不清楚，那么就不要与她发生关系。

10. 与女性交流。试着跟各种不同的女性聊天，而不是只跟约会对象或想约会的对象聊。你的理解能力会在与女性谈论她们的生活和感受的过程中得到加强，这对你维系各种人际关系都有好处。

11. 与其他男性交流。跟你的男性朋友聊一聊性爱、约会以及熟人强奸。让他们知道你不喜欢那种对女性充满敌意和羞辱的言论与行为，更受不了用强奸威胁女性。如果你发现某个朋友快要跨过"性趣"和"性侵"之间的界线了，一定要出手干预。

如果你住的宿舍在男生联谊会的会所里，或者你是运动队的队员，去找找有没有适合你们社团的"提高熟人强奸意识"项目。支持这样的项目中并参与到其中。

让男性来改变男性

熟人强奸这个话题肯定会引起大多数男性的戒备心态。当一位或几位女性站出来组织一群正处于约会年龄的人（男女都有或者只有男性）开办有关熟人强奸的教育工作坊的时候，这种心态表现得最明显。幸运的是，现在全国各地都开始有男性愿意参与到组织活动中来。他们有些跟听众的年龄相仿（同学、同属一个联谊会、同事），有些是心理学家、宗教或社区的领袖、学校的管理者或专业执法人员。有的男性不愿接受从女性那里听到的关于熟人强奸的信息，如果由男性来主持这样的活动，这些信息往往更容易被传播和接受。

这并不奇怪。多数男人都觉得，跟女人相比，肯定是男人更懂得他们的心思。新泽西州麦迪逊的德鲁大学宿舍管理和住宿生活部门主任罗恩·坎贝尔发现，读了相关问题的文章后，男生都想和其他男生一起进行探讨。"（文章里）说，男人应该学着为自己的人生负责，"坎贝尔说，"谁更懂得其中的方法？谁更了解我们的一切？谁更能走进男人的内心？我第一次去参加熟人强奸的教育工作坊的时候，作为一个男人，我感觉十分恼火，因为他们说的都是些否定的东西，一点儿肯定的都没有。我跟别的参加过的男性聊了聊，他们也是这种感觉。"

于是，坎贝尔开始着手改变这种状况，提高男性对这类工作坊的接受度。不过，他首先"自我反省了一下"。

现在他要把自己的发现公开跟大家分享。"我认为我自己就是一个熟人强奸者，"他说，"我并没有把谁敲晕，也没说过'你不这么做的话我就把你的胳膊扭到背后去'什么的……但我还清楚地记得我们（男人）用身体力量压制对方逼对方就范的那种方式：我们压在女方身上，让她们动弹不得。我能记起自己说了谎，耍了一堆花里胡哨的手腕，就是没问过对方是不是同意跟我做爱。你知道，我根本没想过第二天会怎么样，女方会不会不舒服，会不会因为这件事而感到困扰。"

现在，坎贝尔去到各所大学与各男生社团交流，分享自己的经历。他还在工作坊中谈到了男性的性社会化，并抨击了这种社会化所滋生的引发熟人强奸的力量。不过他也承认，到目前为止，男大学生的认知水平还是偏低。"我认为那些男生关心熟人强奸的主要原因还是'我怎么才能不进监狱'而不是'我怎么才能做一个更好的性伴侣'。"

见效的男性培训方案

1985年10月，《女士》杂志刊发了一篇关于熟人强奸的文章后，编辑接到了全国各地的男人打来的电话，都说想参加"提高强奸认知"的项目。但当时这样的项目还很不普遍。在蒙大拿州大瀑布城的大瀑布学院，职业咨询师马克·威尔马斯专为男性创办了一个工作坊，参加者有管理人士、教育家和多个男性社团。他鼓励男同胞在全男性的环境中交换想法。"最近我在一群篮球运动员中间办了一次工作坊，他们真的是畅所欲言，"威尔马斯说，"然后我又办了一次不限性别的工作坊，结果一败涂地，参加的人里一个男的都没有。"还有一个专门针对男性的项目，叫"我知道她说'不行'但我觉得她的意思是'也许可以'"，是洛杉矶的南加州大学咨询师马克·斯蒂文创办的，他的工作坊在全国各地的校园里遍地开花。

在纽约州伊萨卡的康奈尔大学，传播此类信息的人不是身为成年人的咨询师，而是男大学生。在一个专为男生举办的关于熟人强奸和性别角色的活动中，他们充当了同龄人的教育者。这个名为"如何成为一个更好的爱人"的活动，得到了康奈尔大学健康教育部门的赞助。

还有许多别的方式可以让男性对男性做工作。举例来说，在亚利桑那大学，男生联谊会内部的委员会会对成员进行教育，让他们承诺绝不做性侵的事。Pi Kappa Phi 全国男生联谊会的一位联络主管告诉我们："没人想成为'禽兽会所'的成员。"这个看法可能有点过于乐观了，不过的确有些男生联谊会的成员正在发挥带头作用，在该社团中间促进彼此对于熟人强奸的认知与理解。比如在盖恩斯维尔的佛罗里达大学，有个名为 SAGA（"性意识希腊协会"的缩写）的团体在男生联谊会和女生联谊会的会所里开展了关于性别角色和强奸教育的项目（简称为"希腊人"，因为大部分此类社团的名称都是由希腊字母组成的）。运营这些项目的是男生联谊会和女生联谊会的成员。

"当我们站在听众面前时，我们要说的第一件事就是我们是'希腊人'，想与同为'希腊人'的你们聊一聊，"保罗·加兰说，他是一名大三学生，也是 Beta Theta Pi 男生联谊会的成员，自愿加入 SAGA 的活动，"我们会说：'我们完全理解你们现在的处境，因为我们自己也都经历过。我能坐在这里谈论社交中会发生什么事情，是因为我知道。我参加过这些社交活动，享受过那些欢乐时光，我很清楚它们有可能往错的方向发展。'"加兰认为这些 SAGA 项目对男生联谊会是有影响的。"这是一个很难开口的话题，还是有很多（男生联谊会里的）人不理解我们，也不认为有任何必要，觉得我们纯粹是在浪费他们的时间……不过我知道在我的男生联谊会里，人们的看法已经发生了很大转变。"

不过，从全国范围看，反熟人强奸活动的最积极参与者和响应者都是来自不属于传统全男性社团的男性。在威斯康星州的麦迪逊，一个由在校学生和非学生组成的名为"阻止强奸的男人"（Men Stopping Rape）的社团为社区提供了关于强奸的教育活动。这个社团在威斯康星的大学里已经活跃了好几年，现在正将项目推进到各所高中和初中里。"我们觉得有必要让那些年纪更小的男性也接触一下这些。"社团成员乔治·马克斯说。

在费城附近的哈弗福特学院（Haverford College），来自一个名为"关于男性的对话"（Dialogue About Men）的男性社团的男生跟女生一起创建了一个名为"觉醒"（Awareness）的组织，专门开展关于熟人强奸的教育活动。不过，"觉醒"的成员也意识到这个项目的局限性：参加者都是自愿前来的，而探讨的主题让很多男性感到不舒服。哈弗福特学院的毕业生埃里克·约基说，有时候他觉得自己好像只是在给信徒布道，并没有抓住真正的目标听众。"我认为我们打动的只是那些本来就倾向于支持女性主义观点的男人，"约基说，"我们以前总打趣说，真希望那些玩英式橄榄球的能过来［参加活动］，然后倒是真盼来了一个。但是让这些男性参与到讨论中就太困难了,他们觉得这是个很大的威胁。"

偶尔也会有男性在参加过工作坊后,发现自己的行为与讲座中所描述的一样,于是转而成为防范熟人强奸组织的积极分子。南加州大学的一名大三男生就经历了这样的转变。"我想提醒别人,这种事不仅会发生,而且数量比绝大多数人想象的还要多,"他告诉《新闻周刊》,"必须制止这种事。"

第十二章
究竟谁来负责？父母、学校、
立法者与熟人强奸

"你有责任指导他们的行为举止。"

——神父兰道夫·周，罗得岛大学

导致熟人强奸的首要原因是对某种力量视而不见——一种顽固至极的盲目——正是这种力量造成社会接受了男人强奸他们认识的女人这件事。解决之道在于：在男孩和女孩还**没到**约会的年龄时就对他们进行教育，然后在最容易发生强奸的整个年龄段，也就是14—24岁之间，不断加强这种教育。

那么，由谁负责提供这种教育呢？家庭和学校是最有可能的两个选项，而它们却一直在回避问题。

家长们听到关于约会强奸、熟人强奸和"派对"轮奸的时候，其反应往往是：

"谢天谢地，我生的都是儿子！"
"我家孩子的朋友永远不会干出这种事。"

"我知道我的女儿聪明至极,不可能被强奸的。"

很少有人认识到,男孩的父母应该和女孩的父母一样关注熟人强奸,因为强奸者是男孩。(况且,那些涉嫌熟人强奸的男孩的父母还要为侵害事件承担部分民事责任。)至于家长们的其他想法——实际上,来自任何经济阶层和文化背景的人都有可能犯下熟人强奸,也有可能成为受害者。不管她们多聪明,都无法保证不会遭遇熟人强奸。

而教育者也存在着同样的盲区。他们总是说:

"我们学校没有这种问题。"

"我们不讨论这些,因为这对我们的公共关系有不利影响。"

"我们认为这类事情最好由父母去解决。"

教育者选择无视这样的事实:熟人强奸发生在全国各地的初中、高中以及各大高校里。并且在一些校方人士看来,把这个问题踢回给一无所知的父母比冒着引起公众关注的风险、给自己的机构带来负面影响要简单多了。(校方和家长一样,都有可能成为熟人强奸案的起诉对象,参见第九章第150页)。

家长可以做些什么?

父母一定要在孩子还小的时候就和他们聊一聊性权利和责任的问题。谈话的时候,还应该辅以适合孩子那个年龄段的资料。

（参见下文"资料与资源"部分）。此外，据纽约州伊萨卡的康奈尔大学研究院的安德里娅·帕罗特所言，父母可以批判那些助长熟人强奸的事物，以此帮助孩子避免涉及其中。她建议，妈妈们应该表现出坚定自信的一面，而爸爸们则要对这种坚定自信表示支持；家长们要培养孩子建立积极的自我形象，并鼓励大家公开讨论性问题。父母应该通过"非传统的"性别角色、共同承担家务劳动和照顾孩子的责任来让孩子明白，每一个个体——无论女性或者男性——都具有同等的价值和重要性。

随着孩子逐渐进入青春期，家长应该敦促初中和高中开设性教育课程，以便教孩子处理约会问题、鼓励健康的性别身份认同、提供关于性暴力的信息、传授约会强奸和熟人强奸的知识。强奸问题的教育者认为，父母有必要与正值青春期的孩子一起从专业角度聊一聊熟人强奸。一起来分享一下本书提供的信息、真实经历以及第十章和第十一章中的预防措施，不啻为一种不错的方式。单亲妈妈可能需要一位成年男士的帮助，跟自己的儿子谈谈这些问题（单亲爸爸也一样）。有些父母在与孩子交流之前可能会想先通过角色扮演来铺垫一下。有些父母自己就是熟人强奸的受害者，他们在跟孩子谈这个问题前可能需要先见一下咨询师。

每个即将迈入大学校门的学生的父母，都应该和孩子谈一谈他们即将面临的种种新的社交选择和压力。喝酒、吸毒、性攻击以及强奸，都是这些年轻人可能遇到的问题。家长应该和孩子一起了解一下学校都有哪些援助服务，以便应对潜在的麻烦或已经发生的事件。

父母和孩子在慎重择校的同时，也应该调查一下这些学校在学生的强奸教育和校园安全方面做得怎么样。1986年，宾夕法尼亚州布尔茅尔的哈罗德和康斯坦斯·克莱瑞夫妇的女儿珍妮·安，在她就读的理海大学的宿舍中被一名同学奸杀。受到这次事件的警示，克莱瑞夫妇发起了一项运动，旨在让父母提高对校园犯罪的意识。他们设计了一份"安全调查问卷"，当孩子考虑申请某所大学时，父母就可以把表格寄给学校的管理部门（参见"资料与资源"部分）。

不过，西雅图的熟人强奸问题专家皮·贝特曼认为，若想让年轻人彻底远离熟人强奸，父母们必须倡导一种全新的性观念。这个观念建立在双方平等、自由、互相尊重的基础上。"如果两人都对彼此充满欲望和渴求的话，我们不是能得到更多欢乐吗？"她说，"如果我们不只在性交层面提倡这种观点，而是从拉手阶段就开始这样做，这难道不是在着手破坏［熟人强奸的］先决条件吗？没准以后一个人强迫另一个人进行任何形式的性接触和性活动都会成为完全不可思议的想法呢？"

校方为何排斥熟人强奸教育

在一些社区的初中，校方对引入"认知熟人强奸"的计划感到紧张，这种心情倒也可以理解；但众多高校的管理部门也如此抗拒就让人完全摸不着头脑了。

首先，多数大学的管理部门**知道**校园生活中存在强奸现象——他们学校和别的学校都有。证明这一点很容易，只要看看每年的《FBI犯罪统计报告》就够了，其中专门有一部分记录了从美国118所高校接到的报案细节。1986年，这些学校报警的强奸案一共有246起。保守估计一下，其中75%是熟人强奸，那么就意味着一年的时间里这些大学报警的熟人强奸案有185起。

然而，《女士》杂志在大学里进行的调研显示，只有5%的熟

危险的熟人　201

人强奸案报了警——也就是说，这185起强奸只代表了实际数字的5%。换句话说，1986年全年，美国118所学校里**实际**共发生了3 700起熟人强奸——平均每所学校31起。

很多人认为，校方必须承担起与校园强奸作斗争的责任。"我认为任何一所高校都有责任教学生认识到性的责任。你有责任指导他们的行为举止。"罗得岛大学天主教中心主任兰道夫·周神父说。加州大学伯克利分校的心理学教授苏珊·欧文-特里普赞同他的说法。"大学是我们教导这些青年男女人际关系、共同生活、竞赛和公平待人的最后一块阵地。"她说。

在《女士》杂志所做的全美高校调研中，很多问题浮出了水面，从中可以看出许多大学的抗拒心态有多严重，它们连评估一下本校的状况都不肯。被选中的学校里有60多所回绝了在该校开展调查的请求，尽管我们保证一定会对学校和学生匿名处理。拒绝的理由包括担心父母、纳税人和"有信仰的"学生的反对等；还有一所学校宣称，他们那里的男生智商都很高，不会像差学校里的差生那样干出熟人强奸的事。不过，这些管理人员的担忧背后的真实想法很简单，就是害怕受到公众的关注。

就因为害怕引起关注，许多学校要么不允许在校内开办熟人强奸工作坊，要么对这类项目的经费和人员加以限制，让此类活动办成那种次数少且影响力低的座谈会，这样就没什么学生参与了。"讨论性侵害就等于告诉那些可能成为本校学生的人这里不安全，所以校方肯定倾向于制止这么干。"1985年1月，密歇根大学安阿伯分校的学生服务部副主席亨利·约翰逊对《底特律都市》(Metropolitan Detroit)杂志的记者海伦·泽亚说。"强奸是个敏感词——对许多人来说，这会让他们联想到不安全、很可疑——总之是个很糟糕的去处。"

学校可以做些什么？

"我们学校的问题不是在暗处的强奸，而是在宿舍和男生联谊会派对上发生的那些事，"位于德汉姆的新罕布什尔大学妇女地位委员会协调员扬·哈罗说，"我们被这个小小学校里的田园牧歌式的假象骗了，觉得这里的一切都让人心满意足。"然而，1987年的一次学生轮奸事件，狠狠地打击了这种满足感。最终，两名男生承认犯下了性侵罪，被判入狱60天。

面对愤怒的学生、教师和职员的抗议，新罕布什尔大学对此次强奸事件采取了行动。据哈罗称，随后，他们成立了针对性侵害和强奸的管理咨询委员会；为各"希腊人"社团的事务聘请了一位反强奸专员和一位协调员；设立了特别小组，专门监督校司法委员会处理此类犯罪行为的措施。此外，校长还亲自出面公开谴责了针对女性的暴力，一个男性社团也开始制订在男生中建立强奸认知的计划。"我们正试着从这次可怕的危机中走出来。"哈罗说。

各校的管理部门应该从新罕布什尔大学的经验中得到一个教训：最好在本校也出现"可怕的危机"之前就拿出有效行动，防止熟人强奸。下面是强奸认知专家给出的必做清单：

1. 从初中和高中开始实施相关计划。与强奸危机中心、计划生育机构[①]和未成年人咨询专家共同制订计划。举例来说，加州圣芭芭拉县的强奸危机中心在该县的各所初中、高中为学生们开办了一系列预防/防范性侵的工作坊。这个计划关注的重点就是约

[①] Planned Parent-hood chapters，指的是美国专为女性提供生育健康服务的非营利机构，受政府资助，主要为女性提供相关的癌症筛查、传染性性病筛查、避孕及堕胎等服务。也正因为支持堕胎，导致该机构一直颇受争议。——译者

会强奸和熟人强奸。仅3年间，就有超过4 000名青少年参加了活动，指导他们的是由男性和女性教职工共同组成的教学团队，经费则由加州刑事司法机关提供。最近，克利夫兰的强奸危机中心也开展了类似计划，其中包括性发育、性交流以及性别自信等方面的教育。

2. 改进大学里的相关项目。就算是那些已经开展过熟人强奸认知活动的高校，它们所做的也远远不够。每年9月，随着新生的到来，新的一波关于性、强奸的误解和谬论也会接踵而至，这又是新的一批强奸者和受害者的后备军。同时，即便那些大一时接受过强奸教育的学生，也需要每年继续接受教育、增强意识。

因此，教育活动应该既包括针对新生的工作坊，也包括适合全校所有学生的课程，尤其要把握住最危险的时期——从进校第一天到感恩节假期的那段时间。

3. 组建校内强奸咨询和教育团体，并给予慷慨的资金支持。让这些社团鼓励男生和女生作为工作人员参与进来，领导工作坊的事务。让这些社团培养一些男生联谊会、女生联谊会成员以及运动队队员成为工作坊的领袖人物。若想让计划顺利推进，"你必须以强有力的女性作为核心，然后加上敢于激烈抗争的教师和职工。"马克·斯蒂文斯说，这位心理学家帮助俄亥俄州立大学创建了熟人强奸认知项目，现在又将工作坊开到了南加州大学等地。

与此同时，也要给那些与熟人强奸相关的项目注入资金。比方说，罗得岛大学咨询中心的洛琳·赫克尔就表示，旨在减少未成年人饮酒和校园酒精滥用的工作坊对减少熟人强奸的发生也颇有助益。

4. 传播有关强奸、强奸受害者治疗以及校方处理侵害者的程序的信息。费城的宾夕法尼亚大学印制了44页的《校园生活安全指南》里面探讨了熟人强奸问题，提供了在校内和校外的安全提示，并解答了受害者该如何寻求帮助。位于纳什维尔的范德比尔特大学向学生们分发了 20 页的小册子《强奸与性虐待：防范、干预与解决办法》。而得克萨斯州韦科的贝勒大学散发的关于熟人强奸的宣传单，上面详细地讲述了导致此类事件的原因、具有危险性的环境、规避的方法以及遭到侵害后该如何应对等。

5. 要求社交俱乐部和运动团体开展熟人强奸教育项目。男生联谊会、女生联谊会及其它活跃在校园里的社团在每年获准开派对之前，都应该先接受提高强奸认知的培训。

6. 校方建立对男生联谊和女生联谊会的监管机制。将男生联谊会的"小妹"计划定为非法活动，因为它们为剥削女性提供了巨大的机会。考虑在男生联谊会和女生联谊会的每一处会所重新建立一个常驻的"宿舍管理员"机制。指定一位校方的管理人员专门监管"希腊人"体系。

7. 重新思考宿舍的安全问题。许多约会强奸和熟人强奸都发生在男女混住的宿舍。学校至少应该为学生提供选择单一性别宿舍的机会。混住宿舍最好是不同性别的学生分别住在不同的楼层、使用不同的大厅，而不是男生和女生仅仅住在不同的屋子这种（在新罕布什尔大学轮奸案中，涉案的男生和女生都住在同一楼层里。）所有宿舍都要有常驻的监管人员，助理宿舍管理员每学期都应该接受一次熟人强奸问题的培训，而住宿的学生则应该一开学就接受相关培训。对于性犯罪活动，一定要迅速采取行动。

8. 以强有力的制度反对熟人强奸、性侵害和性骚扰。管理部门必须表明自己对熟人强奸的立场——且态度必须坚决。"学校不应该只做最低限度的必要工作，不让自己在这些案子里被起诉就完事了，"加州大学伯克利分校的欧文-特里普说，"若想有效解决问题，校方必须明确表示他们关注学校的道德环境，还制定了规范学生行为的规章制度，并且这些规章制度会得到严格的执行。"

9. 分析校司法委员会和警方联络程序。 调查一下学校的司法委员会是怎么处理熟人强奸案件的，然后，若有必要的话，在下次出现这类事之前进行改革。为校园安全部门的全体职工提供熟人强奸认知的培训。如果校内发生犯罪行为，想好应以何种方式让当地警方介入。

10. 每学期都要开设自卫和建立自信的培训班。 可以与校内的强奸咨询与教育团体合作开设课程，既教如何防范陌生人强奸，也教如何防范熟人强奸。

见效的高校培训方案

在新泽西的葛拉斯堡罗州立学院，几个学生演员在大学新生观众面前表演了约会中的种种戏剧化冲突；在蒙大拿州的大瀑布学院，几名男子篮球运动员围坐在一起，讨论强奸和性方面的偏见和谬论。像这样旨在减少熟人强奸的活动正在全美各地展开。虽然这还远远不够，但现在每年都有更多的学校和组织参与进来。

有些活动遵循的是基本规则，就像宾夕法尼亚大学的一次座谈会所做的那样：严格保密（在工作坊里说的话不会传到工作坊以外）和不带攻击性的氛围（尊重个人观点，不打断任何人的发言）。然后，社团的一位领导者（来自宿管、咨询部门和妇女中心的职工）会朗读一系列观点，每读一个，听众都可以根据自己的判断选择站在写着"同意""不同意"或"不知道"的区域里。这些观点，从"如果一个男人不能好好利用到手的性爱机会，那他就是个傻子或胆小鬼"到"如果一个女人自己喝酒或吸毒搞得神志不清，或自愿跟那种'大牲口'出去约会，那她就是自找麻烦、自作自受"，不一而足。接下来，学生们会讨论自己为何选择站在某个区域里。然后是观看学生自制的关于熟人强奸的短片，最后在场观众会分成若干小组进行讨论。

而全国各地的活动中最具全面性的一个来自盖恩斯维尔的佛罗里达大学。在那里，一个名为"校园反强奸联盟"（COAR）的组织在课内及课外都开展了一系列活动。"校园反强奸联盟"成功的关键因素就是让男生和女生都参与到领导工作中来。"这就需要进行真正的培训。""校园反强奸联盟"的监管部门、佛罗里达大学的性侵康复服务项目主任克莱尔·威尔士说。志愿参加的学生在主持工作坊的活动之前，必须接受 20 个小时的培训。而且，威尔士还坚持让专业咨询师参与到每次工作坊的座谈中，因为"可能有一些受害者就坐在听众中"。专门为新生开办的工作坊会播放学生自制的影片《投下阴影》（Casting Shadows），这部短片描写了平凡的大学生活中可能会出现的熟人强奸场景，然后让大家讨论电影里提出的一些问题。其它活动还会使用"强奸谬论小测试"，用幻灯片展示媒体上对性别的刻板形象，并就约会中的身体语言和自信的建立进行讨论。

在康奈尔大学，熟人强奸问题专家安德里娅·帕罗特和一位男同事选择晚餐后在学校餐厅旁边的大房间里[①]给男生和女生举办"只能站着听"的"座谈会"。"我们在宣传上很巧妙，"帕罗特说，"我们没说它是关于熟人强奸的项目。我们管它叫'7 点钟的

---

① 美国很多大学的食堂设在类似活动中心的大楼里，餐厅附近会有大房间用作会议室、学习室等。——译者

危险的熟人

性爱——如何得到你想要的但又不得寸进尺'。"

座谈会上，由学生演员来扮演"玛丽"和"戴夫"，他们在一间昂贵的餐厅用餐后，一起回到戴夫所在的男生联谊会会所，在那里戴夫强奸了玛丽。然后，演员们退场，由观众来讨论所发生的事。接着，演员回到台上，以角色的身份接受观众的提问和建议，比如怎么做才能防止强奸发生。（"来的人越保守，给玛丽提的建议就越多，"帕罗特说，"而来的人越开明，给戴夫提的建议就越多。"）之后，演员会再演一遍同样的约会场景，但把学生们的建议加进去。最终，"玛丽"和"戴夫"在约会之夜结束后成为了朋友，喜欢上了对方。"这些表演向观众展示了他们可以采用的行为模式。"帕罗特说。

宾夕法尼亚州斯沃斯莫尔大学的学生拍摄了两种具有潜在的熟人强奸风险的场景在座谈会上播放，而主持活动的是经过培训的三年级和四年级学生。学校严令所有一年级新生都参加工作坊，并且活动都是在新学年的头三周举行。斯沃斯莫尔大学制作的影片还被拿到密歇根大学播放，由男女学生共同组成的小组会在该校的宿舍和教室里主持工作坊的活动。这些学生领袖在成为负责人之前都要接受 40 个小时的培训。

在位于华盛顿州普尔曼的华盛顿州立大学，校园警卫部门成功地创办了一个名为"当性变成犯罪"（When Sex Becomes a Crime）的项目，到如今已经进行了好几年。这个项目的反响非常好，连校橄榄球队的教练都要求他的队员都来参加。

在康涅狄格州米德尔敦的卫斯理安大学，每位新生都要参加"认识约会强奸"工作坊的活动，其中最有特色的节目就是"角色扮演"。这个工作坊由该校的"性侵教育计划"主持，也会在男生联谊会以及其它社团中开展。而另一个名为"卫斯 * 安保"（Wes

＊Safe）的组织则为教育活动和同龄人咨询服务提供受过专业培训的学生作为性侵咨询师。

在位于哥伦布市的俄亥俄州立大学，"关于强奸的教育与预防计划"（REPP）为学生们提供了为期五周的防身课程，其中就包括约会和派对中遇到强奸危险时能用到的对抗技能。该计划每年还会举办约160次的"预防强奸"工作坊，大部分就在宿舍楼里进行。一个由男性组成的工作小组专为男生制订了一项计划，意在关注男性的社会化过程、期望以及男性的行为中有哪些助长强奸的因素。该计划还开展了一个聚焦黑人女性及其遭强奸经历的项目。

很多时候学校只有在真正出了事之后才开始行动。1986年，在新罕布什尔州汉诺威的达特茅斯学院，一名二年级男生被控在学校宿舍强奸了一位来探望女性朋友的非本校生，事发后，900多名学生在校"女性问题联盟"和"性侵害协调委员会"的支持下举行了关于"提高强奸认知"的集会。接下来的一年里，学校举办了30多次关于熟人强奸的工作坊活动，热度始终不减。"我们已经做到了有些工作坊的男性参与者比女性还多的程度。这真的很不寻常，"达特茅斯"性虐待认知项目"的协调员黛安·法雷说，"过去一向是受害者在活动结束后过来找我，但现在我越来越多地听到的是那些认识侵犯者的人的想法。"

还有一个例子是明尼阿波利斯的明尼苏达大学，该校也因为熟人强奸指控而加强了强奸认知教育。在该校篮球队队员涉案并引发广泛的社会关注之后（参见第七章），校方设立了一个"反对性暴力"项目，其中活动之一就是新生入学培训期间有一小时的必修课。项目开展后的第一年，就有6 200多名学生参加了工作坊的活动。

立法者可以做些什么？

关注熟人强奸问题的立法者也能够帮助人们建立这方面的认知。加州议员汤姆·海登就是一个榜样，最近他向该州提交了一项法案，要求各大院校出台明文规定，禁止学生、教师和教工实施强奸及其它形式的性暴力。海登的法案要求学校对强奸者订立惩罚措施，为学生提供强制性的认知强奸的工作坊，继续在校内开设咨询中心，并开放所有强奸案的资料。

据海登的行政助理朱迪·科比特称，引发立法者关注的部分原因在于1986年发生在伯克利的一起轮奸案，而《女士》杂志的研究则使他们进一步加强了重视。"很明显，不管从道德层面还是法律层面上讲，各大院校都必须开始有所作为，"科比特说，"他们的管理部门一直缄默不语。"其他几位立法者也附议了海登的提案，其中有不少人来自加州大学所在地区。

该提案中包括一项条款，是关于"基于正当程序原则以及对受害者权益的体察与尊重"的原则设立相应的大学校纪程序的。其中受害者的权益包括：与男方拥有同等权利决定听证会是公开还是不公开；有权让一位支持者陪同出席；有权全程出席听证；有权对既往的性经历保密；当受害者和被告住在同一宿舍楼时以及其中一方迅速搬离时，有权立刻召开听证会。

此外，该提案还要求学校的最高行政官员对犯罪者实施惩罚，即便是在受害者未能向校方或警方提出正式投诉的情况下。提案还规定，任何实施强奸者或在一边袖手旁观者将不会被授予学位或州奖学金。

纽约州也在考虑立法，州议员肯尼斯·P. 拉瓦勒正在推动一项法案获得通过，它要求各院校对学生进行强奸认知的教育，强制执行有关性侵害的政策,并惩罚实施侵害者。宾夕法尼亚州的立法者也在关注这个问题。议员小理查德·A.麦克拉奇提交了一项法案(受到哈罗德与康妮·克莱瑞夫妇发起的"反校园犯罪"行动的启发),要求该州各院校给有意入学的学生分发小册子,里面需详细写明该校过去3年来的犯罪数据。

责任制的好处

熟人强奸是错误的。现在,家长、教育者和立法者应该联合发声,把这样的信息传播出去。

把我们社会上在设置和批准行为准则方面最强的某些力量联合起来,我们就能让人们明白性和暴力并不是一回事,性侵害不可以得到宽恕,熟人强奸的受害者应该从自己的社区得到帮助,而侵害他们的人将受到严惩。

只有通过这样的共同努力,熟人强奸才能够终结。

第十三章
如何帮助熟人强奸的受害者

"知道如何帮助遭强奸之人跟知道如何帮助差点被掐死或淹死的人一样重要。这属于基本的急救。"

——强奸咨询师辛迪·卡默

受害者可能是你的室友、朋友、女儿、同事、爱人或学生。不管你们是什么关系，如果强奸受害者找到你，你应当感到幸运。

遭遇强奸后，受害者除了最亲密的好友外几乎没有其它获取安慰的渠道了。本书所讲述的女性经历里，有些友人（女性和男性都有）在她们的故事中是闪闪发光的。他们会即刻为受害者提供抚慰和开解，包括让她在自己的怀抱里哭泣、帮她找一处安全的地方过夜或者带她去医院看急诊，并且在进行搜集侵害证据的体检时一直陪伴左右。在此之后，当受害女性经受后续的心理折磨时，一些朋友还会鼓励她们寻求专业咨询。

而在熟人强奸案件中，朋友能提供的最好支持或许就是帮助受害女性正确认识所发生的事,这是她踏上治愈之路的第一步。

薇拉遭遇强奸后并没有得到家人的支持。于是,她给一位老朋友打了电话。

> 我们是一群一块儿长大的黑孩子,她是其中之一——斯蒂文和我也是。出事之后,我打电话告诉了她。我刚说到斯蒂文带我去了他家,她就说:"然后他就把你强奸了。你是我知道的第六个被他强奸的女孩。就应该把他的老二切了。"
>
> 听到这个消息,我感到既安慰又无比愤怒。至少我知道自己没有发神经,凭空臆造了这次强奸。她是第一个真心实意同情我的人。

《女士》杂志的调研显示,近半数被认识的男人强奸的女性没有告诉任何人——朋友、亲属、咨询师,都没有。只有5%的人报警或报告了学校的主管部门。这些女性默默忍受着强奸带来的阴影,试图独自修复她们的人生和心态。而这些尝试(参见第五章)不仅非常艰难,而且往往并不成功。

这就是为什么理解熟人强奸以及对那些遭遇此事的女性做出反应如此重要。女性被侵害后,周遭人的反应和能够获得多少支持对女方接下来的生存乃至康复至关重要。"知道如何帮助遭强奸之人跟知道如何帮助差点被掐死或淹死的人一样重要,"新泽西州葛拉斯堡罗州立大学的强奸咨询师辛迪·卡默说,"这属于基本的急救。"不过,大部分人还没有做好应对这类情况的准备,尽管他们认识的女性每4人中可能就有1人遭受过侵害。

如何去做

咨询专家在这里提供了 14 条建议,帮助你认识的人走出熟人强奸的阴影:

1. 相信她。熟人强奸受害者最怕没人相信她们或者说最怕她们的遭遇被人视为"小事一桩"。如果你已经阅读了本书的其它章节,就会知道女性遭到熟人强奸的可能性是遭到陌生人强奸的 **4 倍多**。所以,相信你听到的话吧——就算提到的那个家伙人见人爱,女孩们梦寐以求;就算女方看上去脑子一片混乱,说话颠三倒四。毕竟她受到了惊吓。她也可能一副冷静镇定的样子,看着不像刚遭到强奸的人。这两种极端情况都是可能出现的(也很正常的)反应。

而强奸未遂带来的心理创伤并不比真正的强奸轻。尽管女方可能成功摆脱了强奸,或者男方没真正插进去,但这次经历带来的后续影响同样会很深远。要像对待真正的强奸受害者一样关怀强奸未遂的受害者。

2. 倾听。找个能与女受害者独处的地方,让她尽情倾诉。也许她没法一上来就滔滔不绝,所以要有耐心。要让她知道,现在听她说话比她认为你想做的任何事都重要。让她以自己的节奏来讲述这段经历。

3. 安慰她。如果她非常激动,那就试着让她慢慢冷静下来;但要用抚慰式的,而不是否定式的做法。她哭泣的时候也许想要一个拥抱,也可能不想让你碰她。给她拿些茶、可可、热汤或一条毯子、一个毛绒玩具。一名约会强奸的受害者回忆说,她的朋友给了她一套法兰绒睡衣。这些都能给女方带来温暖、安全的感觉,与她刚刚经历的事情形成强烈反差。

4. **强调被强奸不是她的错**。避免问那些好像是指责她的行为的问题，比如"你怎么不喊人呢？""你为什么要去他的房间？"之类。如果她愿意，就让她把自责的情绪发泄出来，但要让她明白引发强奸的人是强奸犯，而不是她。

5. **提供保护**。帮她找一个安全的地方过夜，并且在她回到自己的住处后继续陪伴她。如果她自己住，那么强烈建议你至少留下来陪她一晚。

6. **建议她给强奸危机应对中心打电话**。这个意思并不是说女受害者必须报警。强奸应对中心会派一名受过专业训练的工作人员来，指导受害者（和她的朋友）度过被强奸后最关键的那段时间。所有打给强奸危机应对中心的电话都是严格保密的。在电话簿的"白页"部分，"强奸"类别下面就能找到你们社区的相关机构的联系方式。这是非常重要的一步，尽管女方可能还没把"强奸"这个词和自己的经历联系到一起。

7. **鼓励她保存好证据**。熟人强奸案发生后，报警速度越快，犯罪者被成功起诉和定罪的可能性就越大。然而，由于很多女性数日、数周、数月甚至数年都没有意识到自己被强奸了，所以许多重要的证据都湮灭了。要在女方洗手、洗脸、洗澡或刷牙之前就给强奸危机应对热线打电话，了解遭到强奸后应如何进行体检。医院给受害女性正式检查的时候会从她身上采集样本，以便从中发现强奸犯的血液、毛发、唾液和精液等痕迹，所以什么都先不要去洗，这非常重要。届时女方可能需要换衣服，因为她要把被侵害时穿的所有衣服留在纸袋子里（每样物品都要分别装在不同的袋子里，以免样本遭到污染）。

8. **满足她的医疗需求**。她身上可能会有擦伤、割伤或其它伤口。就算她看起来没有受伤，也要鼓励她去接受医疗服务。也许强奸犯患有性病，也许她被强奸后怀上了身孕，这些都需要医治。陪她一起去医院、诊所或医务室，如果她需要的话，做检查的时候也陪伴在她左右。

9. 帮助她理清思路，但要让她自己决定下一步该怎么做。熟人强奸的受害者需要重新建立掌控感。让她放手去做。被强奸的青少年的父母可能想提起诉讼，但对孩子来说也许并非最佳选择。同样，年长一些的女性被强奸后，她们的友人可能也想让男方被抓起来。但要把你自己的想法和怎么做对受害女性最好这两件事分开。如果她决定不报案，即使你不赞成这么做，也要让她知道你无论如何都支持她的决定。

10. 如果你是她的爱人，那么可以在得到她允许的情况下，通过适当的身体接触和话语帮她重获自我价值感。温柔的触碰会让她明白，你们之间的关系没有破裂，你没有觉得她"肮脏"。由她来决定何时再开始性活动和性交。不要因为你需要证明你们之间一切"正常"而给她施加压力。有些受害者还没有准备好就又开始做爱，只是因为她们想缓解伴侣对再次发生性行为的担忧心理。

11. 帮助她从心理层面和法律层面获得帮助。遭到熟人强奸之后，受害者或许做不到立刻去寻求帮助。帮她跑跑腿。开车带她去预约，帮她看孩子或在其它事情上帮帮忙，好让她有时间去见律师、警察和咨询师。

12. 随叫随到。强奸发生后的数周或数月时间里，确保女受害者在任何需要的时候都能向你求助。在她找到你后，给她足够的时间和关注。

13. 了解一下强奸创伤综合征。你的朋友需要相当长的时间才能逐渐痊愈，在这段时间里，她每天的情绪和反应可能都天差地别。阅读本书的第五章以及其它关于强奸康复的资料，这样你就知道接下来会发生什么了。把这些资料分享给那位遭到强奸的女性。

14. 也为自己寻求一些帮助。除了熟人强奸的受害者外，你应该再跟其他人聊一聊此次侵害事件及其后续的影响。强奸应对中心、妇女中心或大学里的咨询中心都能为你推荐可以提供帮助的人。

第十四章
如果你遇上熟人强奸该怎么办

"我知道这段经历我永远无法彻底释怀。它对我的影响太深了,对我的改变太大了。"

——乔吉特,一位熟人强奸受害者

大部分遭遇陌生人强奸的女性都知道自己该怎么做——立刻打电话寻求帮助。然而,那些被认识的男性强奸的女人,往往无法做出明确的反应。

强奸咨询师和已经从被强奸经历中走出来的女性给出了下面这些建议,以指导你在遭遇约会强奸或熟人强奸后该如何行动:

1. 相信你自己。如果你是在违背意愿的情况下被强迫发生性关系的,那么发生在你身上的事就是错误的,不管对方是你的约会对象、以前的爱人、多年好友、一般熟人还是陌生人。即使他没有使用武器或者没对你造成人身伤害,也一样是强奸。

也许你感到自责,觉得发生了这种事都是自己的错。并不是这样的。你之所以被强奸是因为侵害你的那个男人决定要这么干。即使现在你认为自己当时做了蠢事(喝醉了,搭了对方的车,去了男方的公寓），也不意味着你就活该被强奸。**没有任何人**活该被强奸。

2. 找个人聊一聊。也许你想把这段经历深深埋在心底，以努力忘掉它。不要这么做。立刻给你信任的人打个电话——好友、姐妹、父母、咨询师或指导教师都可以，然后到对方家里去，告诉他们发生了什么事。换衣服或洗澡前，给当地的强奸危机应对热线或妇女中心打电话（电话簿里的"强奸"一栏下就能找到号码）。他们会派人来跟你谈一谈，帮助你度过接下来的一段艰难时光。如果你非换衣服不可，那么就将每件衣服分别放在不同的纸袋子里，以防之后需要做证物之用。

3. 寻求医疗救助。被强奸后，你应该立刻接受医生的检查。让朋友或其他人陪你一起去医院、校医院或诊所，在体检的过程中一直在你身边。你需要查一查是否可能怀孕、是否被传染上了性病；如果身上还有别的伤，也要进行治疗。你可能还要做强奸取证方面的检查。

4. 想好你是否希望报警或向其它当局报告。向警方或校保卫处报告强奸可能会是一种令人恐惧的严酷考验。一般来说，你将不得不把发生的事情讲出来，而且还得事无巨细；还要忍受为采集证据（精液、唾液、血液、毛发）而进行的医学检查，在你的阴部、肛门、口腔等各种部位寻找痕迹。

警方和检察官可能会详细地向你询问关于强奸的事，他们可能会表现出对你所说的话的怀疑（参见第八章）。他们会决定是否对强奸你的男性提起刑事诉讼，所以你必须不断重复自己的证词，包括在法庭上。辩方可能会说你是自愿与强奸犯发生关系的。最后男方可能被无罪释放，可能会通过辩诉交易[①]获得较轻的处罚，

[①] plea-bargain，在法庭上由被告承认轻罪以期减轻刑罚的安排。——译者

也可能被判了刑，但比起对你犯下的罪行来说太轻了——所有这些都有可能发生。当然，他也有可能被判有罪，并受到严惩。

既然可能会发生这么多不乐观的情况，被熟人强奸后为什么还要报警呢？最终的决定只能由你做出了。不过，报案还是有许多好处的：把侵害你的人绳之以法；让他得到惩罚；阻止他再次犯罪。提起刑事诉讼也会让一些女性获得对局势的掌控感，不再觉得自己弱小无助。有些女性在男方被抓捕和定罪后，会感觉大仇得报。而且，强奸犯被抓起来对你（和其他女性）来说也是种保护。现在，熟人强奸案的刑事判例还在确立中，因此你的诉讼也能帮助到未来案件中的受害女性。此外，有些州规定刑事案件的受害者可以获得经济赔偿，只有提起刑事诉讼才有资格申请这些赔偿。

不起诉的情况下也可以举报熟人强奸，很多社区可以通过当地的强奸危机应对中心提交事件报告。这些信息会流入警方的数据交换部门。受害者在报告中一般是匿名的，但强奸者的名字却会显示出来。如果他之后在另一宗官司里被起诉，警方就知道他以前被人告过，这样会对他们的案子大有帮助。各院校通常都有自己的系统，让女生在不想正式报警的情况下举报涉事男性。

5. 别着急恢复，慢慢来。 找一个让你觉得安全的地方待上几天。向单位或学校请几天假。也许你认为尽快回到"正常"生活更舒服，但要明白，在接下来的几周和几个月的时间里，你的情绪波动可能会非常大——恐惧、愤怒、抑郁、自责——所以，请谨慎行事。

6. 找人咨询。 从强奸中恢复是需要时间的，接受心理健康援助可以帮你度过这段日子。你需要跟受过专业培训的咨询师谈谈发生的事以及这件事对你的人生产生了怎样的影响。让强奸应对机构、校咨询中心或你的医生介绍一位能帮你走出来的人。乔吉特在谈起帮助她康复的咨询服务时说:"我的心曾被自责和愧疚所占据,现在却充满了愤怒的火焰。我明白了,这不是我的错,是他的。我还知道,这段经历我永远无法彻底释怀。它对我的影响太深了,对我的改变太大了。"

你还可以加入有其他强奸受害者共同参与的小组咨询座谈会。"我加入了一个互助组,"熟人强奸的受害者唐娜说,"对我产生了很积极的影响。我现在感觉自己的状态非常、非常好。"

7. 多学习一些关于熟人强奸的知识。最初的阶段过去后,你可以读一读本书的其它章节,对熟人强奸的现象进行全面了解。本书的"资料与资源"部分还列出了其它一些不错的资料可供参考。你对约会强奸和熟人强奸了解得越多,就越能处理好自己的问题。

8. 让自己强大起来。研究一下第十章详细给出的防范策略。在你家附近报名参加一个防身课或培养自信的训练班。从基督教女青年会(YWCA)到警察部门,很多机构都开设了这样的课程。

9. 与其他女性聊一聊。你可以通过一些方式来为提高熟人强奸的认知出一份力,比如和朋友们一对一的交谈,在学校或你的俱乐部推行强奸教育计划,以及在对年轻人具有影响力的人中间(母亲、教师、教练、社会工作者、机构的赞助者、宗教或社区领袖等)培养相关意识等。你也可以和其他遭受过熟人强奸的女性聊一聊,为她们提供帮助——帮助她们理解所发生的事情,告诉她们该如何去做以及接下来该如何生活。

后　记
《女士》杂志在校园性侵研究中采用的方法
玛丽·科斯博士

　　本书所提及的研究全称为"《女士》杂志校园性侵研究计划"，是一个由美国心理卫生研究所反社会与暴力行为研究中心资助的项目，它以科学研究的方式构思和实施，并于1985年完成了数据采集的工作。受过学术训练的读者或许会想查阅一下所引用的专业文献，以便更详细地了解方法论、数据、分析和结果，文献就列在本章的末尾。

为何要做这项研究？

　　1976年，当我刚开始从事科研工作的时候，选择了"隐性强奸"一词来形容我想研究的对象。那时，"约会强奸"这个表述还没有发明出来，也没有任何确凿证据显示"普通人"中间也会发生强奸或类似强奸的行为。但是，许多司法机构都相信，强奸，尤其涉及关系亲近的熟人的强奸是所有恶性犯罪中最少报警的。官方的犯罪数据没有充分反映出亲朋好友之间的强奸、受害者没有意识到是犯罪的强奸以及程度较轻但仍令人困扰的其它形式的性侵害。而将大学生作为此项研究的重点对象，只不过因为他们是"现成的"。没想到，研究大学生这个"决定"还真做对了，因为大学生活的这几年正好是强奸最高发的时段。

1978年，我获得了第一笔联邦研究经费，用其在俄亥俄州肯特州立大学的4 000名学生中进行了有关实施性侵害和受害的调研。这个项目于1982年结束（参见 Koss and Oros, 1982; Koss, 1985），《女士》杂志上的一篇讨论大学生约会强奸的文章对此进行了介绍，这也是第一篇发表在全国性刊物上的关于这方面问题的文章。《女士》杂志相信约会强奸是真实存在的，而且问题严重。不过，若想确认美国其它地方的情况跟俄亥俄州的数据差不多，就必须进行全国范围的研究。《女士》杂志的编辑提出了合作的想法，而这个想法源自他们对这个选题的兴趣、他们在各大院校的人脉以及他们想让事情有所改变的决心。1983年的大部分时间，我们都在《女士》杂志位于纽约的办公室制订全国调研的计划，也正是在那里，来自国家精神卫生研究所的专家小组现场听取了我们的想法并与即将参与调研的人见了面。他们最关心的一点是：这项研究必须秉持科学的立场，决不能被政治化，或者追求哗众取宠的效果；受访对象也必须是具有代表性的样本，能代表*所有*学生，而不能只调查那些跟《女士》杂志之间有关系的学校（可能大部分都是风气自由的学校或者东海岸的精英院校）里的学生。

为了解除他们的顾虑，我们进行了劳动分工：在俄亥俄州的哥伦比亚雇了一家名为克拉克-琼斯股份有限公司的私人公司来制订计划，选出一组能公平体现高等教育的环境和学生差异性的院校。《女士》杂志的员工则接手了所有的行政工作，包括与校方联系、说服他们允许收集数据以及协调数据采集者在校内的工作安排等。我负责的是所有科研方面的决策，包括问什么样的问题、采用何种程序收集信息以及对结果进行分析和阐释。虽然听起来开销很大，但对于这项历时三年、遍及全国、有一支22人的专业团队、涉及从东岸到西岸的32个地区、从6 159位受访者处获得71页信息的项目来说，已经是最低限度了。

研究中使用的方法

《女士》杂志的校园性侵研究的目标是：（1）弄清楚当今大学生中究竟发生了多少性侵害、受害乃至强奸事件；（2）汇总真实案例中的细节；（3）描绘出有性侵害行为的男性的特征；（4）分析受过侵害的女性的特征；（5）评估性侵所造成的心理困境（如果有的话）。虽然我们已经在学术期刊上发表了5篇关于该项目成果的文章，但这项工作仍在继续进行。

最初的决定

这项研究只将女性作为受害者，将男性作为实施暴力犯罪者；这么做有几个原因。联邦调查局将强奸的定义限制在针对女性受害者的犯罪，其表述是："强奸是与**女性**发生的……性关系……"事实上，接获的强奸报告中，受害者100％都是女性。而许多州法律定义的强奸则是性别中立的。比如，俄亥俄州对强奸的定义开头就写道："强奸指的是侵害者插入受害者的身体……"（《俄亥俄州修订法典》1980年版）。然而，之所以采取中性立场是为了将一个男性强行插入另一个男性的肛门等情况作为强奸起诉。在这种性别中立的强奸定义下，女人也可以"强奸"男人，不过情况应该类似于一群女人将一个男人制服，然后用胡萝卜插他的肛门；这可不是一般人能想到的东西。相比之下，他们想象中的强奸更有可能是女人对男人说"你不跟我做爱，我就到处跟人说你阳痿"。不管是男人还是女人，这么做都不太道德，但并不属于强奸，因为其中没有涉及暴力或人身伤害的威胁，也不包括侵害者对受害者的插入行为——反而有可能是受害者插入侵害者！

另一个决定是将学生纳入这项研究。我的理想状态是找到能够科学地展示出全美各个类型的高校在校生的样本——男生，女生，技工学校，社区学院，常春藤盟校，州立大学等等。这个决定意味着美国所有中等教育以上的机构都是潜在的研究地点，并且还要面对面进行调研。那些通过邮件回复性侵害调研的人的情况可能并不典型。而在教室里搞现场活动能提高受访学生的参与度，如果有学生看了问卷后感到心烦意乱的话，受过专业训练的人也可以当场进行排解。最终，样本必须从来自各个机构的各类反馈中提取，确保不会因为有些老师对我们过于青睐（或置之不理）而导致的数据偏差。这些就要求我们必须分步采集样本。第一步是选择院校，第二步是选择班级。

学校是如何筛选出来的

美国教育部（民权处）保留着全美 3 269 家高等教育机构的招生名单，他们用计算机用磁带①给本次调研的咨询公司——俄亥俄州的克拉克-琼斯公司拷贝了一份 1980 年的数据（当时所能提

---

① computer tape，计算机用磁带是上世纪七八十年代使用的一种数据存储媒介，它与磁带机一起构成大中型计算机外存贮系统。——译者

供的最新数据）。我们利用这些信息将所有院校分组，各组中的学校必须具有五方面的相似性：

1. 位于"标准大都市统计区"（Standard Metropolitan Statistical Area）之内或周边的地区，具有一定规模。对这些学校进行分类的依据有三：所处城市或周边地区人口多于 100 万、所处城市或周边地区人口少于 100 万、位于农村地区。

2. 少数族裔学生的招生比例高于或低于全国平均值。

3. 该机构为私立，不属于宗教组织、民间宗教组织或政府部门。

4. 机构类型包括大学、其他四年制学院和两年制专科学校。

5. 位于美国教育部管辖的 10 个地区之一。

6. 按照招生总数（大致等于学生总数）划分为 3 个级别：1 000—2 499 名学生；2 500—9 999 名学生；以及超过 1 万名学生的院校。

依照这些标准，我们将全美所有学校分成多个小组。每组中的院校都具有相似的地理位置，相似的少数族裔学生比例，相似的所有权形式，相似的教学水平和规模。最终参与调研的院校都是从各小组中"随机"抽取的。你可以把这些小组想象成一个个彩票号码罐，"随机"选择就像是蒙着眼睛从每个罐子里抽一张号码。从各小组中抽出的院校数量，取决于此类院校的学生总数在全国注册学生总数中的占比。如果被选中的学校不愿合作，那么取代它的学校也要从同一小组中抽取。因此，最终哪些学校能参与调研，是科学筛选和当面协商共同作用的结果，当然前提是遵循替代法则，在同一类型的组别里进行替换。

采样的规则中也有一些例外情况，是出于合理性和节省成本的考虑。首先，军事院校被排除在外，因为采集信息这种事可能会导致学生违反军事规章。并且过去的经验也表明，获得军方许可进行性方面的研究非常困难，几乎不可能。第二，学生人数少于1 000人的院校被排除在外。全美约有1 000所此类规模的学校，专门跑一遍却只能得到极少反馈的话，代价太大。第三，位于阿拉斯加、夏威夷和波多黎各的学校被排除在外，也是因为预算有限。最后，研究生院也被排除在外，因为研究生不是我们这个项目的重点研究对象。

为何耗时3年才完成

为了得到某校管理者的调研许可，《女士》杂志的工作人员首先要摸清谁是核心行政部门的负责人，一般来说这个人就是学生处主任。工作人员会先打电话联系对方，接着再邮寄整套的相关资料过去。大部分负责人不想由自己个人来决定是否参与调研。事实上，几乎每次请求都被移交给委员会去决定。为加强合作，我们设法获得主要宗教派别的教育主管和负责性虐待方面问题的当地女性神职人员的介绍信。此外，《女士》杂志的工作人员还会以个人身份拜访学校，如有需要，该杂志顾问委员会的成员也会亲自出面。如果某所学校里已经有了女性研究的项目，我们就会恳请项目主管的协助。一旦行政部门点头同意，我们就能拿到一张签了字的"机构访问许可"。

接下来是向各校的"受试者审查委员会"[①] 提交材料。与"人"相关的科研活动必须通过审查，以确保参与者确实是自愿的并做好各方面的预防措施，避免不必要的痛苦和伤害。大部分学

[①] 受试者审查委员会（Human Subjects Review Board）的作用是确保在本校进行的科学研究中，所有人类参与者都能受到人道主义的对待和得到校方对其相关权益的保护。——译者

校都认为我们这项研究的主题太有争议性了，需要全面审查。通常要召开两次以上的委员会议才能消除所有的反对声音。不少学校直接拒绝了我们，因为他们坚信参与者在进行反馈的过程中会受到心理伤害——从过去对高校学生的调研中得出的大量经验都无法动摇他们的想法。除了这些问题，课表上林林总总的假期意味着很多学校光是做出决定就要花掉约一年半的时间。

总之，我们一共联系了93所院校，最终获许调研的有32所。其中19所是首选目标；剩下的13所是从60所替补院校中抽取出来的。实际参加院校的名单不能公布，因为我们已经保证过要匿名处理。不过，各地区入选的学校数量如下：新英格兰地区[①]，2所；中东部地区[②]，5所；五大湖地区[③]，7所；大平原地区[④]，3所；东南地区[⑤]，7所；西南地区[⑥]，4所；落基山地区[⑦]，1所；西部地区[⑧]，3所。可能有人认为最终样本存在偏差，入选的多是那些行政部门相对"开明"的学校。然而，事实并非如此。有些在国内以"开明"著称的学校表示了拒绝，而有些被认为非常保

[①] 新英格兰地区包括缅因州、新罕布什尔州、佛蒙特州、罗得岛、康涅狄格州和马萨诸塞州。——译者
[②] 这里的中东部地区指的应该是中大西洋地区，包括纽约州、宾夕法尼亚州、新泽西州、特拉华州、马里兰州、弗吉尼亚州、西弗吉尼亚州和华盛顿特区。——译者
[③] 五大湖地区包括印第安纳州、伊利诺伊州、威斯康星州、俄亥俄州和密歇根州。——译者
[④] 大平原地区又称中西部地区，包括明尼苏达州、艾奥瓦州、密苏里州、堪萨斯州、俄克拉何马州、内布拉斯加州、南达科他州和北达科他州。——译者
[⑤] 东南地区包括北卡罗来纳州、南卡罗来纳州、佐治亚州和佛罗里达州。——译者
[⑥] 西南地区包括新墨西哥州、得克萨斯州和亚利桑那州。——译者
[⑦] 落基山地区包括蒙大拿州、爱达荷州、内华达州、怀俄明州、科罗拉多州和犹他州。——译者
[⑧] 西部地区指的应该是太平洋沿岸地区，包括华盛顿州、俄勒冈州和加州。——译者

守的学校却同意合作。将我们拒之门外的61所高校的行政部门给出的理由如下（括号里给出的是每种理由出现的次数）：宗教原因（11）；担心不对受试者予以匿名处理（2）；担心调研结果被拿来炒作（3）；担心有人因为参与调研而受到伤害（10）；对这个选题没兴趣（13）；课堂上不允许搞调查（6）；校方自己也在做调研（3）；不予回应（13）。最终取得的样本，是在时间和预算十分有限、调查性质比较敏感的情况下所能获得的最科学的全美高等教育机构样本。

班级是如何筛选出来的

每所参与调研的学校都会给我们一份课表。我们会在课表上随机选择要去的班级和备选班级，以防出现时间安排上的冲突或遭到拒绝的情况。唯一的限制条件是学生人数少于30人的班级和大型讲座规模的班级要排除在外。设定这样的限制能够保证参加测试者的在校时间得到充分利用，同时规避掉那些仅凭一名实验者很难应付过来的大班。最后，实际拜访的班级是：中小型院校里选了7个，重点大学里选了12个。我们会事先电话联系目标班级的指导教师，并给其寄去此次调研的相关资料。我们会请求指导教师允许我们在某节课上占用一点时间做调查，还会进一步要求他们不要跟学生讲任何与项目有关的事情，调研的过程中也不要在场。同样是给参与者讲解这项调研，但我们更希望由受过专业训练的数据采集者来讲，而不是任课教师用他们自己的方式讲。此外，教师在场也会让学生觉得他们不参加都不行。

问卷是如何分发的

调查是在课堂上进行的，实验者是参与本项目的7位临床心理学家（2男5女）中的1位，他们从1984年11月到1985年3月一直在全国各地做调查。所有的数据采集者都受过专业训练，遵循同样的程序，事先都对可能出现的问题有所准备，并且会在学生因为问卷内容而心情沮丧时提供帮助。调查问卷会分发给学生，同时告诉他们在没有得到指示前不要打开。数据采集者们已经把问卷背得滚瓜烂熟，这样他们就可以用相同的方式指导每个人作答。

问卷的第一页包括所有的必要信息，以确保参与者是自愿参加的，也能理解回答问题可能带来的风险和益处。学生们会从上面读到（数据采集者也会口头告知），如果他们不愿意的话可以不用填写这份问卷；他们可以跳过某些问题；问卷用词直白，有些人可能会觉得受到冒犯；而且这些问题关注的焦点涉及强迫性的、私密的性经验。我们不会要求学生在问卷上填写姓名，以保证调查是匿名进行的。从各校收上来的问卷会分别保存在单独的盒子里，上面不会有任何显示名称的标记。

我们会要求不想参与调研的学生留在他们的座位上做别的事情。这是为了不让那些对此表示拒绝的学生因为必须站起来离开教室而感到尴尬。实际情况是，几乎所有被选中的班级的学生都愿意参与并完成了调研。只有91名学生（1.5%）拒绝了，参与率达到98.5%。

待所有的学生都答完卷子后，数据采集者会向他们解释调查的初衷，并表示可以随意提问。每位学生还会拿到一张单子，上面写着找实验者私下谈话的地点以及一些可以回答相关问题或为参与者提供服务的当地办事处的电话号码。我们把这个项目告知了每所院校的咨询中心，并请它们在单子上列出一位性侵专家以及/或者在需要的情况下派一位观察员到班里来。参与者基本没给我们添什么麻烦，私下过来咨询的学生也很少，一只手就数得过来。

参与调研的学生情况

《女士》杂志的校园性侵害项目共收到 6 159 份反馈，其中 3 187 份来自女生，2 972 份来自男生。女性参与者的特征如下：平均年龄为 21.4 岁；85％未婚，11％已婚，4％离异；86％是白人，7％是黑人，3％是拉美裔，3％是亚裔，还有 1％是原住民；39％是天主教徒，38％是新教教徒，4％是犹太教徒，另有 20％的人没有宗教信仰或信仰的教派不在名单上。而 2 972 名男性参与者的特征如下：平均年龄为 21.0 岁；87％未婚，9％已婚，1％离异；86％是白人，6％是黑人，3％是拉美裔，4％是亚裔，还有 1％是原住民；40％是天主教徒，34％是新教教徒，5％是犹太教徒，另有 22％是无宗教信仰或信仰的教派不在名单上。大多数男生和女生的家庭年收入在 25 000 美元到 35 000 美元之间。

他们的情况与所有美国大学生的情况相比如何呢？这主要从四个方面来看，即学校所在的位置、学校所在的地区、学生的种族以及学生的家庭收入。由于我们是以愿意参加的那部分学校为基础设计的抽样方案，并据此进行了推算，所以样本没法具有绝对的代表性。不过，虽然有一定局限性，但也非常接近全美高等教育招生的真实情况了（参见 Koss, Gidycz, & Wisniewski, 1987）。实际上，大部分美国的高校生都是 18—24 岁，白人，来自中产阶级家庭。

学校所在的地区是唯一可能带来显著差异的变量。目前的样本中，东北地区和西南地区的学生数量有些过多，而西部地区学生的数量过少。这些差异反映出一个无法改变的事实，即在一些地区我们很难获得合作。举例来说，我们在西部接触了12所院校，《女士》杂志的一位工作人员逐一登门以个人身份进行了拜访；特别争取到了加州州立大学系统[①]平权行动[②]主任的支持；一位德高望重的神职人员亲自给几所私立学校打了电话；项目的主要研究者给目标学校的女性研究中心主任打了电话；而且项目在加州的两所重点院校受到了专门的反复审查。经过这么多的努力之后，最终只有3所院校同意我们进行数据采集。为了不让整个项目陷入困境，我决定在没有足够多的学校能代表西海岸地区的情况下继续采集数据。地区的不平衡在很多方面并不是很重要，因为虽然在西部没有进行广泛的取样，但每一位参与者的种族和家庭收入等仍能反映出全国高校招生的状况。虽然加权因子发生了变化，但通过对加权和未加权数据进行比较，就可以发现加权的影响是很微小的（参见 Koss, Gidycz, & Wisniewski, 1987）。

人们会在调查中说实话吗？

一些科学家怀疑人们是否会如实描述自己的性行为。也许有人会把自己的性经验夸大成某种"奇幻之旅"。还有些人可能会否认自己做过的一些事，因为知道那是错的。因此，我们也担心有人夸大事实，有人则避重就轻。很难想出什么方法能从人们的性生活中获取到客观的信息。对于通过自陈（self-report）这种方式采集信息，一个主要替代方法是进行私下访谈。但这种方法也一样取决于受访者是否说实话。过去以采访的形式在高中生和大学

[①] California State University System，北美最大的高等教育系统。——译者
[②] affirmative action，美国颁布了《平权法案》，在高等教育体系内意在促进高等教育的公平，此外还在其他领域鼓励聘用少数族裔、妇女等，开展反歧视行动、平权运动。——译者

生中间进行性行为研究的时候,曾遇到过很严重的问题。比较典型的,包括人们拒绝接受采访或者来了以后却不愿谈论性行为。如果能保证人们会真实准确地描述自己的性行为,那么这种方法肯定比访谈的效果好。

我曾做过几项研究,以检验人们自陈的性行为的真实性如何。在一项关于性侵害和受害的研究中,相隔一周时间分别在不同场合向两组受试者提出了 10 个涉及胁迫和暴力的性行为的问题。结果两组得到的所有反馈都一模一样。在第二项研究中,我在肯特州立大学的几个班级里向学生们提出了同样的问题。然后,在 1 到 4 个月之后,让一位与受试者同性别的采访者私下请每个学生重新回答一遍这些问题。在配合我们调查的 68 位强奸受害者中,只有 2 位更改了答案或被认为是对问题理解有误(参见 Koss & Gidycz, 1985)。在第三项研究中,一位男性采访者找来 15 名男生,他们的人口学特征与全国性样本的构成差不多。这些男生首先要在一份关于性经历的问卷上作答。然后,他们会被单独采访。采访中问到的问题包括参与调查者 14 岁以前和 14 岁以后的性行为史。问这些问题的目的,是要将参与者的口头回答与调查问卷中的回答相比对。结果发现,受访者中的 14 人(占总人数的 93%)在关于成年后性行为的问题上做出了与自陈时一致的答案。唯一一个答案不一致的人,在自陈时承认了某种行为,在采访中却否认了。有关 14 岁之前的性经历的问题,自陈和采访给出的答案一致性都是 93%。唯一一个不一致的是另一名男生,他在自陈里说自己在 14 岁前有过性交的经历,而在采访中又说他并没有完全插进去。平均来看,受访者的诚实度在 95%,而且他们指出,不能百分之百地如实反映的原因是填写答卷的时间太有限(参见 Risin & Koss, 1987)。因此可以说,在提出相同问题的情况下,通过调查问卷得到的回答与进行采访得到的回答从准确性上看并没有明显差别。

问卷中的题目是如何筛选出来的？

《女士》杂志调研的 5 个目标决定了必须选出数量多、范围广的问题。有些问题要挖掘出性侵害发生的数量以及获得事件的具体细节；有些问题则旨在厘清"为什么"会有这样的事情发生。而审视"为什么"之类问题的选择时主要有三个指导方向。

撰写调研报告的人选择的都是他们认为最有必要去了解的问题。但由于时间基本上一直很紧，我们不得不下定决心，有所取舍。你其实无论如何也做不到在调研中完全中立的。判断某个问题是否重要，归根结底还是要看研究者对某些人为什么会做某类事持怎样的看法。

导致性侵害的原因：一直以来，研究强奸犯的理论五花八门，各有各的侧重。举例来说，一些研究者坚信强奸是由某种精神疾病造成的；另一些认为强奸犯对女性怀有憎恶心理；还有些人则宣称强奸犯具有反常的性冲动，只有看到对方反抗和痛苦时才能获得快感。不过，现在逐渐出现了一些论文，开始试图将各类信息整合到一起（参见 Malamuth，1986；Koss & Dinero，媒体报道）。

强奸的"综合模型"受到了芬克霍（Finkelhor，1979）关于儿童虐待的观点的启发。他指出，一个男人在最终实施性暴力之前：(1) 强奸必然符合了犯罪者脑海中的是非观；(2) 即使是在女方说"不行"、挣扎、反抗的时候，也能产生性冲动；(3) 肯定存在一些阻碍，让该男子认为自己丧失了所需的发泄性欲的出口；(4) 肯定发生了一些事情，导致通常应该受到约束的行为爆发出来，比如喝酒；以及（5）肯定要找到一处私密的环境，而且肯定要遏制住受害者的反抗。正是以上这些关于性侵害的观点指导我们选出了针对男性要提的问题。

容易导致强奸的危险因素：许多研究者都至少简要提及过"受害者变量"的存在，这些变量使某些女性更容易遭到强奸（例如 Amir, 1971; Selkin, 1978; Myrs, Templer, & Brown, 1984），或者削弱了一些女性的抵抗能力（例如 Russell, 1984）。有些研究，尤其是前者，已经引发了公开指责，说它们的科学性不充分且没有意识到潜在的伤害性，说这会进一步助长既有的"受害者有罪"论（例如 Wieder, 1985）。尽管花大量时间去批判这些指责听起来颇有诱惑力，但最好的反击还是让这些理论得到证实。

选择有关"容易引发强奸的危险因素"方面的问题时，我们的指导方针来自三组不同的理念，都是在关于强奸事件受害者的专业研究中得到过证实的。第一种观念，称为**"心理上的脆弱性"**（例如 Meyers, Templer & Brown, 1984），指出强奸受害者可能具有"消极被动"等某种性格特质，这将有意或无意间提高她被选中成为强奸受害者的可能性或降低她们进行有效反抗的机会。过于笃信传统的女性观念、相信那些强奸谬论的女性，尤其可能受害（例如 Weis & Borges, 1973）。这样的女性首先在男性面前就表现得很被动，认为男性就应该具有主导性和压迫性，而且总是很晚才意识到事情正朝着强奸的方向发展。第二种观念，称为**"创伤性的经历"**，认为早年遭受过侵害的女性被强奸的危险更大。最后，是某种被称为**"危险局面"**的环境，这也会增加发生强奸的可能性。在这些观念的指引下，我们挑选出了"容易引发强奸的危险因素"方面的问题。

强奸带来的影响：关于强奸后的反应，在已经出版的研究中发现了4种类型的创伤后综合征：焦虑/恐惧；抑郁；社交障碍和性功能障碍（更详细的资料，参见：Holmes & St. Lawrence, 1983；Ellis, 1983）。很多事物都可能增强或减弱这些强奸行为引发的综合征，比如犯罪的性质——涉及何种性活动，是否使用了武器，受害者与犯罪者是何种关系等。而在遭到强奸之前，受害者的亲友对她的支持程度以及其本人的心理健康情况，也会影响强奸对她造成的伤害的烈度。因此，在这次全国调研中，与每条影响因素和环境因素相关的问题和标准心理测试都被纳入了进来。

本次调研的内容

这项研究名为"关于男女关系的全国调研"，我们特意选择了这样一个比较中立的名称，并回避了"性"这个字眼，这样参与者就不会还没听到讲解就对调研的内容产生了偏见。这份71页的问卷由300多个问题组成，共分为8个部分。不过，不是每个人都需要填写所有部分。没有牵扯到任何程度的性侵害或受害的人不用回答关于此类经历的部分问题。问卷的具体内容如下：

第一部分：这部分问题是关于参与者的人口学特征，如年龄、种族、家庭收入以及宗教信仰等。

第二部分：这部分问题是关于参与者成长过程中以及当下的价值观和生活习惯，包括原生家庭的稳定性；父母的严厉程度；家庭暴力；是否涉及违法行为；是否有以试图自杀或接受心理治疗等形式反映出来的心理问题史；是否有喝酒或吸毒的习惯；喜欢读什么杂志，包括色情杂志；是否从性的角度谈论过女人；性方面的价值观；性伴侣的数量；当下对几种形式的性亲密关系的满足程度以及被访者对自己人际关系的认知度。

第三部分：这部分问题包含了我早前对大学生的研究中用过

的 10 个问题的"性经验调查"（参见 Koss & Oros, 1982; Koss & Gidycz, 1985; Koss, Gidycz & Wisniewski, 1987）。这些问题调查的是犯罪者通过强迫、进行人身伤害的威胁和实质上的暴力，在违背受害者意愿的情况下进行了何种程度的性侵害以及造成了何种程度的伤害。

第四部分：这部分问题是挖掘答题者报告过的最严重的性侵害事件。如果遭遇过不止一次性暴力事件，则要求受访者重点讲述自己记得最清楚的一次。具体问题包括犯罪者的数量；受害者与侵害者之间的关系；他们之间的熟悉程度；是否曾有过亲密行为；侵害发生的地点；是否喝酒或吸毒；侵害者周围的社会环境；事情发生时的心情；男方使用了何种暴力；女方采用了何种形式的反抗以及之后发生的事情，包括告诉了什么人，他们作何反应，他们如何定义这次经历，以及这种事以后是否会再次发生。

第五部分：这部分包含了针对男性和女性的不同的心理测评。男性测评的根本目的是通过心理学方法预测其性侵害的可能性。因此，男性受访者要填写明尼苏达多项人格测验（MMPI）[①]的《心理变态偏离程度》简表中的 28 道题（Graham, 1977 p.247）。此外，男性受访者还要回答《憎恶女性程度表》里的 30 道题（Check, 1984; Check & Mlamuth, 1983）。

而对女性参与者来说，标准心理测评的主要目的是考察遭受性侵害的影响。由于抑郁和强奸相关的焦虑是性受害者最主要的

[①] Minnesota Multiphasic Personality Inventory，由明尼苏达大学教授哈瑟韦（S. R. Hathaway）和麦金利（J. C. Mckinley）于 1940 年代制订，经过 60 多年的不断修订补充，被翻译成 100 多种文字，是世界上被使用次数最多的纸—笔式人格测验之一。——译者

两种后遗症（Ellis，1983），因此，女性要填写《白氏抑郁症评估表》①（Beck，Ward，Mendelson，Mock & Erbaugh，1961）和《状态—特质焦虑评估表》②（Spielberger，Gorsuch & Luschene，1970）。《白氏抑郁症评估表》由 21 道题组成，可以反映出抑郁症的症状和表现形式。而《状态—特质焦虑评估表》由 20 道题组成，它指的是人们在体会与焦虑有关的症状的程度上相对稳定的差异。

第六部分：这部分问题是关于 14 岁前的性虐待经历的。其中的问题是由芬克霍 1979 年在大学生中做的一次调研稍作修改而成。比较典型的问题包括："你在 14 岁之前是否曾有过如下经历？你是否在对方的要求下触碰过对方的性器官，或被触碰/抚摸过？"余下的一些问题则要求受访者提供关于童年性经历的更详细信息。如果曾有过不止一次性经验，则要求受访者在回答中写明他们遭遇过最严重的一次虐待，包括受害者当时的年龄，犯罪者的年龄，受害者与犯罪者之间的关系，这种性活动发生了多少次，受害者为什么会牵涉其中，这件事告诉了谁，他们作何反应，受害者当时的情绪状况以及受访者认为自己受到了何种程度的伤害。

第七部分：这部分的 36 个问题由伯特（1980）设计，用以评估个体对可能增加性暴力风险的观念的认可程度。其中就包括那些关于强奸的错误观念，它们不仅默许强奸的发生，之后还会将其合理化为"勾引"。

---

① Beck Depression Inventory，是调查个体抑郁状况的自评量表，由美国临床心理学家 A. T. 贝克于 1967 年编制。通过纸—笔测验，评定有无抑郁和抑郁的严重程度。量表经过多次修订，被国内外广泛应用。——译者
② State-Trait Anxiety Inventory，由 Charles D. Spielberger 等人编制，1970 年首次出版，包括 2 000 多项研究，涉及医学、教育、心理学等多个学科。作者 1979 年进行了修订，修订版于 1980 年开始应用，1988 年有了中文版。——译者

第八部分：这部分包括两种标准心理测评。第一种是《个人特征拓展评估表》[1]（Spence，Helmreich & Holahan，1979）。正如我之前提到过的，传统的"阳刚"和"阴柔"在不同的人身上表现是不同的，而这种"不同"对理解为何有些男性会成为强奸犯、有些女性会成为受害者等问题至关重要。

另一个测评是《冲突策略评估表》[2]（Strauss，1979），里面的问题描述了各种用以表达愤怒和解决与重要的他者之间发生争执时的策略，包括口头行为（冷静交谈、大喊大叫或羞辱）；冷处理；非接触性的人身攻击以及实实在在的人身攻击等。

问卷是如何计分的

统计学分析建立在概率的基础上。假设我给5个不同性侵害等级的男人进行饮酒方面的比较，并发现无侵害性这组的10名男子平均每天喝一杯酒，而有侵害性这组的10名男子每天喝两杯酒。这种差异性重要吗？或许看起来挺重要，但我必须弄清楚，在我获取信息的这20个人里纯粹由于偶然才出现这种差异的可能性有多大。如果这些差异的确是偶然出现的，那么我换一批男性做样本，同样的问题得出的结果肯定有所不同。通常情况下，任何纯粹出于偶然的差异即使100次中超过了5次，我也不认为它有多重要。偶然出现差异的概率要通过计算来测定，既要包括每

---

[1] Extended Personal Attributes Scale，它由《个人特征问卷》（Personal Attributes Questionnaire）扩展而来，后者是1981年斯潘思、黑尔姆赖希、斯塔普（Spence，Helmreich & Stapp）给一次采访调查设计的问卷，用"表达性"（expressivity）和"手段性"（instrumentality）两个维度来衡量一个人的"阳刚"或"阴柔"程度。——译者

[2] Conflict Tactics Scale，它是美国惩戒与家庭暴力专家默里·施特劳斯（Murray Strauss）1979年设计的一份用于评估家庭内部矛盾处理方式的评估表，在相关研究领域被广泛应用。——译者

个人的分数与该组平均值的差距,也要包括参与调研的人数多少等。

于是,分析这 300 多个问题的时候出现了麻烦。面对数量如此庞大的问题,我打算找出那些统计学上很重要但纯粹是偶然出现的差异——大概有 15 个。从理论上讲,我应该尽可能少地分别进行比较,因为这么做的次数越多风险性就越大:一些看上去很重要的差异可能真的是偶然出现的。

大型调研的第二个麻烦是差异的实际规模。当我们分析超过 6 000 人提交的反馈时,一些比照之所以具有统计学上的意义,可能只是因为有太多人彼此之间仅存在极为细微的差异。将这些差异加到一块儿,从统计学的角度看就显得非常重要,但并没有什么实际意义。因此,我们运用"效应值"[①] 计算来决定某些统计学意义上的差异是否具有真正的重要性、真实性。我采用了科恩(Cohen,1977)关于能量分析的书里所介绍的程序,借鉴了他的解译效应值的方法:将卡方值[②]设为 w,方差值[③]设为 f。

[①] effect size,在统计学中,它指的是量化现象强度的数值。效应值实际的统计量包括两个变数间的相关程度、回归模型中的回归系数、不同处理间平均值的差异等。无论哪种效应值,其绝对值越大表示效应越强,也就是现象越明显。相对于统计学上的显著性,效应值有利于了解研究结果的强度。特别是在社会科学和医学研究上,效应值更显得重要。——译者

[②] chi-square,它是非参数检验中的一个统计量,主要用于非参数统计分析中。它的作用是检验数据的相关性,是卡方检验中的一个主要测试指标。而卡方检验是一种用途很广的计数资料的假设检验方法,主要是比较两个及两个以上样本率以及两个分类变量的关联性分析,其根本思想就是在于比较理论频数和实际频数的吻合程度或拟合优度问题。——译者

[③] Analysis of Variance,又称方差分析、变异数分析,用于两个及两个以上样本均数差别的显著性检验。由于各种因素的影响,研究所得的数据呈现波动状。造成波动的原因可分成两类,一是不可控的随机因素,一是研究中施加的对结果形成影响的可控因素。方差值的基本思想是:通过分析研究不同来源的变异对总变异的贡献大小,从而确定可控因素对研究结果影响力的大小。——译者

如何让特征的数量处于可控范围

为了尽可能降低不符合系统性差异的结果出现的概率，我限制了用于分析的特征数量。用专业的方式来表达"将特征减少到可控范围内"，就是"减少数据"（reduce the data）。除了用于描述性目的的变量以外，我使用的总变量（summed viables）是16名男性和13名女性。生成这些变量的程序不属于本篇后记的范畴，但我在其它论文中进行过描述（参见 Koss & Dinero，1987 and Koss & Dinero，新闻报道）。

如何判断个体的性侵害和性受害指数

大部分数据分析采用的都是"析因设计"[①]。析因，指的是研究特征的几种不同的程度。在进行饮酒习惯的比对时，将男性按照性侵害指数分为不同级别，使用的就是析因设计。我们将性侵害和受害的程度划分为5个等级：无侵害性/受害性；性接触；性胁迫；强奸未遂和强奸。标记为"强奸"和"强奸未遂"的这组，包括有过相关遭遇的女性和实施过符合法律定义的强奸罪行的男性。强奸的典型定义为："当发生以下任一情况：（1）犯罪者故意使用暴力或以威胁使用暴力的方式强迫他人服从；（2）为防止反抗，犯罪者通过使用毒品或麻醉剂等方式彻底损伤了对方的判断力和自控能力……时，发生在男性与女性之间的阴道性交、肛交、吸吮阴茎及舔舐女性阴部的行为……不管多么轻微的插入，都应

[①] factorial designs，是一种多因素的交叉分组设计。它不仅可检验每个因素各水平间的差异，而且可检验各因素间的交互作用。析因设计主要可以提供三方面的重要信息：（1）各因素不同水平的效应大小，（2）各因素间的交互作用，（3）通过比较各种组合，找出最佳组合。——译者

被视作完成了阴道性交或肛交……"（《俄亥俄州修订法典》1980年版）。我已经采用了这一严格而狭义的强奸概念，并已经尽力遵照法律要求行事。所有被分到"强奸"受害者和施暴犯组别的人，都经历过通过使用暴力或威胁进行人身伤害、或故意使受害者失去反抗能力，在违背意愿的情况下进行口交、肛交、阴道插入或异物插入等行为。

分到"性胁迫"组别的是有过相关遭遇的女性以及对受害者使用言语胁迫或滥用职权等方式实施性交的男性。这个组别不涉及暴力威胁或直接的身体压制。而分到"性接触"组别的是有过相关遭遇的女性以及通过言语胁迫、滥用职权、威胁进行人身伤害或实际造成人身伤害等方式实施了诸如爱抚、亲吻等性活动的男性，这些行为并不涉及犯罪者试图插入受害者的行为。这类"胁迫"或"接触"行为很少被认定为犯罪。在全部 10 个性经验相关的问题中都回答"没有"的人，被划分到了"无受害"或"无侵害性"的组别里。

结论是如何得出的

我们的项目要完成 5 个目标，每个目标在获取信息的时候都需要使用不同的统计学分析方法。

判断当下的大学生中发生过多少性侵害和性受害事件：完成这个任务只需要最简单的数学计算。首先，算出在关于各类性行为的每道问题中给出肯定答案的女生和男生的百分比。然后根据评分规则，将每个受访者划分到不同的性侵害和受害等级中，再算出每个等级的人数占总数的百分比。我们会把考虑加权因子和不考虑加权因子的数值都计算出来，这样就能估算出区域不平衡的严重程度。

最终，我们可以得出近12个月来自称遭遇过或实施过强奸/强奸未遂的人数。将这个数字除以2就是6个月内的数值。然后用1 000而不是参加调研的总人数6 159作为基数计算，这样得出的受害比例和犯罪比例就能与官方的犯罪比例进行对照了（当然，要适当地承认手头样本泛化的局限性）。

描述典型案例：完成第二个任务要使用描述性的归纳统计程序。如果相关特征具有某种持续性，比如年龄，则适用的统计方法是方差分析①——简称ANOVA。如果相关特征是不连续的，比如黑人、白人、拉美裔、亚裔或美洲原住民，则适用的统计方法是卡方检验②——简称X^2。在任何描述性分析中都不会加入权重。这些分析可以帮助我们判断两组或多个组别之间的某个相关特征是否出现了显著差异。

预测性侵害：完成这个目标使用的统计学方法是判别分析③。我们所测量的每个男性的特征就好比在扑克牌背面偷偷做的记号。牌的正面——黑桃、红桃、梅花什么的——是每个男人关于自己性侵害经历的自白。假设"黑桃"代表曾实施过侵害的男人。判别分析让我仅靠"背面的秘密记号"就能将不同花色的扑克牌分门别类，而这个秘密记号就是我给那些男性测量出的特征值。然后再对比牌的正面，就能判断出预测的精准程度。如果用秘密记号分类的牌几乎全部符合按照花色分类的结果，就意味着所测量的特征具有很强很重要的预测性。另一方面，如果出现很多不相

---

① 参见前文"方差值"的注释。——译者
② 参见前文"卡方值"的注释。——译者
③ discriminant function analysis，又称"判别函数分析"，指的是在分类确定的条件下，根据某一研究对象的各种特征值判别其类型归属问题的一种多变量统计分析方法；基本原理是按照一定的判别准则，建立一个或多个判别函数，用研究对象的大量资料确定判别函数中的待定系数，并计算判别指标。据此即可确定某一样本属于何类。——译者

符的情况，则证明所测量的特征在性侵害行为方面不具有很强的预测性。具体分析参见 Koss & Dinero（新闻报道）。

评估引发强奸的危险因素：如前文所描述的那样，判别分析的方法也能用来计算女大学生遭遇强奸的风险因素。具体分析参见 Koss & Dinero，1987。

评估强奸带来的影响：强奸引发的后续影响是通过陌生人强奸和熟人强奸的比对完成的。接下来，熟人强奸的受害者又细分为被"非浪漫关系"的熟人强奸的女性、被"一般约会对象"强奸的女性、被"稳定约会对象"强奸的女性以及被配偶或家庭成员强奸的女性。具体分析参见 Koss, Dinero, Seibel & Cox, 1987。

这项研究是如何让本书成形的

最近某全国发行的杂志上刊登了一篇关于约会强奸的文章，一上来就叙述了一个个案，是一位受害者的遭遇，她被前男友用可乐瓶子反复强奸，整个过程持续了好几个小时。这个事件成功地达到了作者的目的：赚足了读者的眼球。然而，这篇文章却令人不安，因为这种程度的暴力实际上并不典型，而且这样的案例还会误导人们对约会强奸的认知。

第一人称经验从某种意义而言并不"科学"，因为它只是基于个体经验，很可能并没有普遍性。不过从另一方面看，个案也是生动且有效的沟通工具。在构思这本书的过程中，《女士》杂志的研究成果可以帮助我们对真实经历进行筛选，让个体事件能够代表此次全国调研的受访者的主要特征。另一方面，这本书里也有许多素材并不是来自《女士》杂志的调研，而是来自其他令人尊敬的临床医生和研究人员的工作。如果没有这些材料，本书就不能让读者真正全面地了解熟人强奸这一主题。

2019年版后记

玛丽·科斯博士

对科研工作者来说，听到基于上世纪70年代末至80年代完成的调研写成的一本书再版了，那感觉着实恐怖。万一这本书与当下的研究比起来显得特别幼稚，或者得出的结论早已被证实是错误的，该如何是好？重读了一遍本书后，我松了口气：我意识到30年前的发现与今天的情况仍有如此强烈的共鸣。这篇后记就将以当代科学的眼光来审视本书的主题。

书名《危险的熟人——〈女士〉杂志的报告：关于如何识别约会强奸和熟人强奸并反抗和幸存》为我们指明了道路。其中，"**识别**"这部分加入了2000年以来的调研成果，不断提醒我们性暴力的无处不在。"识别"也适用于受害者本人，可以帮助她们通过感知和语言表达来廓清自己那段不堪回首的遭遇。书中简要讨论了"强奸只是一小撮惯犯才会干的事"这种观点，因为它会让最常见的性暴力形式失去人们的关注。"**反抗**"暴力则聚焦于女性个体的反馈和关于成功的防范措施的最新研究，指导人们如何反抗和避免此类情况的发生。"**幸存**"这部分审视了我们在理解受害者于遭遇性侵害后恢复平静稳定的努力方面所取得的进展，以及那些被要求帮助她们的人给她们带来了何种影响等。在这部分中，我们还讨论了受害者是如何寻求正义，以及这样的努力在何种程度上令她们变得强大。

认识这项调研为"强奸认知"所做的贡献

女大学生中遭到强奸的人数比例高达四分之一，这恐怕是《女士》杂志留下的最广为人知的成果。多年后，在重新检视这些数字的可靠性之前，首先应该谈论一下性别问题。直到最近，《女士》杂志的研究和其它研究一样，都在做调查的时候将女性作为受害者、男性作为加害者。研究中采用的《性经验调查》（Sexual Experiences Survey）于 2007 年由一个 10 人专家组进行了修订。当时，我的同性恋儿子已经成人，我不得不难过地承认，性别问题变得与我息息相关，让我意识到必须去除紧紧围绕着强奸的性别偏见。虽然统计报告显示，性侵害中的男性受害者远远少于女性受害者，但今天关于他们的创伤以及康复时所面临的挑战，我们了解得要比过去多得多。《性经验调查》中关于受害经历的问题已经去掉了刻板化的性别角色，现在，不管什么性别身份认同的人都可以在问卷上作答了。

在衡量性侵害的犯罪行为方面也取得了类似的进展。针对女性施暴者的研究发现，她们基本上采用心理压迫的方式，并且很少试图强奸或真正实施强奸，不管她们的伴侣是男性还是女性。目前这个版本的《性经验调查》还应进一步修订，以便处理跨性别者的问题——比如问卷中的题目在字里行间含有这样的假设：如果你长着阴茎，那么你的性别就是"男"。这种假设太过简单粗暴了。此外，修订后的版本还应该解决种族、族裔、残障以及低收入等特征相互交叉的问题。

2016 年，丽莎·菲迪娜（Lisa Fedina）和她的团队在回顾

2000—2015年之间完成的34项关于受害者的调查时发现，其中一半使用的《性经验调查》正是《女士》杂志调研里的那份。由此，我们可以推测，用简单直白的措辞描述那些显示性暴力不断升级的行为和手段，最能唤起人们的精确回忆和反馈。而剩下的调查（除了3个以外）也都采用的是直白的问题，只调整了一下措辞。这有力地证明了我们这项调研的开拓性和持久性在今天仍能对最出色的科研实践有所贡献。

根据《女士》杂志的研究推算，有四分之一的女大学生透露她们在14岁以后遭遇过强奸或强奸未遂。现在更多的说法是五分之一，这个数据来自邦妮·费舍（Bonnie Fisher）及其同事在1988年所做的一项全国性调研。但是，他们的调研里不包括迷醉状态下（醉酒、吸毒）被强奸的人数，而这恰恰是发生大学生性侵害最普遍的场景；而且他们只将大学里的强奸纳入其中，而将高中的情况排除在外。光这两处不同，就足以降低估算值了。

2011年，美国疾控中心（CDC）所做的《全国性伴侣和性暴力调查》也得出了"五分之一"这个结论。这项调查将个体一生中任何节点所遭遇的强奸都包括在内，选取的是全年龄段美国女性的代表性样本。美国疾控中心计算出的比例和《女士》杂志的不同，原因可能在于我们的研究重点是大学生，而他们正处于性暴力高发的年龄段。

我们发现了酒精在性暴力中扮演的角色，近30年来，这一发现已经取得了长足进步。迪恩·基尔帕特里克（Dean Kilpatrick）界定并量化了两种不同形式的"醉酒强奸"："酒精催化型强奸"（alcohol-facilitated rape）指的是施暴者偷偷摸摸地给受害者提供过多的酒精饮料或故意隐瞒饮品中的酒精含量。相比之下，"酒精辅助型强奸"（alcohol-assisted rape）中涉及使人过量饮酒的压力

危险的熟人

或处于一种容易过量饮酒的环境，但最终喝不喝的决定权掌握在饮酒者手中。"酒精辅助型"是最常见、最典型的一种。当然，就算施暴者与受害者一样神志不清，强奸也绝不是情有可原的。《女士》杂志调研中的"醉酒强奸"案例还只有故意用酒精让受害者失去自主能力这一种情况。

识别强奸

本书的标题 I Never Called It Rape 正是受到了这一调查结果的启发：透露自己曾在（违背意愿、暴力胁迫、威胁使用暴力或失去自主能力的情况下）遭遇"性侵入"（sexual penetration）的女性中，有73%的人否认她们的经历属于"真正的强奸"。我在早期的研究中提到这一发现时，使用的名称是"不被承认的强奸"（unacknowledged rape）。虽然《女士》杂志的调研数据是在1984—1985年采集的，但从那时起就一直不断地有人在研究"不被承认的强奸"现象。亚历克斯·卢瑟福（Alex Rutherford）（2017）针对这项研究的发展从女性主义史和政治的角度进行了分析。

2015年，劳拉·威尔森（Laura Wilson）和凯瑟琳·米勒（Katherine Miller）在一份报告中将涉及近7 000名女性的28项研究用统计学的方式整合起来。在这份综合样本中，"不被承认的强奸"发生率为60%。2017年，海瑟·利特尔顿（Heather Littleton）的团队也得出了相同的比例。在经过30年持续不断的媒体曝光和校园强奸预防活动之后，这个数字是发人深省的。许多调查问卷里还有"是/否"选项（被强奸/没被强奸）。而《女士》杂志的调研与之后许多优秀的调研一样，给出了更多的选项，这样才能体现出女性看待强迫性性行为的细微差别。大部分受害者不会使用"强奸"一词，而选择"糟糕的性爱"或"沟通有误"这类词语。几乎所有女性都感到自己是某种程度的性暴力受害者。

"不被承认的强奸"是一个很严重的问题，因为回避它的名称并不能让你免受其后续影响的伤害。最新的研究显示，这些后遗症将导致心理压力、频繁饮酒、无保护的性行为以及更高的再次受害的可能性。在我们所处的时代，女性纷纷站出来公开自己被娱乐业大亨、新闻界巨头、著名运动员和政客侵犯的经历，数量前所未有。曝光个人遭遇的受害者获得了大量的支持，这点燃了我们的希望：有关强奸的认知和定义一定会不断取得进步。而随着认知的增强，受害者也更容易得到人们的支持，从而缓解强奸带来的压力。

《女士》杂志调研的时代，大部分人还相信强奸是陌生人才会干的事。这就是为什么一本关于熟人强奸和约会强奸的书在1987年具有绝对的开创性。如今流行的谬论则是，90%的强奸都是"连环强奸犯"或"性掠夺者"（sexual predator）干的。这种说法源自2002年的一项研究，不过它对一批很重要的强奸研究产生了影响，包括"白宫妇女与女童委员会"2014年的年度报告《强奸与性侵：使命再次召唤》（*Rape and Sexual Assault: A Renewed Call to Action*）以及最新的法案和在校内发行的纪录电影。凯文·斯沃奥特（Kevin Swartout）和其他研究性暴力犯罪的重要学者表示了担忧，指出这个模式实际上与大部分大学生强奸犯的特征并不相符。2015年，他们在《美国医学会儿科期刊》上发表了一项大规模调研的成果，调查中，男大学生在整个大学就读期间4次被问及性暴力犯罪及其它问题。他们使用复杂的统计方法，对1 642名男性进行了抽样调查，发现11%的人透露自己在高中

危险的熟人 249

或大学期间实施过符合强奸定义特征的行为。而在这178名大学生强奸犯里，10人中有7人在一个学年内就实施过一次强奸。虽然有一小部分人曾多次犯下强奸，但五分之四的校园强奸犯都被大家忽略了。

反抗

美国政府多年来一直拒绝投入经费研究防身训练是如何减少强奸发生的。而加拿大的研究者夏琳·塞恩（Charlene Senn）和她的同事们却做到了：他们完成了一项权威研究并于2015年发表在极具影响力的《新英格兰医学期刊》上。塞恩以"3A"（评估，承认，行动）[1]概念为开始，这是帕特利西娅·罗兹（Patricia Rozee）和我在2001年提出的一个用以预防强奸受害的概念。接下来，塞恩根据3A这个路线图建立了一个项目，并加入了她自己的一些明显的改进，包括指导和练习如何通过语言和身体有效地进行抵抗。12个小时的强化版3A训练的效果令人震惊。结果显示，与收到过标准版强奸预防手册的女性相比，强化版3A训练的毕业生在接受训练后的一年里，遭到强奸的可能性降低了46%，强奸未遂率降低了64%。

2015年，这些研究人员再次走访了这些已经毕业的学生，看看预防措施的效果有没有持续下去。即使是在两年没有进一步培训的情况下，参加过的人的强奸未遂风险仍然只比学习宣传册的女性低64%。可以看出，降低强奸风险的效果持续了一年，而且对参与者来说是重要的分水岭。考虑到大学生通常要在学校里待上4年时间，如果后续不断推进课程，进一步延长强奸风险降低

---

[1] Assess, Acknowledge, Act. ——译者

的时间是很有可能的。其它预防强奸的措施都无法接近这种效果。许多机构正处于尝试强化版 3A 的早期阶段，并且已经开始努力检验在加拿大产生的影响是否能成功移植到美国的校园中来。

幸存

有句话说，强奸会改变人的一生。这个观点得到了许多研究的支持，这些研究表明，对当事人身体健康的有害影响和创伤后综合征可能很长一段时间都处于蛰伏状态，活跃一阵子之后又消失无踪。每个人引发症状的导火索都不同，生活中的一些场景会唤起受害者的脆弱感和/或恐惧感、自责感、对施暴者的记忆、个人边界被侵犯的感觉、让受害者觉得十分无助的遭遇以及那些导致信任彻底破裂的经历。承受的影响最为强烈和深远的受害者，是那些认为事情应归咎于自己、否认或尽量淡化创伤后遗症、拼命不去想自己的受害经历或避免与他人分享这段经历的人，因为她们不去寻找能帮助她们康复的潜在资源。

应对与支持

多亏莎拉·奥尔曼（Sarah Ullman）在芝加哥某社区做的大量研究，让我们很早就了解到一旦强奸受害者选择曝光性暴力，他们就要开始承受来自他人的正面和负面的评价。正面的社会支持包括认可、倾听且不指责以及许多实实在在的援助。这些回应都很有助益，但还没有强大到能彻底消除负面效应所造成的二次伤害。詹妮弗·弗雷德（Jennifer Freyd）将某种形式的负面社会效应称为"组织性背信"（institutional betrayal）。组织性背信指的是负面反应来自受害者信赖或希望得到援助的机构，比如其就读的大学。组织性背信可能是"不作为"，比如没有为学生提供应有的服务；也可能是在公然出现伤人言论的时候表示默许，或是该机构有组织地为了自保而牺牲受害者个人的福祉。这些套路我们在很多学校都见识过多次了，包括宾夕法尼亚州立大学、密歇根州立大学以及蒙大拿大学。

与莎拉·奥尔曼共事的马克·瑞里埃（Mark Relyea）帮助我们更细致入微地思考了负面反应。他们用简洁的科学方法归纳出负面反应的两个组成部分：不予支持的承认和表示反对。"表示反对"指的是（回应者）不支持受害者、指责受害者、对受害者的态度开始发生变化，或者变得太过沮丧以至于受害者还不得不去安慰他们。这些反应无疑会让受害者更自责、更难以面对、更回避社交、在性方面更不自信，最终还会增加其再次受害的风险。而"不予支持的承认"指的是虽然相信受害者的遭遇，但没有提供帮助或提供了无用的帮助。举例来说，有些人试图分散受害者的注意力，劝他们别去理会这一切；或者表示自己希望受害者好好过日子，就当强奸没有发生过。表面上看"表示反对"比"不予支持的承认"要差劲得多，但令人惊讶的是，后者引发难以面对、抑郁及创伤后综合征的可能性比前者高出 2 倍。

正义

《危险的熟人》的第九章提到了警方、法庭和学校应对强奸的方式。这 30 年间发生的最显著变化是——我愿将其看作《女士》杂志研究的贡献——强奸报案从多为陌生人强奸转向了偏重于熟人强奸。但很令人失望的是，虽然反强奸运动取得了巨大成功——50 个州都修改了强奸法、通过并对《反暴力侵害妇女法》予以重新授权——但我们在 1987 年所写的一切，今天仍然是实情。事实上，强奸指控的定罪率已经降到了有史以来最低的13％。的确，变化越来越频繁，受害者从技术上讲拥有权利和赔偿金；但在现实生活中，他们得到的往往只是急诊室寄来的强奸体检账单；如果刑事诉讼失败，就更毫无益处了。受害者可以发表影响报告[①]，但只能在庭审结束之后，而大多数受害者认为审判会给他们带来极大的精神创伤。当然，在87％以"无罪"判决告终的诉讼中连这种机会都不存在。

高校司法机构的情况也差不多。2011年，美国司法部发布了一些指导方针，以不向学校拨付联邦经费作为威胁，要求各校必须以此为依据对待强奸受害者。该方针鼓励各大学在调查进行的同时，为受害者提供保护和支持。如果需要校司法委员会的介入，则该方针要求必须有一个能让校方召开类似庭审的听证会的"准刑事审判"模板。没想到，最后的结果是谁都不满意。原告方认为听证会让自己受到了二次伤害，犯罪嫌疑人则认为这种所谓的模板侵犯了他们走正当程序的权利。提起的诉讼很多，但绝大多数情况下获胜的都是侵犯者。更有甚者，很多男性和他们的家人还发起了声援行动，宣称他们遭到了不实指控，施暴者反而扮演起了受害者的角色。这些国家方针于2017年被修订，都是拜这些群体所赐——比如说，证据标准变得更严格，增加了受害者搜集证据的压力。对于放宽此前禁止对抗性解决方案的替代方案的规定，反应也是不冷不热的。而大学的律师还是老样子，心里各种惧怕，不敢接受替代方案和创新性的选择。

女演员劳拉·邓恩（Laura Dern）在2018年金球奖的获奖感

[①] impact statement，又叫受害人影响报告或受害人身心评估报告，受害者要在其中写下这次攻击是如何损害自己的生理和心理健康的。——译者

危险的熟人　　253

言中，呼吁以恢复性司法①为那些站出来曝光自己遭遇知名男性的性骚扰和性暴力的女性伸张正义。恢复性司法的最基本原则是：伤害已经造成，造成伤害的一方有责任修复伤害，司法程序必须对各个方面排出个轻重缓急，而不是将焦点单单集中在犯罪者身上。这是一种"向前看"的做法，目的是增加收益，而不是"向后看"，非要争出个谁是谁非。2014年，我的同事杰伊·威尔格斯（Jay Wilgus）和卡伦·威廉姆森（Kaaren Williamsen）写了几篇关于恢复性司法的文章，在 https：//www.skidmore.edu/campusrj/prism.php 上面可以找到大量资源。这些新举措旨在对司法程序进行补充；它们不是来替代庭审或者听证会的。

《危险的熟人》出版后，我就开始撰写有关恢复性方案的文章，并运作了一个名为"修复"（RESTORE）的项目，为受害者提供一种选择。加入这个项目的施暴者必须承担责任，而且从这一刻起，就要认定幸存者/受害者的确遭受了冤屈。必要时，我们还会安排面对面会谈。会谈中，有责任的一方会先发言，当着家人和朋友的面详细陈述自己做了什么，需要承担什么责任，然后是幸存者/受害者发言，告诉对方自己受到了怎样的伤害，而家人和朋友作为间接受害者也会进行讲述。最后是制订纠正错误的方案，达成的结果要与错误行为相称。

这些要求包括为期一年的监管活动：（强奸犯）每周报到一次，参加性犯罪者咨询或"心理教育"（参见 Lamade 及其同事的成果，他们于2017年推出了专为大学生设计的一整套治疗方案）、社会服务、"远

---

① restorative justice，又称恢复性正义，指的是对刑事犯罪通过在犯罪方和受害方之间建立一种对话关系，以犯罪人主动承担责任消弭双方冲突，从深层次化解矛盾，并通过社区等有关方面的参与来修复受损社会关系的一种替代性司法活动。——译者

离"协议，并且每季度在代表受这类犯罪伤害的社群的志愿者委员会前露个面。在这个模板的基础上，受害者要加入他们自己要求对方承担的后果，比如补上丢失的财产、支付咨询费或健康服务费、向慈善机构捐款等，也可以将其它康复项目添加到这个项目中来，比如愤怒情绪管理或者戒酒/戒毒治疗。只有在一年之后，补救方案全部完成了，承担责任的一方才有权道歉。对该项目的各组成部分、司法程序以及成功案例的满意度调查都发表在2014年的一篇文章中。

尽管性暴力受害者承受了痛苦，经历了恐惧，他们还是一次又一次证明了自己强大的复原能力；并且，虽然需要时间，但大部分人还是学会了减少自责情绪、专注事情的积极一面，继续好好生活。有无数个幸存者告诉我，强奸改变了他们的一生，但最终让他们变得更强大了。很多人变得更与人为善，不再跟那些令他们失望或伤害他们的人打交道。还有很多人在自我疗愈的基础上进一步发展出了其他兴趣，比如帮助他人，从事减少性暴力以及实现平权等相关专业或志愿者工作等。

Works Cited

Black, M. C., K. C. Basile, M. J. Breiding, S. G. Smith, M. L. Walters, M. T. Merrick, ... and M. R. Stevens. *The National Intimate Partner and Sexual Violence Survey (NISVS): 2010 Summary Report*. Atlanta, GA: National Center for Injury Prevention and Control, Centers for Disease Control and Prevention, 2011, 25. https://stacks.cdc.gov/view/cdc/21961.

Coulter, R. W. S., C. Mair, E. Miller, J. R. Blosnich, D. D. Matthews, and H. L. Cauley. "Prevalence of Past-Year Sexual Assault Victimization among Undergraduate Students: Exploring Differences by and Intersections of Gender Identity, Sexual Identity, and Race/ Ethnicity." *Prevention Science* 18 (2017): 762-36. http://dx.doi.org/10.1007/s11121-017-0762-8.

Fedina, L., J. L. Holmes, and B. L. Backes. "Campus Sexual Assault: A Systematic Review of Prevalence Research from 2000 to 2015." *Trauma, Violence, & Abuse* 19 (2016): 76-93. https://dx.doi.org/10.1177/1524838016631129.

Koss, M. P. "The RESTORE Program of Restorative Justice for Sex Crimes: Vision, Process, and Outcomes." *Journal of Interpersonal Violence* 29 (2014): 1623-60. http://dx.doi.org/10.1177/0886260513511537.

Koss, M. P., A. Abbey, R. Campbell, S. Cook, J. Norris, M. Testa, S. Ullman, C. West, and J. White. "Revising the SES: A Collaborative Process to Improve Assessment of Sexual Aggression and Victimization." *Psychology of Women Quarterly* 31 (2007): 357-70.

Koss, M. P., J. W. White, and E. C. Lopez. "Victim Voice in Re-envisioning Responses to Sexual and Physical Violence Nationally and Internationally." *American Psychologist* 72 (2017): 1019-30. http://dx.doi.org/10.1037/amp0000233.

Koss, M. P., J. Wilgus, and K. M. Williamsen. "Campus Sexual Misconduct: Restorative Justice Approaches to Enhance Compliance with Title IX Guidance." *Trauma, Violence, & Abuse* 15 (2014): 242-58. http://dx.doi.org/10.1177/1524838014521500.

Lamade, R. V., E. Lopez, M. P. Koss, R. Prentky, and A. Brereton. "Developing and Implementing a Treatment Intervention for College Students Found Responsible for Sexual Misconduct." *Journal of Aggression, Conflict, and Peace Research* 10 (2017): 134-44. Available online prior to print, http://dx.doi.org/10.1108/JACPR-06-2017-0301.

Lawyer, S., H. Resnick, V. Bakanic, T. Burkett, and D. Kilpatrick. "Forcible, Drug-Facilitated, and Incapacitated Rape and Sexual Assault among Undergraduate Women." *Journal of American College Health* 58 (2010): 453-60. https://doi.org/10.1080/07448480903540515.

Littleton, H., A. Grills, M. Layh, and K. Rudolph. "Unacknowledged Rape and Re-Victimization Risk: Examination of Potential Mediators. " *Psychology of Women Quarterly* 41 (2017): 437 – 50. http://dx.doi.org/10.1177/0361684317720187.

Relyea, M., and S. E. Ullman. " Unsupported or Turned Against: Understanding How Two Types of Negative Social Reactions to Sexual Assault Relate to Postassault Outcomes. " *Psychology of Women Quarterly* 39 (2015): 37 – 52. http://dx.doi.org/10.1177/0361684315 12610.

Rutherford, A. " Surveying Rape: Feminist Social Science and the Ontological Politics of Sexual Assault. " *History of the Human Sciences* 30 (2017): 100 – 123. http://dx.doi.org/10.1177/0952695117722715.

Senn, C. Y., M. Eliasziw, P. C. Barata, W. E. Thurston, I. R. Newby-Clark, H. L. Radtke, and K. L. Hobden. " Efficacy of a Sexual Assault Resistance Program for University Women. " *New England Journal of Medicine* 372 (2015): 2326 – 35. http://dx.doi.org/10.1056/NEJMsa1411131.

Senn, C. Y., M. Eliasziw, K. L. Hobden, I. R. Newby-Clark, P. C. Barata, H. L. Radtke, and W. E. Thurston. "Secondary and 2 – Year Outcomes of a Sexual Assault Resistance Program for University Women. " *Psychology of Women Quarterly* 41 (2017): 147 – 62.

Smith, C. P., and J. J. Freyd. " Institutional Betrayal. " *American Psychologist* 69 (2014): 575 – 87. http://dx.doi.org/10.1037/a0037564.

Swartout, K. M., M. P. Koss, J. W. White, M. P. Thompson, A. Abbey, and A. L. Bellis. "Trajectory Analysis of the Campus Serial Rapist Assumption. " *JAMA Pediatrics* 169 (2015): 1148 – 54. http://dx.doi.org/10.1001/jamapediatrics.2015.0707.

Wilson, L. C., and K. E. Miller. "Meta-Analysis of the Prevalence of Unacknowledged Rape. " *Trauma, Violence, & Abuse* 17 (2016): 149 – 59. https://doi.org/10.1177/1524838015576391.

致　谢

在此，我要感谢在本书的写作期间提供帮助的人：玛丽·科斯博士，《女士》杂志"全国熟人强奸研究"项目的带头人，帮我转换了研究中产生的大量统计数据；艾伦·斯威特，我在《女士》杂志的编辑，从这个研究项目创立伊始就加入其中，并在我最需要的时候给了我莫大的安慰和指引；莎拉·拉钦出版公司（Sarah Lazin Books）的莎拉·拉钦，她一直在协调出版工作，并帮助我坚持了下来；珍妮·特戈德斯坦（Janet Goldstein），我在哈珀与罗出版公司（Harper & Row）的编辑，对这本书给予了热情的支持；还有卡罗尔·曼（Carol Mann），我的经纪人，向我提供了许多有用的建议。

此外，我还要感谢来自全国各地的许许多多强奸研究者、咨询师、学校管理者、反强奸工作者以及所有的女士们和先生们；他们与我交谈，慷慨地给我看他们的研究成果。我还想感谢我的家人和朋友的帮助，特别是克雷格·麦考伊（Craig R. McCoy），感谢他的爱与支持。

不过我最感谢的，还是那些愿意与我分享自己遭到约会强奸和熟人强奸的经历的女性，她们自愿讲述她们的故事，为的是唤起更多人的意识，让这样的事情不再发生。她们教会了我许多，我心怀感恩。

精选参考文献

Ageton, Suzanne S. "Sexual assault among adolescents." Lexington, MA: D. C. Heath & Company, 1983.

Amir, Menachem. *Patterns in Forcible Rape*. Chicago: University of Chicago Press, 1971.

Barnett, Nona J., and Feild, Hubert S. "Sex Differences in University Students' Attitudes Toward Rape." *Journal of College Student Personnel* (1977): 93 - 96.

Bart, Pauline B. "Rape as a Paradigm of Sexism in Society—Victimization and Its Discontents." *Women's Studies International Quarterly* 2 (1979): 347 - 57.

Beck, A. T.; Ward, C. H.; Mendelson, M.; Mock, J.; and Erbaugh, J. "An Inventory for Measuring Depression." *Archives of General Psychiatry* 4 (1961): 561 - 71.

Bureau of Justice Statistics. *Criminal Victimization in the United States, 1982*. Washington, D. C.: U. S. Department of Justice, 1984.

Burgess, Ann W., and Holmstrom, Lynda L. "Rape Trauma Syndrome." *American Journal of Psychiatry* 131 (1974): 981 - 86.

Burkhart, Barry R., and Stanton, Annette L. "Sexual Aggression in Acquaintance Relationships." In *Violence in Intimate Relationships*, edited by Gordon Russell. Spectrum Press, 1985.

Burt, Martha R. "Cultural Myths and Support for Rape." *Journal of Personality and Social Psychology* 38 (1980): 217 - 30.

Check, James V. P. "The Hostility Toward Women Scale." Unpublished doctoral dissertation. Manitoba, Can. : University of Manitoba, 1984.

———, and Malamuth, Neil M. "Sex Role Stereotyping and Reactions to Depictions of Stranger and Acquaintance Rape." *Journal of Personality and Social Psychology* 45 (1983): 344–56.

Clark, L., and Lewis, D. *Rape: The Price of Coercive Sexuality.* Toronto: Women's Press, 1977.

Cohen, J. *Statistical Power Analysis for the Behavioral Sciences.* Rev. ed. New York: Academic Press, 1977.

Ellis, Elizabeth M. "A Review of Empirical Rape Research: Victim Reactions and Response to Treatment." *Clinical Psychology Review* 3 (1983): 473–90.

Federal Bureau of Investigation. *Uniform Crime Reports.* Washington, D. C. : U.S. Department of Justice, 1987.

Feild, Hubert S. "Attitudes Toward Rape: A Comparative Analysis of Police, Rapists, Crisis Counselors, and Citizens." *Journal of Personality and Social Psychology* 36 (1978): 156–79.

Finkelhor, David. *Sexually Victimized Children.* New York: The Free Press, 1979.

Giarrusso, Roseann; Johnson, Paula B. ; Goodchilds, Jacqueline; and Zellman, Gail. "Adolescents' Cues and Signals: Sex and Assault." Paper presented at the Western Psychological Association meeting, April 1979, San Diego.

Gidycz, C. J., and Koss, M. P. "A Comparison of Group and Individual Sexual Assault Victims." *Psychology of Women Quarterly* 14 (1990): 325–42.

———. "Predictors of Long-Term Sexual Assault Trauma Among a National Sample of Victimized College Women." *Violence and Victims* 6 (1992): 177–90.

Goodchilds, Jacqueline D. ; Zellman, Gail; Johnson, Paula B. ; and Giarrusso, Roseann. "Adolescent and the Perceptions of Sexual Interactions Outcomes." In A. W. Burgess (ed.), *Sexual Assault*, Vol. II. New York: Garland Publishing Company, 1988.

Graham, John R. *The MMPI: A Practical Guide.* New York: Oxford

University Press, 1977.
Greendlinger, Virginia, and Byrne, Donn. "Coercive Sexual Fantasies of College Man as Predictors of Self-Reported Likelihood to Rape and Overt Sexual Aggression." *Journal of Sex Research* 23 (1987): 1-11.
Heilbrun, Alfred B., Jr.. and Loftus, Maura P. "The Role of Sadism and Peer Pressure in the Sexual Aggression of Male College Students." *Journal of Sex Research* 22 (1986): 320-32.
Holmes, M. R., and St. Lawrence, J. "Treatment of Rape-Induced Trauma: Proposed Behavioral Conceptualization and Review of the Literature." *Clinical Psychological Review* 3 (1983): 417-33.
Kanin, Eugene J. "Male Aggression in Dating-Courtship Relations." *American Journal of Sociology* 63 (1957): 197-204.
———. "Date Rape: Unofficial Criminals and Victims." *Victimology: An International Journal* 9 (1984): 93-108.
Kilpatrick, Dean G. "Rape Victims: Detection, Assessment, and Treatment." *The Clinical Psychologist* 36 (1983): 88-101.
Koss, Mary P. "Defending Date Rape." *Journal of Interpersonal Violence* 7 (1992): 122-25.
———. "Hidden Rape: Incidence, Prevalence, and Descriptive Characteristics of Sexual Aggression Reported by a National Sample of Postsecondary Students." In A. W. Burgess (ed.), *Sexual Assault*, Vol. II. New York: Garland Publishing Company, 1988.
———. "Rape on Campus: Facts and Measures." *Planning for Higher Education* 20 (1992): 21-28.
———. "Sexual Aggression and Victimization in a National Sample of Students in Higher Education." In M. A. Pirog-Good and J. E. Stets (eds.), *Violence in Dating Relationships: Emerging Social Issues*, 145-68. New York: Praeger, 1989.
———. "The Hidden Rape Victim: Personality, Attitudinal, and Situational Characteristics." *Psychology of Women Quarterly* 9 (1985): 193—212.
———. "The Reality of Acquaintance Rape." *Synthesis: Law and Policy in Higher Education* 4 (1992): 289-90.

———, and Dinero, Thomas E. "A Discriminant Analysis of Risk Factors Among a National Sample of College Women." *Journal of Consulting and Clinical Psychology* 57 (1989): 242-50.

———, and Dinero, T. E. "Predictors of Sexual Aggression Among a National Sample of Male College Students." In V. E. Quinsey and R. Pretky (eds.), *Human Sexual Aggression: Current Perspectives*, 133-47. New York: Annals of the New York Academy of Sciences, 1988.

———; Dinero, T. E.; Seibel, C.; and Cox, S. "Stranger, Acquaintance, and Date Rape: Is There a Difference in the Victim's Experience?" *Psychology of Women Quarterly* 12 (1988): 1-24.

———, and Gidycz, C. J. "The Impact of Sexual Assault." In A. Parrot and L. Bechhofer (eds.), *Acquaintance Rape: The Hidden Crime*, 270-84. New York: John Wiley, 1991.

———. "The Sexual Experiences Survey: Reliability and Validity." *Journal of Consulting and Clinical Psychology* 53 (1985): 422-43.

———; Gidycz, C. J.; and Wisniewski, N. "The Scope of Rape: Incidence and Prevalence of Sexual Aggression and Victimization Among a National Sample of Students in Higher Education." *Journal of Consulting and Clinical Psychology* 55 (1987): 162-70.

———, and Harvey, M. R. *The Rape Victim: Clinical and Community Interventions*. 2nd ed. Newbury Park, CA: Sage, 1991.

———; Leonard, K. E.; Oros, C. J.; and Beezley, Dana A. "Nonstranger Sexual Aggression: A Discriminant Analysis of the Psychological Characteristics of Undetected Offenders." *Sex Roles* 12 (1985): 981-92.

LaFree, Gary D. "Variables Affecting Guilty Pleas and Convictions in Rape Cases." *Social Forces* 58 (1980): 833-50.

———. "Official Reactions to Social Problems: Police Decisions in Sexual Assault Cases." *Social Problems* 28 (1981): 582-94.

———; Reskin, Barbara F.; and Visher, Christy A. "Jurors' Responses to Victims' Behavior and Legal Issues in Sexual Assault Trials." *Social Problems* 32 (1985): 389-407.

Levine-MacCombie, Joyce, and Koss, Mary P. "Acquaintance Rape:

Effective Avoidance Strategies." *Psychology of Women Quarterly* 10 (1986): 311-20.

Makepeace, James M. "Courtship Violence Among College Students." *Family Relations* 30 (1981): 97-102.

Malamuth, Neil M. "Predictors of Naturalistic Sexual Aggression." *Journal of Personality and Social Psychology* 50 (1986): 953-62.

——; Koss, M. P.; Sockloskie, R.; and Tanaka, J. "The Characteristics of Aggressors Against Women: Testing a Model Using a National Sample of College Students." *Journal of Consulting and Clinical Psychology* 59 (1991): 670-81.

Muehlenhard, Charlene L.; Friedman, Debra E.; and Thomas, Celeste M. "Is Date Rape Justifiable?" *Psychology of Women Quarterly* 9 (1985): 297-310.

——; Linton, Melaney A.; Felts, Albert S.; and Andrews, Sandra L. "Men's Attitudes Toward the Justifiability of Date Rape." Presented at the midcontinent meeting of the Society for the Scientific Study of Sex, June 1985.

Myers, Mary Beth; Templar, Donald I.; and Brown, Ric. "Coping Ability of Women Who Became Rape Victims ." *Journal of Consulting and Clinical Psychology* 52 (1984): 73-78.

Office of Civil Rights. "*Fall Enrollment and Compliance Report of Institutions of Higher Education.*" (DHEW Publication No. NCES 76-135). Washington, D.C.: U.S. Department of Education, 1980.

Ohio Revised Code (1980). 2907.01A, 2907.02.

Parrot, Andrea. "Strategies Parents May Employ to Help Their Children Avoid Involvement in Acquaintance-Rape Situations." Paper presented at the New York State Federation of Professional Health Educators convention, November 1983, Binghamton, New York.

Rapaport, Karen, and Burkhart, Barry R. "Personality and Attitudinal Characteristics of Sexually Coercive College Males." *Journal of Abnormal Psychology* 93 (1984): 216-21.

Risin, Leslie I., and Koss, Mary P. " The Sexual Abuse of Boys: Prevalence and Descriptive Characteristics of the Childhood

Victimizations." *Journal of Interpersonal Violence* 3 (1986): 309–23.
Rozee-Koker, Patricia, and Polk, Glenda C. "The Social Psychology of Group Rape." *Sexual Coercion & Assault* 1 (1986): 57–65.
Russell, Diana E. H. *Sexual Exploitation.* Beverly Hills: Sage, 1984.
Sanday, Peggy R. "The Socio-cultural Context of Rape." *Journal of Social Issues* 37 (1981): 5–27.
Spence, J. T.; Helmreich, R. L.; and Holahan, C. K. "Negative and Positive Components of Psychological Masculinity and Femininity and Their Relationships to Self-Reports of Neurotic and Acting-Out Behaviors." *Journal of Personality and Social Psychology* 37 (1979): 1673–82.
Speilberger, C. D.; Gorsuch, R. L.; and Luschene, R. E. *The State Trait Anxiety Inventory Manual.* Palo Alto: Consulting Psychologists Press, 1970.
Strauss, Murray A. "Measuring Intrafamily Conflict and Violence: The Conflicts Tactics (CT) Scales." *Journal of Marriage and the Family* 41 (1979): 75–88.
Weis, Kurt, and Borges, Sandra S. "Victimology and Rape: The Case of the Legitimate Victim." *Issues in Criminology* 8 (1973): 71–115.
White, J. G., and Koss, M. P. "Courtship Violence: Incidence in a National Sample of Higher Education Students." *Violence and Victims* 6 (1992): 247–56.
Wieder, G. B. "Coping Ability of Rape Victims: Comment on Myers, Templar, and Brown." *Journal of Consulting and Clinical Psychology* 53 (1985): 429–30.

资料与资源

书　籍

Ask: Building Consent Culture by Kitty Stryker. 2017, Thorntree Press.

Blind to Betrayal: Why We Fool Ourselves We Aren't Being Fooled by Jennifer Freyd and Pamela Birrell. 2013, Wiley.

Blurred Lines: Rethinking Sex, Power, and Consent on Campus by Vanessa Grigoriadas. 2017, Houghton Mifflin Harcourt.

Campus Actions Against Sexual Assault edited by Michele A Paludi. 2016, Praeger

Campus Sexual Assault: College Woman Respond by Lauren J. Germain. 2016, Johns Hopkins University Press.

Color of Violence: The INCITE! Anthology by Incite. 2016, Duke University Press.

The Consent Guidebook: A Practical Approach to Consensual, Respectful, and Enthusiastic Interactions by Erin Tillman. 2018, AuthorHouse.

Dear Sister: Letters from Survivors of Sexual Violence by Lisa Factora-Borchers. 2014, AK Press.

Girls & Sex: Navigating the Complicated New Landscape by Peggy Orenstein. 2016, HarperCollins Publishers.

I Will Survive: The African-American Guide to Healing from Sexual Assault and Abuse by Lori S. Robinson. 2003, Seal Press.

Intersections of Identity and Sexual Violence edited by Jessica C. Harris and Chris Linder. 2017, Stylus Publishing.

Learning Good Consent: On Healthy Relationships and Survivor Support edited by Cindy Crabb. 2016, AK Press.

Just Sex: Students Rewrite the Rules on Sex, Violence, Equality and Activism by Jodi Gold and Susan Villari. 1999, Rowman and Littlefield Publishers.

Missoula: Rape and the Justice System in a College Town by Jon Krakauer. 2015, Doubleday.

Preventing Sexual Violence on Campuses edited by Sara Carrigan Wooten and Roland W. Mitchell. 2017, Routledge.

Queering Sexual Violence: Radical Voices from Within the Anti-Violence Movement by Jennifer Patterson. Riverdale Avenue Books, 2016.

Rape is Rape by Jody Raphael JD. 2015, Da Capo Lifelong Books.

Redefining Rape: Sexual Violence in the Era of Suffrage and Segregation by Estelle B. Freedman. 2015, Harvard University Press.

Surviving the Silence: Black Women's Stories of Rape by Charlotte Pierce-Baker. 2000, W. W. Norton &. Company.

The Beginning and End of Rape: Confronting Sexual Violence in Native America by Sarah Deer. 2015, University of Minnesota Press.

Trauma and Recovery: The Aftermath of Violence-From Domestic Abuse to Political Terror by Judith Herman. 1997, New York: Basic Books.

The Unspeakable Mind: Stories of Trauma and Healing from the Frontlines of PTSD Science by Shaili Jain, M.D. 2019, HarperCollins Publishers.

We Believe You: Survivors of Campus Sexual Assault Speak Out by Annie E. Clark. 2016, Holt Paperbacks.

Written on the Body: Letters from Trans and Non-Binary Survivors of Sexual Assault and Domestic Violence by Lexie Bean. 2018, Jessica Kingsley Publishers.

Yes Means Yes by Jaclyn Friedman and Jessica Valenti. 2008, Seal Press.

影 像

Date Rape: A Violation of Trust. Directed by Nick Conedera. Films Media Group, 2008. Targeted to high school and college students to help them gain a clear understanding of what date rape is.

The Invisible War. Directed by Kirby Dick. Cinedigm Entertainment Group, 2012. Examines the pervasive issue of sexual assault in the military.

The Line. Directed by Nancy Schwartzman. 2009. The true story of the director's rape, the failure of our justice system and her own confrontation of her rapist in search of closure.

NO! The Rape Documentary. Directed by Aishah Shahidah Simmons. Afrolez Productions, 2004. Explores the legacy of sexual violence within the African-American community.

Rape Is ... Directed by Margaret Lazarus and Renner Wunderlich. Cambridge Documentary Films, 2003. Explores the meaning and consequences of rape from a global and historical perspective.

Roll Red Roll. Directed by Nancy Schwartzman. Sunset Park Pictures, 2018. Covers the Steubenville rape and illustrates that a community needs self-reflection about how the mutual culture they create fosters rape by high school athletes.

组 织

1in6. Helps men who have experienced unwanted or abusive sexual experiences: 1in6.org/
- Online 1 – on – 1 helpline and anonymous, facilitated weekly support groups: 1in6.org/chat-with-someone/
- Information about male sexual abuse and assault: 1in6.org/get-information/
- News and events: 1in6.org/about-1in6/news/

A Long Walk Home. Uses art to educate, inspire, and mobilize young people to end violence against girls and women: www.alongwalkhome.org

AEquitas, The Prosecutors Resource on Violence Against Women. Seeks to improve safety of victims and accountability of perpetrators of violence: www.aequitasresource.org

After Silence. An online support group, message board, and chat room for

rape, sexual assault, and sexual abuse survivors: www.aftersilence.org/index.php
- Date Rape Information: www.aftersilence.org/date-rape.php
- Resources for Survivors: www.aftersilence.org/aftermath.php

The American Association of University Women. Site features a campus sexual assault tool kit: www.aauw.org/resource/campus-sexual-assault-tool-kit/

Asian Pacific Institute on Gender-Based Violence: www.api-gbv.org/
- Culturally-specific community services for survivors and victims: www.api-gbv.org/culturally-specific-advocacy/a-to-z-advocacy-model/directory/
- General resources and publications for Asian and Pacific Islanders: www.api-gbv.org/resource-library/

Black Women's Blueprint. Empowers black women and girls: www.blackwomensblueprint.org/
- Counseling services for black women who have been impacted by sexual violence: www.blackwomensblueprint.org/ending-sexual-violence

The Breathe Network. Connects survivors of sexual violence with trauma-informed, sliding-scale, holistic healing arts practitioners: www.thebreathenetwork.org/
- Resources on healing modalities: www.thebreathenetwork.org/healing-arts-modalities-sexual-trauma
- Provider directory: www.thebreathenetwork.org/search-for-providers

A Call to Men. Educates men all over the world on healthy, respectful manhood that prevents violence against women: www.acalltomen.org
- Prevention of dating violence: www.acalltomen.org/impact-prevent-bullying/
- Prevention of sexual assault on college campuses and in the military: www.acalltomen.org/impact-prevent-sexual-assault/

End Rape on Campus. Works to end campus sexual violence through direct support for survivors and their communities, prevention through education, and policy reform at the campus, local, state, and federal

levels: endrapeoncampus.org/
Flip the Switch. Looks to draw attention and support to the issue of sexual abuse within youth sports: www.fliptheswitchcampaign.org/
FORGE. Serves transgender and gender nonconforming survivors of domestic and sexual violence: forge-forward.org
- Counselor referral services: forge-forward.org/anti-violence/for-survivors/referrals-and-information/
- Let's Talk About It: A Transgender Survivor's Guide to Accessing Therapy: forge-forward.org/wp-content/docs/Lets-Talk-Therapist-Guide.pdf

Gay Men's Domestic Violence Project Hotline: 1-800-832-1901
Girls for Gender Equity. Acts as a catalyst for change to improve gender and race relations and socio-economic conditions for vulnerable youth and women and girls of color: www.ggenyc.org/
GLAAD. Accelerates acceptance for the LGBTQ community: www.glaad.org
- Resources for Trans community members in crisis: www.glaad.org/transgender/resources

Green Dot. Provides schools and communities with programs and prevention strategies that address sexual assault, dating/domestic violence, bullying, and stalking: alteristic.org/services/green-dot/
INCITE! A network of radical feminists of color organizing to end state violence and violence in homes and communities. : incite-national.org/
It Happened to Alexa. Organization that guides sexual assault victims through judicial process: www.ithappenedtoalexa.org/
Joyful Heart Foundation. Works to change the way society talks about, thinks about and responds to victims of sexual assault, domestic violence and child abuse: www.joyfulheartfoundation.org/
Educational resources for large-scale public awareness: www.joyfulheartfoundation.org/programs/education-awareness
- Advocacy resources: www.joyfulheartfoundation.org/programs/policy-advocacy
- Healing resources for trauma survivors: www.joyfulheartfoundation.

org/programs/healing-wellness
- Reunion Online, an online magazine for further resources on interpersonal violence: www.joyfulheartfoundation.org/reunion-online

Just Detention. A health and human rights organization that seeks to end sexual abuse in all forms of detention: justdetention.org/
- Information on finding local services for survivors of sexual abuse while in detention: justdetention.org/service/
- Resources for service providers and advocates to support survivors of assault while in detention: justdetention.org/resources/service-providers-resources/service-provider-resources/

Know Your Title IX. Empowers college students to stop sexual violence through education about Title IX and ways to take action against sexual violence: www.knowyourix.org/
- Support resources for survivors: www.knowyourix.org/survivor-resources/
- Support resources for friends and family of survivors: www.knowyourix.org/for-friends-and-fami/

Loveisrespect. Engages, educates and empowers young people to prevent and end abusive relationships, including through a live chat option and a help line: www.loveisrespect.org/
- Legal help: www.loveisrespect.org/legal-help/
- LGBTQ legal help: www.loveisrespect.org/legal-help/lgbtq-relationships-and-law/
- Undocumented immigrant legal help: www.loveisrespect.org/legal-help/lgbtq-relationships-and-law/

MaleSurvivor. Provides support and training across a wide range of disciplines to help ensure that male survivors of sexual violence have access to trained, compassionate, and effective support: www.malesurvivor.org/index.php
- Survivor Resources: www.malesurvivor.org/survivors/
- Resources for parents/partners: www.malesurvivor.org/parents/and https://www.malesurvivor.org/partners/

- Support group directory and other support systems: www. malesurvivor.org/find-support/

Me Too. Movement to support survivors of sexual assault and end sexual violence: metoomvmt.org/

Men Can Stop Rape. Mobilizes men to end violence against women: www.mencanstoprape.org

Mending the Sacred Hoop. Works from a social change perspective to end violence against Native women and children: mshoop.org/

National Coalition of Anti-Violence Programs. Works to prevent, respond to, and end all forms of violence against and within LGBTQ communities through data analysis, policy advocacy, education and technical assistance: avp.org/ncavp/

National Center for Transgender Equality. Provides a powerful transgender advocacy presence in the national government: transequality.org

- Resources for support: transequality.org/additional-help

National Network to End Domestic Violence: nnedv.org/

National Organization of Sisters of Color Ending Sexual Assault (SCESA): sisterslead.org/

- List of local chapters throughout the country: sisterslead.org/resources/national-communities-of-color-sexual-assault-organizations/

National Sexual Assault Hotline. Free, confidential hotline to report sexual assault: 1-800-656-HOPE

National Sexual Violence Resource Center (NSVRC): www.nsvrc.org

- Help and support for survivors: www.nsvrc.org/find-help
- Directory of state and territory coalitions: www.nsvrc.org/organizations?field_organizations_target_id=8&field_states_territories_target_id=All
- Directory of victim/survivor support organizations: www.nsvrc.org/organizations
- Get involved: https://www.nsvrc.org/get-involved

The Network La Red. Serves LGBTQ, poly, and kink/BDSM survivors of abuse: tnlr.org/

- Bilingual hotline: 617-742-4911

Network of Victim Assistance (NOVA): www.novabucks.org/
- Information on acquaintance rape: www.novabucks.org/otherinformation/acquaintancerape/
- Victim services: www.novabucks.org/victimservices/
- Get involved: www.novabucks.org/getinvolved/

Office for Victims of Crime (OVC). Provides a directory of crime services, searchable by state, country, type of victimization, service desired and agency: ovc.ncjrs.gov/findvictimservices/search.asp

The Pixel Project. Seeks to end violence against women through the use of social media: www.thepixelproject.net

Pro Bono Net. Provides resources for pro bono and legal services attorneys and others working to assist low income or disadvantaged clients: www.probono.net/
- National Domestic Violence Pro Bono Directory: www.probono.net/dv/oppsguide/

Rape, Abuse, and Incest National Network (RAINN): www.rainn.org/
- Online counseling: ohl.rainn.org/online/
- Information for victims of sexual assault as well as family members, friends, and allies: www.rainn.org/after-sexual-assault
- Public policy and action information: www.rainn.org/public-policy-action
- Get involved: www.rainn.org/get-involved

Safe Horizon. Victim assistance organization: www.safehorizon.org/

Sidran Traumatic Stress Institute. Helps people understand, recover from, and treat traumatic stressing (including PTSD), dissociative disorders, and co-occurring issues, such as addictions, self-injury, and suicidality: www.sidran.org
- Help desk: www.sidran.org/help-desk/get-help/

Survivors Network of those Abused by Priests (SNAP): www.snapnetwork.org/
- SNAP chapter locations: www.snapnetwork.org/snap_locations

Take Back the Night. Seeks to end sexual assault, domestic violence, dating violence, sexual abuse and all forms of sexual violence through

awareness events and initiatives: takebackthenight. org/
- Free legal assistance: takebackthenight. org/legal-assistance/

The Trevor Project. Providing crisis intervention services to LGBTQ: www.thetrevorproject.org
- Resources for support: www.thetrevorproject.org/resources/trevor-support-center/

Women Organized Against Rape (WOAR): www.woar.org/
- Information on campus sexual assault: www.woar.org/sexual-assault-resources/campus-assault/
- Support services for parents: www.woar.org/counseling-and-support/support-services-for-parents/
- Information on sexual violence in the LGBTQ community: www.woar.org/sexual-assault-resources/sexual-violence-in-the-lgbtq-community/

Women's Law. Provides plain-language legal information for victims of abuse:

English: www.womenslaw.org/
Espanol: www.womenslaw.org/es
- Legal information and resources: www.womenslaw.org/laws
- Immigration information: www.womenslaw.org/laws/federal/immigration
- Resources for preparing for court: www.womenslaw.org/laws/preparing-court
- Other legal information: www.womenslaw.org/laws/other-legal-information

文 章

"A Vicious Circle of Violence: Revisiting Jamaican Slavery in Marlon James's The Book of Night Women (2009)" by Markus Nehl. *Transnational Black Dialogues: Re-Imagining Slavery in the Twenty-First Century*, Transcript Verlag, Bielefeld, 2016, pp. 161 – 190. JSTOR, www.jstor.org/stable/j.ctv1wxt1v.10.

"Cringing at Myths of Black Sexuality" by R. Charles Lawrence. *The Black Scholar*, vol. 22, no. 1/2, 1991, pp. 65 – 66. *JSTOR*, JSTOR, www.jstor.org/stable/41067749.

"Between Women: Trauma, Witnessing, and the Legacy of Interracial Rape in Robbie McCauley's Sally's Rape" by Jennifer Griffiths. *Frontiers: A Journal of Women Studies*, vol. 26, no. 3, 2005, pp. 1 – 23. *JSTOR*, JSTOR, www.jstor.org/stable/4137370.

关于作者

罗宾·沃肖

从事社会、医疗和健康问题的写作。在《危险的熟人》的写作过程中，她为那些分享经历的女性取了化名，自己却有史以来第一次直白地写下了她亲历的熟人强奸遭遇。她从没有后悔过这个决定，并且感激那些多年来一直与她联系，告诉她这本书对自己的帮助有多大的女性（和一些男性）。

沃肖还是《战胜乳腺癌》（Living Beyond Breast Cancer）的特约作者，也为其它非营利性出版物撰稿。她还是作家协会（Authors Guild）、美国记者与作家协会（American Society of Journalists and Authors）和卫生保健记者协会（Association of Health Care Journalists）的成员。她的作品曾荣获多个国家级奖项。

格洛丽亚·斯泰纳姆（Gloria Steinem）

一位作家、演说家、活动家和女性主义行动组织者。她是《纽约》杂志和《女士》杂志的共同创办者，并一直保留着顾问编辑的职位。她出版的书籍包括：畅销书《我的旅途人生》（My Life on The Road）、《从内部开始革命》（Revolution from Within）、《无恶不作与日常造反》（*Outrageous Acts and Everyday Rebellions*）、《超越语言》（*Moving Beyond Words*），以及关于玛丽莲·梦露生平的《玛丽莲：诺玛·珍》（*Marilyn: Norma Jane*）、在印度出版的《女人不重要》（*As If Women Matter*）。她还是"全国妇女政治核心会议"（National Women's Political Caucus）、妇女行动联盟（the Women's Action Alliance）、妇女传媒中心（the Women's Media Center）以及反性骚扰运动"时间到了"的创办者之一。奥巴马总统授予她"总统自由勋章"，这对公民而言是最高荣誉。斯泰纳姆现居纽约，仍在作为组织者到各地工作。

萨拉米沙·蒂莱特（Salamishah Tillet, PhD）

一位强奸幸存者、活动家和女性主义作家。她是"漫漫回家路"（A Long Walk Home）的创办者之一，这是一个用艺术方式鼓舞年轻人结束针对女童及女人的暴力的非营利性组织。蒂莱特创作了获奖作品《一个强奸受害者的故事》，该剧反映了她在大学遭遇性侵后的康复历程。此外，她也是"纽瓦克特快"艺术中心的"新艺术正义倡议"[①]的学术主任，并且是罗格斯大学的非裔美国人研究和创造性写作专业的"亨利-罗格斯教席"教授。

玛丽·科斯博士（Mary P. Koss, PhD）

亚利桑那大学的校董讲席教授[②]，美国心理协会出版的上下本图书《针对妇女和儿童的暴力》（*Violence Against Women and*

---

① New Arts Justice Initiative at Express Newark，Express Newark 是一个面向社会的艺术和设计中心，在这里教师、员工、学生、艺术家和社区成员共同创作艺术，合作学习。——译者
② regents' professor，级别很高的教授，通常是学校或系里最顶尖的教授才能得到这个职位。——译者

Children）的编者之一。1987年，科斯出版了第一本关于熟人强奸的研究著作，创建了目前最常使用的用以测算非自愿性经验的模型。她开展的恢复性司法程序是最早施行的用于评估性犯罪的办法。她为全美多家机构乃至国际机构提供咨询援助，其中包括美国教育部、美国司法部与美国疾控中心。美国心理协会授予她"公共政策研究杰出贡献奖"和"国际心理学发展杰出贡献奖"。2013年，"四分之一的美国人"组织（One in Four USA）设立了一个"玛丽·科斯勇气奖"（the Mary P. Koss Profile in Courage Award），表彰她在用科学方法提高强奸认知的事业上所做出的贡献。

Previous editions of this book were published in 1988 and 1994 by Harper & Row, Publishers.
I NEVER CALLED IT RAPE, updated edition by Robin Warshaw
Copyright © 1988, 1994, 2019 by the Ms. Foundation for Education and Communication, Inc., and Sarah Lazin Books.
Foreword to the Harper Perennial edition copyright © 1994, 2019 by Robin Warshaw

图字：09 - 2019 - 763 号

图书在版编目(CIP)数据

危险的熟人 /（美）罗宾·沃肖（Robin Warshaw）著；李闻思译. —上海：上海译文出版社,2022.10
（译文纪实）
书名原文：I Never Called It Rape：The Ms. Report on Recognizing, Fighting, and Surviving Date and Acquaintance Rape
ISBN 978 - 7 - 5327 - 9065 - 4

Ⅰ.①危… Ⅱ.①罗… ②李… Ⅲ.①纪实文学—美国—现代 Ⅳ.①I712.55

中国版本图书馆 CIP 数据核字(2022)第 182487 号

危险的熟人

[美] 罗宾·沃肖 / 著　李闻思 / 译
责任编辑 / 钟　瑾　装帧设计 / 邵旻　观止堂_未氓

上海译文出版社有限公司出版、发行
网址：www.yiwen.com.cn
201101　上海市闵行区号景路 159 弄 B 座
启东市人民印刷有限公司印刷

开本 890×1240　1/32　印张 10.25　插页 2　字数 202,000
2022 年 12 月第 1 版　2022 年 12 月第 1 次印刷
印数：0,001—8,000 册

ISBN 978 - 7 - 5327 - 9065 - 4 / I · 5636
定价：58.00 元

本书中文简体字专有出版权归本社独家所有，非经本社同意不得连载、摘编或复制
如有质量问题，请与承印厂质量科联系. T: 0513-83349465